KB180228

웃어라,
샤일록

WARAE, SHYLOCK

© Shichiri Nakayama 2019, 2020
First published in Japan in 2019 by KADOKAWA CORPORATION, Tokyo.
Korean translation rights arranged with KADOKAWA CORPORATION, Tokyo
through JM Contents Agency Co.

웃어라,
笑え、シャイロック
샤일록

나카야마 시치리 장편소설

민현주 옮김

블루홀6

차례

1장

볏짚 장자

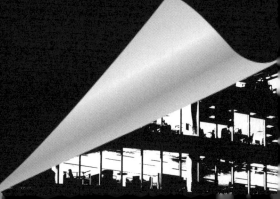

1

"이 세상에서 가장 중요한 건 돈이야. 반론은 거절한다."

야마가는 당연하다는 듯이 단언했다. 하지만 붙임성 있는 표정은 그대로여서 듣고 있던 유키는 그만 말대답을 하고 만다.

"돈은 두 번째죠. 첫 번째는 당연히 목숨 아닙니까."

"아니야. 웬만한 건 다 돈으로 살 수 있어. 생명 보험을 봐. 목숨을 돈으로 환산한 거 아니야? 이 세상에 돈으로 살 수 없는 것도 있다고 말하는 게 맞지."

야마가의 논리는 이해한다. 하지만 머리로는 알아도 마음이 받아들이지 않는다. 애초에 독선적인 말투도 지긋지

굿하다.

유키는 반박당하는 것 같아 기가 죽었지만 그래도 물어보지 않을 수 없다.

"그럼 애정은 어떻습니까? 애정을 돈으로 산다고는 생각할 수 없는데요."

"그건 금액 문제야."

야마가는 웃는 얼굴을 유지한다. 웃고 있다기보다도 웃는 가면을 쓴 것 같다.

"가령 어떤 여자가 마음에 들지 않는 남자에게 10만 엔을 받고 하룻밤을 같이 보냈다고 하자. 그럼 매춘부라느니, 정조 관념이 없는 여자라느니 온갖 비난을 받겠지. 그거야말로 애정을 파는 행위라면서 말이야. 그런데 그 금액이 백만 엔이 되면 어떨까? 천만 엔이라면? 아니, 1억 엔이라면? 한 나라의 왕후라는 신분과 바꾼다면 어때? 그 여자를 비난하는 사람은 아무도 없을걸. 역으로 히로인 대접을 받겠지. 요약하자면 다들 애정을 사고파는 것을 긍정하고 있다는 말이야."

야마가가 몰아붙이자 유키는 결국 할 말을 잃었다. 입행 3년 차인 자신과 이 업계에서 10년 넘게 일한 야마가는 행원으로서의 경험치도 다를뿐더러 그 이전에 가지고 있는 자질 자체가 완전히 다른 듯하다.

"즉, 우리 일은 목숨보다도 마음보다도 중요한 돈을 되찾는 거다. 고작 회수 업무라고 우습게 보고 있다면 더 늦기 전에 생각 고쳐. 못 고칠 거라면 지금 당장 사표 내고.”

발령 직후 들은 설교치고는 무척 자극적인 말이었다.

데이토제일은행에 채용이 확정되고 처음 발령받은 근무지가 도내 대형지점이라는 것을 들었을 때, 유키 신고結城 真悟는 승리 포즈를 취했다.

신입 사원들에게도 이미 출세 경쟁은 시작되었다. 채용 시험 점수와 면접 결과, 그리고 출신대학에 따라 미래의 간부 후보생과 그 외로 분류된다. 도내 대형지점에 발령받은 신입 사원은 우선 전자에 해당한다고 봐도 좋다.

2008년 리먼 쇼크 이래 금융계는 길고 어두운 터널로 들어가 대졸 신입 사원 채용이 급격히 감소했다. 유키가 데이토제일은행에 입행할 때도 채용 인원이 전성기의 4분의 1이었다고 하니 그 침체 상황을 여실히 알 수 있다.

그러나 채용 인원이 적다는 것은 입행 후 자신의 경쟁 상대가 적다는 말이기도 하다. 미래를 생각한다면 결코 손해 볼 일은 아니다. 입행 시점에 유리한 위치를 점하기만 한다면 그 후의 출세도 기대할 수 있다. 큰 실패를 하지 않고 실수 없이 요령껏 지낸다면 2년 차에 주임, 4년 차에 계장. 거기서 전근해서 과장이라고 하면 되나.

실제로 유키는 2년 차에 주임으로 승진했다. 동기들 중에서도 몇 명쯤은 함께 승진했지만 술자리에서 은근슬쩍 떠보니 자신의 월급이 동기들보다 2천 엔 정도 더 기본급이 높다. 고작 2천 엔이라고 무시할 게 아니라 2년 차에 그만큼 차이가 난다면, 퇴직할 때는 꽤 큰 격차가 생길 것이다.

내 인생은 탄탄대로다. 그렇게 생각하고 있던 3년 차에 인사발령이 났다. 발령지 역시 도내 대형지점. 발령 이유에 관해서는 스스로도 대강 짐작이 갔지만, 발령 부서를 듣고는 귀를 의심했다.

섭외부.

영업부가 은행의 큰길表道이라면 섭외부는 뒷길裏道이다. 섭외부가 부실채권을 회수해 그 돈을 다시 대출로 돌린다. 영업과 관리가 경영의 양대 축이라는 것은 잘 알지만 그래도 갈 곳 없는 자들이 섭외부로 끌려왔다는 인상은 지울 수 없다.

어안이 벙벙한 유키에게 전 상사는 위로 겸 이렇게 말했다.

"영업 쪽에만 있다가 지점장이 된 녀석은 거의 없어. 장차 윗선에 오를 행원은 반드시 양대 축을 전부 알아야 해. 자네가 촉망받는 인재라 이런 인사발령이 났다고 생각하게."

그때도 머리로는 이해가 갔지만 마음으로는 납득이 안

되었다.

그리고 올 4월 인사발령으로 유키는 정식으로 신주쿠 지점 섭외부 소속이 되었다. 발령 첫날, 유키는 상사가 된 가시야마 부장에게 인사하러 갔다. 뭐든지 첫인상이 중요하다. 첫 만남에서 예의 바른 부하 직원으로 각인되어 손해 볼 것은 하나도 없다.

"실례합니다."

부장실에 들어가자 남녀 한 쌍이 담소를 나누고 있었다.

여자 쪽은 가시야마 미나코. 이번에 유키의 상사가 된 여성인데 남자 쪽은 잘 모르겠다.

"오늘부로 섭외부에 발령받은 유키입니다."

"일부러 인사차 와줬군요. 고마워요. 이쪽은 전임 진나이 섭외부 부장이에요."

사내인사로 이름은 알고 있었기 때문에 당황하며 고개를 숙였다. 진나이 미키오. 3월 말에 퇴직한다고 들어서 정년일 거라 제멋대로 생각하고 있었는데, 아직 머리도 까맣고 늠름하다.

"떠나는 자가 있으면 오는 자도 있는 법."

진나이는 감개가 깊은 듯 말한다.

"조직이란 건 이런 식으로 신진대사를 반복하면서 영속해 가지. 떠나는 사람 입장에서는 마음 든든하면서도 약간 쓸쓸하기도 한 광경이네."

"무슨요. 진나이 부장님한테는 바로 세컨드 스테이지가 기다리고 있잖아요."

부장들의 업무 인수인계 현장인 듯했는데 유키에게는 뻔한 허례로밖에 보이지 않았다.

섭외부는 가시야마 섭외부 부장 밑에 십수 명이 있는 큰 조직으로 네 팀으로 나뉘어 있다. 그중 한 팀을 통솔하는 사람이 유키의 직속 상사인 야마가였다.

야마가 유헤이, 38세. 키는 중간 정도 되지만 후덕해서 재킷을 입고 있어도 체격이 좋다는 것을 알 수 있다. 오랜 행원 생활로 부드러운 태도가 딱 잡혀 있는데 문제는 얼굴이다. 눈꼬리와 볼살이 축 처져 보살 같은 얼굴을 하고 있지만 논리적이거나 신랄한 이야기를 할 때도 웃고 있어서 어쩐지 기분이 나쁘다.

그는 인사발령 전부터 화제에 오른 인물이기도 하다. 강경한 태도를 보이는 사람이 아닌데도 채권 회수 실력이 아주 우수해, 수도권은 물론 전국적으로 이름을 떨치고 있었다. 입행 연도와 실적으로 보면 섭외부 부장이라고 해도 이상하지 않을 텐데 여전히 과장에 머물러 있는 것은 그 능력을 현장에서 발휘하게 하고 싶다는 윗선의 의향 때문이라는 소문까지 돌고 있다.

그게 정말이라면 본인도 꺼릴 거라 생각했는데 의외로

야마가는 신경 쓰는 기색도 없이 회수 업무에 매진하고 있다. 희희낙락 채권 회수에 몰입하는 모습을 본 다른 사람들은 채권 회수가 그의 천직이라고 생각할 수밖에 없었고, 어느덧 야마가에게는 샤일록 야마가라는 다소 위험한 별명까지 붙었다고 한다. 샤일록은『베니스의 상인』에 등장하는 유대인 고리대금업자의 이름으로, 무자비한 채권자가 연상된다.

이러한 규격 외의 인간은 외부에서 바라보면 흥미롭지만 가까이에 있으면 위험하다. 하물며 직속 상사라는 건 당치도 않다. 그런데 하필이면 자신이 당첨되어버렸다.

안 그래도 낯선 회수 업무에, 상사 겸 트레이너는 지나치게 독선적이다. 도대체 이 부서에서 며칠을 버틸 수 있을지, 유키는 벌써 불안에 휩싸였다. 하지만 야마가는 유키의 기분을 아는지 모르는지 부임 인사도 하는 둥 마는 둥, 즉시 동행하라고 말한다.

"인사 돌러 가는 겁니까?"

"아니, 지금부터 회수하러 간다."

"네? 아직 다른 부서에 인사하러 가지도 못했는데요."

"은행에 있으면 동료나 상사는 언제든 만날 수 있어. 하지만 채무자는 그날 그 시간이 아니면 못 만날 수도 있다. 인사 같은 건 나중으로 미뤄."

반론할 수 없게 하는 말투이기도 하고 또 반항할 입장도 아니다. 유키는 당황스러움과 불쾌함을 숨기며 야마가에게 끌려가다시피 은행을 나간다.

"자네, 운전할 수 있나?"

"잘은 못합니다……."

"사고만 안 내면 돼. 내비게이션도 있으니까 운전대 잡아."

신주쿠 지점은 대형점포이기 때문에 고객 중에는 신주쿠 근처에 사는 사람뿐만 아니라 다른 부府나 현県에 사는 사람도 많다. 그런데 설마 역에서 이렇게나 먼 곳에 집이 있을 줄이야.

"설마 사이타마의 산 구석까지 가는 겁니까?"

"히가시우에노다."

"그럼 전철로 가는 게 낫지 않나요?"

"채무자한테서 수표를 건네받아도 신용할 수 없어. 회수할 때는 백만 단위의 현금을 받는 경우도 종종 있고 천만, 2천만 엔을 받을 때도 있어. 그만한 돈뭉치를 껴안고 사람들 사이를 지나는 것과 자동차 한 대로 목적지까지 다녀오는 것 중 어느 게 안전할 것 같나?"

편리성보다는 안정성의 문제라는 건가.

야마가는 꼭 필요한 말만 하려는 셈인지, 유키가 핸들을 잡고 있는 와중에도 쭉 아무 말도 없었다. 꿍한 표정으로 있는 거라면 몰라도 얼굴은 늘 웃고 있어서 오히려 불편하기 짝이 없다. 그러니 아무래도 유키 쪽에서 의식적으로 말을 거는 형국이 된다. 알게 된 지 얼마 안 되었으므로 업무 이야기를 하는 편이 좋을 것이다.

"채무자는 어떤 사람입니까?"

"볏짚 장자다."

순간, 잘못 들은 줄 알았다.

"본인 입으로 한 말이야. 헐값으로 후려쳐서 산 주식을 조금 높은 가격에 팔고, 거기서 얻은 수익으로 조금 더 비싼 주식을 사. 그걸 또 매입가보다 더 높은 가격에 팔고, 더 많은 주식을 사서 돈을 벌지. 그걸 반복하면 어느새 부자가 될 수 있어. 그러니 자신은 현대판 볏짚 장자라나."

"어디 투기꾼인가요?"

"투기꾼이라고 해서 대단한 거 아니야. 얼마 안 되는 퇴직금을 밑천으로 주식매매라면서 온종일 컴퓨터 앞에 붙어 있는 히키코모리일 뿐이지."

아무래도 데이 트레이더*인 듯하다.

"가시와다 다쿠미, 51세. 출판사에서 근무했었는데 48세에 권고사직을 받아 조기 퇴직했어. 그 후로는 재취직도 하지 않고. 뭐, 저래서야 누가 뽑겠냐마는."

"퇴직금 받고 3년 만에 회수 불능인 건가요?"

---

* 주가의 움직임만으로 차익을 노리는 주식투자자로 당일 거래가 특징이다.

"처음에는 퇴직금만 가지고 굴리다가 그새 결제가 곤란해지자 우리 은행의 개인론 계약을 체결했어. 처음엔 금소金溝가 2백만 엔이었는데 금세 한 자릿수가 늘었어. 지금 회수 못 한 돈이 대출금 천만 엔에서 남은 5백만 엔 남짓이고."

금소란 금전 소비 대차 계약의 줄임말이다. 개인론 중 주류인 리볼빙 계약과는 달리, 한번 빌리면 잔고가 제로가 될 때까지 계속 빚을 갚는 방식이다.

"그 5백만 엔은 무담보 채권입니까?"

"응. 지점 심사가 너무 허술했어. 계약할 때만 해도 본인 보통예금에 천만 엔이 있었으니, 여차하면 즉시 회수 가능할 거라 생각했겠지. 그런데 요즘은 창구에 안 가도 순식간에 인출할 수 있잖아. 눈치챘을 때는 이미 잔고에는 몇십만 엔뿐이었지."

창구 직원도 바보는 아니므로, 백만 엔이 넘는 빚이 있는 가시와다가 순순히 거액을 출금하도록 가만히 놔둘 리는 없었다. 분명 출금은 ATM기에서 했을 것이다.

"그래도 우리 은행의 경우, 하루에 ATM기에서 인출할 수 있는 금액은 최대 50만 엔일 텐데요."

"아내 계좌로 이체한 뒤, 거기서 출금했어. 그 몇백만 엔이 이틀 만에 투기꾼한테 흘러 들어갔단 소리지."

"주식을 매각시키면 되지 않나요?"

"담보 물건이 아니라 강제로 매각시킬 수가 없어. 게다가 보유 주식도 대부분 투기성 주식 같아. 지금 매각해 봤자 그거야말로 헐값일 걸."

야마가는 킥킥 웃었다.

"그러니까 우리 볏짚 장자님께서 원래의 가난뱅이로 돌아왔단 말씀이지."

"가족한테 도움받을 순 없습니까?"

"아내와 단둘이 살아. 부모님은 꽤 옛날에 돌아가셨고. 아내라고 해봤자 보증인도 아닌 데다가 파트타임으로 생활비를 버느라 아주 고생이지. 빚 갚을 돈이 있겠어? 하나뿐인 아들은 나고야에서 파견 사원을 하고 있는데 그쪽도 지원을 기대하긴 어렵지."

어딘지 모르게 그 아들은 끌어들이지 않고 해결한다, 는 뉘앙스가 느껴졌다.

"어떻게 회수하실 생각이십니까?"

"우선 본인과 상담한 다음에 결정할 거야. 지금 단계에선 우리한테 담보가 없어서 아무런 강제력도 없어. 모든 건 다 우리 장자님의 태도에 달려 있지."

무담보로 대출이 가능한 금액은 신주쿠 지점의 경우 상한액이 천만 엔이다. 거꾸로 말하면 그 이상의 계약은 유담보가 아닌 이상, 오버 론(over loan)이다. 게다가 어느 은행도 마찬가지지만 대출 심사에는 본부 심사와 지점 심사

두 종류가 있다. 본부 심사는 상한액이 높은 대신 심사 기준이 엄격하고, 반대로 지점 심사는 상한액이 낮은 대신 지점의 목표 달성이 곤란할 때 등에는 심사가 느슨해진다. 가시와다의 경우가 바로 그랬다.

원래 대금업법에서는 총량규제로서 연 수입의 3분의 1까지만 대출이 가능하다. 하지만 그 규제는 유담보 대출이나 은행 대출에는 적용되지 않는다. 은행 카드론도 적용 대상이 아니라 때때로 은행 대출만으로 오버 론에 빠지는 사람도 있다. 총량규제가 다중채무자를 발생시키는 원인이 되다니 참 아이러니한 상황이다.

"유키. 자네라면 이 고객한테 어떻게 5백만 엔을 회수할 건가?"

갑작스러운 질문에 바로 답할 수가 없었다.

"어차피 가정이니까 백만 엔도 괜찮아. 어떻게 회수할 건가?"

유키가 잠시 말이 없자 야마가는 딱히 기분 상한 기색도 없이 이쪽을 향해 빙그레 웃었다.

"레슨 1. 백만 엔을 빌려주는 건 바보도 할 수 있어. 백만 엔을 회수할 수 있느냐 없느냐가 제대로 된 은행맨과 그렇지 않은 은행맨의 차이다."

이런 상황에서 상대가 장난스럽게 굴어도 받아주기 힘들다.

유키는 적당히 맞장구를 치며 얼버무리기만 했다.

가시와다의 자택은 꽤 오래전에 지어진 단층집이었다. 지붕 중간에 갈라진 벽은 원래의 색을 알 수 없을 정도로 변색되어 있다. 현관 옆부터 무성한 잡초가 무질서하게 정원을 뒤덮고 있다.

"레슨 2. 주머니 사정이 나빠지면 집 안에서부터 더러워진다. 집 밖이 벌써 이 정도라면 위험 수위야."

야마가가 인터폰을 몇 번이나 눌렀지만 반응이 없다.

"없나 보네요."

하지만 야마가는 유키의 말을 무시하고 벽을 따라 이동하기 시작한다. 뭘 하려고 하나 했더니, 벽 가에 설치된 전기 미터를 가리켰다.

"이 원반이 돌아가는 걸 봐. 안에 사람이 있어. 소비전력이 큰 전자제품을 사용하고 있다는 증거야."

야마가는 계속 벽을 따라 움직여 이번에는 뒷문을 몇 번이나 노크한다. 큰 소리를 내는 것도 잊지 않는다.

"가시와다 씨, 가시와다 씨. 데이토제일은행 야마가입니다. 안에 계시면 빨리 나와주세요. 가시와다 씨."

함께 있는 것이 부끄러워질 정도로 큰 소리였다. 유키는 야마가의 기세에 눌려 말을 거는 것조차 주춤했다.

1분 정도 노크를 반복하고, 정말 안에 있는 건지 불안해질 때쯤 마침내 반응이 있었다.

"열려 있어요."

이윽고 뒷문이 열리고 50대로 보이는 남자가 얼굴을 내밀었다. 마구 자란 머리와 구깃구깃한 티셔츠에 스웨터 바지. 데이 트레이더의 차림은 아니지만 볏짚 장자라고 한다면 어쩐지 고개를 끄덕이게 된다.

"가시와다 씨. 바쁘신데 죄송합니다. 어제도 말씀드렸다시피 계약 건으로."

"주변에 다 들리니까 안으로 들어오시죠."

"그럼 실례하겠습니다."

야마가는 사양하지 않고 안으로 들어간다. 유키는 말없이 그 뒤를 따른다.

안에 들어가자 야마가의 말이 적중했다는 사실을 알게 되었다. 뒷문에서 복도까지 크고 작은 쓰레기봉투가 널브러져 있다. 쓰레질도 하지 않은 듯, 걸을 때마다 발바닥에서 이물감이 느껴진다. 역시 집 안부터 더러워져 간다는 말이 맞는 듯하다.

"지금 아내가 집에 없어서……."

"그래서 일부러 이 시간에 찾아뵀습니다."

"뭐요?"

"독촉받는 모습을 아내분께 보이고 싶지 않으시잖아요. 이래 봬도 나름 배려하고 있답니다."

밖에서 그렇게나 큰 소리를 내고서는 배려하고 있다는 게 어불성설이지만 야마가는 더욱 생색을 내며 말한다.

상환 계획을 묻자 가시와다는 작업실에서 이야기를 하고 싶다며 두 사람을 안내한다. 가보니 작업실이라고 해도 그건 가시와다의 별실일 뿐, 책상 위에 모니터 세 대가 놓여 있는 것과 벽에 특정 주식의 차트가 붙어 있는 것을 빼면 평범한 방과 다를 바 없다.

아니, 다른 점이 있었다. 가시와다의 방에는 복도보다 쓰레기가 더 많이 널려 있다. 다 먹고 쌓아둔 식기더미에 빈 맥주 캔, 정크푸드 봉지와 갈겨 쓴 메모류, 그리고 꾀죄죄한 침구 등으로 발 디딜 틈도 없다. 보기만 해도 불결하고 악취까지 풍겨서 사람 사는 곳이라고는 생각할 수 없었다.

그런데도 야마가는 발밑에 들러붙은 쓰레기를 발로 치워 공간을 만들어 털썩 앉았다.

"어제도 말씀드린 대로, 가시와다 씨와 우리 은행 사이에 체결된 금전 소비 대차 계약은 작년 9월 말 해지되었습니다. 따라서 현재 잔고인 524만 엔과 6개월분의 이자를 상환하셔야 합니다. 어떠신가요?"

"어떻고 말고, 지금은 무리요. 달에 한 번은 제대로 입금하고 있지 않습니까."

"흠, 월 2만 엔도 안 되는 돈을 입금하시는 거요? 그건 이자도 안 되는 금액이라 입금에 카운트도 안 됩니다. 애초에 계약이 해지되었으니 부분 입금은 인정되지 않기도 하고, 저희가 그 금액을 요구한 적도 없습니다."

"조금은 기다려주셔도 되지 않습니까?"

"아뇨. 가시와다 씨는 이미 기한 이익*이 상실되셨으므로."

"뭡니까. 기한 이익이라는 건."

기한 이익은 대강 말하면 기다림을 받을 권리를 의미한다. 원래 빌린 돈은 그날 안에 갚는 것이 도리이지만 그 상환을 다음 날 이후로 연장할 수 있다는 점에서 기한에 이익이 발생한다. 이자를 그 연장된 기한에 해당하는 수수료라고 보는 방식이다.

야마가는 그렇게 알기 쉽게 설명한 뒤 가시와다에게 상환을 재촉한다.

"따라서 우리 은행은 본 계약에 있어서 이 이상의 유예를 드릴 수 없습니다."

"아니, 그러니까, 기한 이익을 상실했다는 둥 그 말은 이해했는데, 그건 어디까지나 데이토제일은행 측의 명분이겠죠. 나 말고도 연체 고객은 수천 수백만 명이나 있을

---

* 채권, 채무 관계에 있어서 기한을 정한 경우, 그 기한이 아직 도래하지 아니함으로써 받는 이익을 뜻한다.

텐데."

"또 다른 연체 고객이 있는 것과 가시와다 씨가 연체 중인 것과는 어떤 관계도 없습니다."

"5백만 엔은 데이토제일은행 입장에서는 푼돈이잖아요. 나보다 더 많은 돈을 연체 중인 고객과 교섭하는 편이 야마가 씨 실적에 도움이 될 거라는 말입니다."

"제 실적이 어떻든 그것도 가시와다 씨의 연체 이유가 될 수는 없습니다. 게다가 이 계약은 데이토제일은행과 가시와다 씨와의 계약이므로 저 개인과는 직접적인 이해관계도 없고요."

"그래도, 그래도 말입니다. 부실채권일지 몰라도 데이토제일은행이 대출해준 계좌가 있으니까 은행에 실적도 되는 거 아닙니까. 즉 피차일반이라는 말이죠."

나이가 쉰 살이 넘었는데도 가시와다의 말은 유키의 귀에 꽤 어리게만 들린다. 어리광과 자기연민이 섞인 변명은 귀에 거슬리기만 할 뿐, 책임감은 조금도 찾아볼 수 없다.

"외람된 말이지만 가시와다 씨의 계좌는 해약된 데다가 연체 중이므로 우리 은행의 실적이라고는 말하기 어렵습니다. 오늘은 그런 소득 없는 이야기를 하러 온 게 아니고요. 524만 엔과 이자. 그 상환 방법에 관해 명확한 계획이나 설명을 듣고 싶습니다."

"음, 그건. 지금은 저가이지만 보유 주식이 분명 반전해서 급등할 거니까……."

가시와다는 변명하면서 모니터에 자신의 소유주 일람표를 띄운다. 각각의 주식에 해당하는 캔들 차트와 함께 시가時価도 표시되어 있다.

"봐요, 이건 이틀 만에 가격이 회복되고 있잖아요. 반전할 때는 가장 빨리 반응합니다. 이제 조금만 더 있으면 여기 있는 주식 전부 반전할 거고요. 그러면 원금도 이자도 한꺼번에 상환할게요."

"조금만 더, 라는 게 언제입니까?"

야마가는 웃는 채로 눈썹 하나 까딱하지 않는다.

"아무튼 저도 상식이 있는 사람이니 결코 떼먹거나 하진 않아요. 부디 저와 주식시장을 믿고 기다려주세요. 절대 야마가 씨를 낙담시키지는 않을 겁니다."

"낙담이라뇨."

야마가는 정중히 인사한 뒤 가시와다의 방을 나온다. 유키도 당황해 그 뒤를 따른다. 가시와다는 배웅도 나오지 않았다.

"저런 일이 일어날 거라곤 일절 생각하지 마."

"네? 저 주식을 매각 못 하면 상환도 못 하잖아요."

"주식을 매각해서 상환하게 하다니, 가시와다와 똑같은 발상이잖아. 저런 투기성 주식이 한꺼번에 반전하겠어? 그런 기회가 전혀 없을 거라고 장담할 수는 없지만 곧 생길 일은 아니야. 기다리는 동안 이자만 불어날 뿐이지. 우리 부실채권이 줄어드는 것도 아니고."

"그럼 어떻게 합니까?"

"지금부터 저 집의 등기부를 조사해."

"집을 담보로 하는 건가요? 5백만 엔짜리 채권에 토지 건물을 담보로 잡는 건 너무 과잉 담보인데요."

"가압류 설정을 할 거야."

야마가는 히죽히죽 웃으며 즐겁다는 듯이 손가락을 휘젓는다. 유키는 이것도 상황에 어울리지 않는 장난이라고 생각했지만 입 밖으로 내지는 않는다.

"건물에는 가치가 없지만 토지는 40평 정도로 팔기 쉬운 크기야. 십중팔구 부모한테 상속받은 것일 테니, 이상한 선순위 채권도 물려 있지 않아. 금소 계약 체결 당시에 다른 은행에서 차입이 없는 것도 확인했어. 지금 가압류 설정을 해두면 나중에 당황할 일도 없을 거고."

유키는 그제야 이해가 갔다. 가압류는 소송액이 담보에 걸맞지 않아도 설정할 수 있다. 만약 가시와다가 부동산을 매각할 수밖에 없는 상황에 처하면, 선순위인 가압류 등기를 해제해야만 부동산을 처분할 수 있다. 즉 매각처보다 데이토제일은행에 먼저 대출금이 돌아오게 된다는 말이다.

"설마 자택의 매각 가능 여부를 판단하려고 방문하신 겁니까?"

"데이토제일은행의 목적은 그랬지만 본인과 면담할 목적도 있었어. 저 녀석은 글렀어. 지지리 못난 놈이야. 자신의 재능을 착각하고 데이 트레이더인 체하고 있지만 사실은 착실히 일하는 게 싫을 뿐, 자신이 진 빚을 스스로 갚을 생각이 없어. 이전 직장에서 어떤 취급을 받았을지 안 봐도 뻔해. 분명 주식으로 돈 버는 걸 주변 사람이나 옛날 친구들에게 떠들어댔겠지. 볏짚 장자는 개뿔."

자동차에 올라탄 후에도 여전히 야마가는 생각난다는 듯이 웃는다.

"늘 하는 생각인데 저렇게 부실채권이 되었을 때는 대출 담당자와 동행하는 게 좋아. 자신의 얕은 안목으로 대출해준 고객의 민낯을 보면 조금은 사람 보는 눈도 생길 테니."

마치 자신에게 하는 말 같아서 유키는 야마가의 얼굴을 제대로 볼 수 없었다.

2

"첫날부터 야마가 과장 회수 업무에 동행했다면서요?"

유키가 자기 자리에서 보고서를 작성하고 있는데 가시

야마 부장이 말을 걸어왔다.

"영업과는 많이 다르죠? 특히 야마가 과장을 따라다녔으니."

에이, 뭐. 적당히 말끝을 흐린다. 직속 상사를 험담하는 건 금지이지만, 그렇다고 해서 무조건 칭찬하는 것도 내키지 않는다. 상대가 섭외부 책임자라면 더욱 그렇다. 이 부장이 야마가를 진심으로 어떻게 평가하고 있는지 확실하지 않은 이상, 섣부르게 자신의 견해를 입 밖에 내서는 안 된다.

가시야마 미나코. 36세. 여성이면서도 섭외부 부장에 임명되어 인사발령이 발표되었을 때는 꽤 화젯거리가 되었다.

그 이유에는 두 가지가 있다. 하나는 회수 업무를 한 번도 해본 적 없는 사람이 섭외부 부장에 발탁되었다는 점이다. 가시야마는 종합직으로 입행해, 지금까지 다양한 부서에 발령받았지만 채권 관리는 해본 적이 없었다. 나이와 상벌을 고려하면 부장직도 타당하다고 생각되지만 발령지에 떠도는 위화감은 지울 수 없다.

두 번째 이유는 부차적인 것이지만 데이토제일은행도 신규 지점 오픈은커녕 지점 통폐합이 계속되어, 점점 자리에 여유가 없어지게 되어서 그렇다는 억측이다. 가능하면 영업계 안에서 자리를 잡고 싶겠지만 그게 여의치 않은 현 상황에서 은행은 자질이나 적성은 뒤로 미루고 비어 있는 자리에 밀어 넣으려 한다. 본사 인사부의 그런 속셈이 뻔히 비친다는 관측이었다.

본인도 적성에 안 맞는다는 것을 의식하고 있을 거야, 남다른 회수 실적을 뽐내는 야마가에게서 어딘가 조심스러운 분위기가 느껴졌다.

"가시와다 씨 소유의 부동산에 가압류를 설정했군요. 이후 진전은 어떤가요?"

진전이고 뭐고 없다. 가압류 통지는 가시와다에게도 송달되었을 테지만 본인이 이의신청서를 제출하지는 않았다. 신청 내용 자체는 적정해 법원이 선뜻 가압류를 결정해주었다.

"가시와다 씨는 이런 법률에 대해 잘 모르나요? 우리 입장에서는 가처분이 설정되어 문제는 없지만."

"주식은 잘 아는 것 같은데. 과장님 말에 따르면 그것도 아마추어 정도라고 하셨습니다. 단기 주식매매는 여유 자금으로 운용해야지 저렇게 꼭 필요한 돈으로 하는 게 아니시라면서요."

"우리 그룹 기업은 소액 투자나 FX 상품을 적극 내세우고 있는데요. 아무래도 야마가 과장의 철학은 영업 쪽 사람과는 어울리지 않는 면이 있네요."

"주식매매는 어차피 도박이라고 하셨습니다. 증권회사

는 도박판의 주인, 기관투자자는 프로 도박꾼, 거기에 휘말린 일반 투자자는 단지 개미라고요."

"야마가 과장다운 말이네요."

가시야마는 쓸쓸한 미소를 짓는다. 단칼에 부정하지 않는 것은 가시야마 자신이 야마가의 말에 어느 정도 수긍한다는 뜻일까.

"섭외는 은행의 최후의 보루이니까 보다 엄격하게 고객의 신용을 다루는 것도 어쩔 수 없지만……야마가 과장의 사고방식은 조금 극단적인 것 같네요. 은행은 다양한 고객의 니즈에 부응해야 하기 때문에 그런 판단에는 일장일단이 있죠."

은행원의 말로서는 액자에 넣어 두고 싶을 정도로 전형적이었지만 가시와다의 꼴을 목격한 뒤에는 그런 말도 공허하게만 들린다. 대출 담당자가 자택을 포함해 가시와다의 됨됨이를 자세히 관찰했다면 과연 천만 엔이나 되는 돈을 그에게 빌려줬을까.

거기까지 생각했을 때, 문득 떠올랐다.

가시와다에 대한 천만 엔 대출의 품의서를 확인한 적이 있다. 그 오른쪽 상단에는 지점 심사에 관련 담당자 인감이 세 개 찍혀 있었는데, 가운데 칸에 '가시야마'라고 되어 있었다. 그렇다면 3년 전 가시야마는 심사부 소속이었을 것이다.

자신이 심사한 채권이 보기 좋게 회수불능채권이 되어 그 부실채권을 현재 자신의 부하 직원이 관리하고 있다. 도대체 어떤 기분일지 상상해 본다. 마치 오줌 자국이 남은 이불을 눈앞에서 들추는 듯한 느낌이지 않을까. 게다가 그걸 처리하고 있는 자가 은행에서도 우수한 실력으로 손에 꼽는 회수맨이다.

야마가가 회수에 실패하면 다른 누가 맡았어도 무리였다고 체념한다. 은행에 손실은 되지만 대출을 허가한 자신의 판단을 포함해 전부 어쩔 수 없었다고 발뺌할 수 있다.

하지만 회수에 성공하면 손실은 면하지만 심사 담당자는 험담을 듣게 된다. 게다가 회수에 성공한 자가 하필 자신의 부하 직원이므로 가시야마의 입장도 난처해진다.

비로소 유키는 가시야마가 자신을 찾아온 이유를 깨달았다. 낯선 부서에 발령받은 직원을 염려해서가 아니다. 자신이 심사해 결과적으로 부실채권이 된 안건이 '샤일록 야마가'의 수중에서 어떻게 처리되고 있는지가 신경 쓰여서다.

"유키 군은 그런 방식에 대해 어떻게 생각하나요? 가령 가시와다 씨 건인데요, 계약 당초부터 설정되어 있는 근저당권과는 달리, 가압류에는 예납금 등 여러 제반 비용이 필요해요. 회수할 수 없게 되면 적지 않은 비용까지 날리게 되죠."

사상검증이라고 생각했다. 가시야마는 웃으며 묻고 있

지만 대답 여하에 따라 이후의 처우를 정하려는 것일지도 모른다.

"첫 번째, 어떤 타이밍에서 부동산을 저당에 넣을지, 또 매각할지는 가시와다 씨 본인밖에 모르는 것이죠. 보전 처리로서는 유효하겠지만 비용 대비 효과를 고려하면 약간 과잉 수단이라고도 생각할 수 있고요. 유키 군 생각은 어떤가요?"

야마가를 따라다닌 지 슬슬 2주째. 아직도 모르겠습니다, 를 연발하면 다른 의미에서 무능한 행원으로 낙인찍힐 수도 있다.

자, 어떻게 대답해야 할까. 궁지에 몰린 것 같은 상황에서 아주 딱 좋은 타이밍에 야마가의 탁상전화가 울렸다.

야마가는 부재중이라 전화를 받는 건 유키의 몫이다. 겨우 살았다고 생각하며 수화기를 들었다. 접수처에서 온 내선전화였다.

─야마가 과장님이십니까?

"지금 자리를 비우셔서요. 저는 부하 유키입니다만 제가 전해드릴 수 있는 거라면."

─지금 외선으로 노자키라는 법무사에게서 과장님께 전화가 들어와 있습니다. 고객 가시와다 다쿠미 씨 건이라고 하는데요……

법무사라는 단어가 뺨을 때렸다.

"돌려주세요."

보류음이 몇 초간 흐른 다음 언짢은 듯한 남자의 목소리가 들렸다.

—야마가 씨?

"죄송합니다. 야마가 과장님은 부재중이십니다. 저는 같은 부서 유키라고 합니다만 괜찮으시다면 제게 대신 말씀해주세요."

—법무사 시노자키입니다만 히가시우에노에 있는 가시와다 씨의 자택 매각에 관해 명의 변경 등 절차를 의뢰받았습니다. 등기를 확인하니 권리관계에 데이토제일은행 명의가 있어 연락했습니다.

바로는 대답이 나오지 않았다.

—여보세요?

"네. 듣고 있습니다."

—연휴가 끝나는 5월 6일 실행합니다. 당일까지 가압류 말소 서류를 준비해두십시오. 결제를 포함한 등기 절차 등등은 도자이은행의 오가치마치 지점에서 11시. 오늘, 결제에 관한 채무 일람표를 송부할 예정이오니 어딘가 이상한 점이 있으면 우리 사무소로 연락 부탁드립니다. 그럼.

용건을 다 말하자 시노자키는 일방적으로 전화를 끊어버렸다.

"가시와다 씨 건에 무슨 일 있나요?"

33

"시노자키라는 법무사입니다. 가시와다 씨의 자택, 매각이 결정된 듯합니다."

이번에는 가시야마가 말을 잃을 차례였다.

"5월 6일에 잔금을 치를 예정이니 가압류 말소를 준비해두라고 하네요."

"연체 이자도 전부?"

"채무 일람표를 보내겠다는 말만 했으니 아마 그런 것 같습니다."

"그거…… 잘됐네요."

가시야마는 얼빠진 듯한 소리를 냈다. 기분 탓인지 얼굴도 약간 굳어 보인다. 안도와 낙담을 동시에 품은 표정이지만 무리도 아니다. 은행으로서는 부실채권 한 건이 해소되는 데다가 이자도 최대한 받아 불만이 있을 리 없다. 한편 심사 담당자 중 한 명인 가시야마 입장에서는 부하 직원이 자신을 뒷수습 해주기는커녕 오히려 자신과 부하 직원의 확연한 능력 차이가 드러나게 된 것이다. 마음이 편하지 않은 것도 쉽게 상상할 수 있다.

"그렇다고 해도 가압류를 신청하고 약 2주 만에 정말 부동산을 매각하다니……유키 군. 회수 업무 당시 과장의 행동에 뭔가 이상한 점은 없었나요? 예를 들어 부동산 매각을 강요했다든가, 협박했다든가."

"아뇨. 회수에는 늘 동행했지만 그런 적은 한 번도 없었습니다. 그래서 방금은 저도 깜짝 놀라서."

"그렇군요."

가시야마는 더 말하고 싶은 것이 있는 듯했지만 곧 체념한 모습으로 힘없이 고개를 저었다.

"역시 '샤일록 야마가'라는 별명이 붙을 만하네요. 과장이 돌아오면 내가 감탄했다고 전해주세요."

가시야마는 그렇게 말을 남기고 긴장한 얼굴 그대로 방을 나갔다.

몇십 분 후, 가시야마와 교대하듯이 야마가가 돌아왔다.

"과장님, 뉴스예요!"

유키가 기세 좋게 가시와다 건을 보고한다. 하지만 야마가는 별반 놀란 기색도 없이 '뭐, 지금이 적기였지'라고 말할 뿐이었다.

"적기? 설마 과장님, 가시와다가 자택을 매각할 시기까지 예상하고 계셨습니까?"

"자택 매각 이유는 들었나?"

"아뇨."

"십중팔구 아내가 이혼장을 던졌을 거야. 소중한 퇴직금은 다 주식에 쏟아붓고는, 아내는 아침부터 밤까지 일하는데 정작 자신은 헬로 워크*에 가려고도 하지 않잖아. 이혼

---

* 일본 정부에서 운영하는 공공직업 안내소.

35

사유로 충분하지. 몸이 성한 남편이 일자리를 구하려고도 하지 않는 경우, 부양 의무를 게을리했다는 점에서 상대측에 위자료나 재산 분할을 요청할 수 있어. 그렇게 되면 가시와다가 돈을 마련할 방법은 자택 매각밖에 없겠지."

"부부 사이가 나빠졌다고 본인 입으로 말한 적은 한 번도 없는데요."

"가시와다 방에 꾀죄죄한 침구와 식기가 있더군. 먹는 것도 자는 것도 방 안에서 해결하고 있던 거지. 즉 가정 내 별거란 말이야. 쓰레기도 널브러져 있는 걸 보면 아내도 부부관계를 계속할 기분이 아닌 것도 확실. 그렇다면 그 이후는 시간문제겠지."

아무리 경험이 많다고 하지만 여기까지 내다보고 있었다니. 그래서 자택 가압류를 단행한 건가. 유키는 마음속으로 혀를 내둘렀다.

"겨우 이런 걸로 뭘 놀래. 방을 한번 둘러봤는데도 가족 관계를 파악하지 못하면 그 집에 찾아간 의미가 없잖아. 내가 왜 그런 짓을 했다고 생각하는 거야?"

웃으면서 질책당하니 괜히 더 스스로가 우스워지는 것 같았다.

"레슨 3. 상대를 너무 몰아넣지 말고 가끔은 상대 쪽에서 움직이기를 기다린다. 그것도 사냥의 일부다. 기억해둬."

실행 예정 5월 6일. 야마가와 유키는 도자이은행 오가치마치 지점을 방문했다. 접수처에 방문 목적을 알리자 곧 응접실로 안내받았다.

응접실에는 이미 이번 부동산 매각 관계자가 전원 모여 있었다. 매입자로 보이는 초로의 남자와 중개를 맡은 부동산업자. 전화를 했던 노자키 법무사. 그리고 가시와다 본인.

부동산 매매를 은행에서 실행하는 것은 보전상의 문제가 있기 때문이다. 매매 시에는 천만 단위, 때로는 억 단위의 돈이 움직이게 된다. 그런 거액을 임의의 장소에서, 그것도 현금으로 주고받는 것은 위험한 데다가 번거롭다. 그 자리에서 매도자 측은 소유권 이전 등기 신청을 하고, 매입자 측은 매매 대금을 매도자 계좌로 이체한다. 부동산업자와 법무사의 보수는 그 직전에 공제된다.

가시와다는 야마가 일행을 본 순간 표정이 험악해졌다. 무언가 말하려고 하는 것을 노자키 법무사가 손으로 제지한다.

"바로 전체 서류를 확인해볼 수 있겠습니까?"

전화로 받은 인상대로 기분 나쁜 남자다. 인사도 없어 실례라고 생각했는데, 야마가는 신경도 쓰지 않는다는 듯이 엷게 웃으며 가압류 말소 관련 서류를 건넨다.

전체 서류라고 해도 말소 관련 서류는 그렇게 많지 않다.

- 취하서 원본과 사본
- 등기 권리자 의무자 목록
- 물건 목록

이 세 가지 서류와 오늘 자 원리합계 계산서뿐이므로 꽤 간단하다.

"좋습니다."

시노자키는 내용을 확인한 다음 다른 관계자 곁으로 돌아가 미리 준비한 다른 서류와 대조하기 시작한다.

이 확인 작업이야말로 시노자키가 여기에 온 이유이지만 마치 야마가 일행과 데이토제일은행의 존재를 무시하는 듯한 행동은 역시 거슬린다. 하지만 야마가는 시노자키의 일을 흥미롭다는 듯이 바라보고 있다.

도대체 이 남자에게 자존심은 있기나 한 건지 의문스럽다.

도중에 딱 한 번 시노자키가 이쪽을 비난의 눈초리로 노려보았다.

"데이토제일은행도 대단하네요. 겨우 5백만 엔 정도의 채권을 보전한다고 가압류를 설정하다니."

불쾌함이 잔뜩 묻어나는 말투였지만 야마가의 대답은 그것보다 더했다.

"만 엔 채권을 회수하는 데 10만 엔의 비용을 들이는 일도 흔해 빠져서요."

"주객전도군요."

"아뇨. 돈만 돌려받는 게 아니니까요."

서류 대조가 끝나자 이윽고 결제의 시간이 찾아왔다. 일반적으로는 매입자가 가시와다와 데이토제일은행, 그리고 시노자키 법무사와 부동산업자 측에 계좌이체확인서를 전달한다. 각각 금액에 문제가 없는지 확인한 다음 도자이은행 행원에게 건넨다. 그 후 계좌이체확인서 사본을 받으면 절차는 전부 끝난다.

그런데 여기서 가시와다가 이의를 제기했다.

"데이토제일은행에는 현금으로 지불해도 됩니까?"

갑작스러운 제의에 시노자키가 미심쩍은 표정을 짓는다.

"왜죠? 보통 전원 계좌이체로 처리합니다. 그게 확실하고 안전해요."

"계좌이체 수수료는 결국 제가 부담하게 되잖아요. 그런 곳엔 1엔도 쓰고 싶지 않아요. 현금으로 지급할지 계좌이체로 할지는 채무자인 제 자유 아닌가요?"

괜한 심술이라고 유키는 생각했다. 고작 천 엔 정도 되는 수수료조차 내지 않고 일부러 현금을 세는 고생을 시키려는 것이다. 가압류 설정에 대한 앙갚음이라고 해도 속이 너무 좁다.

시노자키가 곤란하다는 듯이 이쪽을 살피자 야마가는 의젓이 고개를 끄덕였다.

"저희 쪽은 전혀 상관없습니다. 돈 계산도 업무의 일부니까요."

야마가가 받아들이자 조속히 두 사람 앞에 현금이 마련되었다. 원금 524만 엔과 212일치 이자. 야마가의 말대로 지폐 계산은 입행 당시 철저하게 배웠다. 물론 지폐계수기도 있지만 마지막에는 행원의 손끝이 가장 믿을 수 있다고 해 입출금 때는 반드시 관행처럼 직접 세도록 배워 왔다. 야마가와 함께 확인하는 데 5분이 걸렸다. 야마가는 재빨리 영수증을 작성해 가시와다에게 건넨다.

"확실히 전액 상환받았습니다."

야마가의 입가를 보고 있으니 계속해서 '또 이용해주시기를 기다리고 있겠습니다'라고 말할 것 같은 느낌이었다.

하지만 가시와다는 건네받은 영수증을 난폭하게 구겨버렸다.

"네, 네놈들 때문이야."

목소리가 떨렸다.

"네놈들에게 내야 할 돈이 늘어서 수중에 있는 주식을 전부 시초가에 팔아야 하는 처지가 됐어. 어, 어쩌면 좋아. 부모님께 물려받은 집도 남의 손에 넘어갔어. 아내와도 헤어졌고."

"게다가 빚도 없어지셨죠."

야마가는 노래하듯 밝게 답한다.

"빚은 본인한테만 영향을 끼치는 게 아니죠. 미래에 생길 화근이 하나 없어졌으니 그것만으로도 감사해야 하지 않을까요?"

"네놈."

안색이 싹 바뀐 가시와다를, 다시 한번 시노자키가 제지한다. 험악한 분위기가 감도는 가운데, 야마가는 모르겠다는 얼굴로 유유히 자리에서 일어난다.

"그럼 저희 먼저 실례하겠습니다."

야마가는 오히려 무례해 보일 정도로 깍듯이 인사한 후, 현금을 담은 가방을 들고 당당하게 응접실을 나간다. 유키도 당황해 머리를 조아리며 뒤쫓아간다.

"뭐랄까, 굉장히 원한을 사고 말았네요."

유키는 핸들을 잡으며 투덜거렸다.

"이혼도 자택 매각도 전부 자업자득이면서 엉뚱한 데 화풀이하는 것도 유분수지."

"불합리하다고는 생각하지 않으십니까?"

"채권 회수에 감정은 필요 없어. 오히려 방해가 될 뿐이야. 필요한 건 전략과 타이밍과 실행력이다."

타이밍인가.

그렇다면 유키는 예전부터 정말 물어보고 싶었던 것을 물어보기로 했다.

"야마가 과장님은 어떻게 그렇게까지 회수에 열정을 쏟

을 수 있으신 건가요? 저런 식으로 원한을 사면서 채권을 회수한다고 월급이 껑충 뛰는 것도 아니잖습니까. 뭐, 좋은 평가는 받으실지 몰라도, 하시는 거에 비해서 돌아오는 게 별거 없는 것 같아요."

잠시 야마가는 허공을 노려보다가 툭 내뱉었다.

"굳이 말하자면 그게 일이니까."

"네? 너무 단순한 이유네요."

"자네 나이라면 버블 경기 무렵은 모르겠지."

"네. 붕괴 직후 세대라서요."

"왜 버블이 터졌는지 아나?"

"학교에서 배웠습니다. 직접적인 원인은 대장성의 총량 규제와 일본은행의 금융 긴축으로 신용 수축이 가속화되었다고요."

"교과서 내용을 묻는 게 아니야. 알겠어? 부동산과 증권 담보 가치가 순식간에 줄어들어 채권이 점점 부실화된 가장 큰 원인은 현장에 있었어. 그때그때 담당자가 마음을 굳게 먹고 회수에 임했다면 적어도 붕괴의 여파가 이 정도로 길어지진 않았을 거다."

야마가의 말투는 과거를 회상하는 듯 바뀌었지만 엷은 웃음은 여전했다.

"담보 가치가 떨어졌으니 추가 담보가 필요해. 그런데 상대에게는 그런 여유가 없고 이제는 못 갚는다고 뻔뻔하게 나와. 그렇게 나오면 곤란한 건 은행 측이야. 10억 단위 채권을 부실채권으로 계상하면 결산 내용이 악화되거든. 손실이 나면 본부 측 감사에 걸려서 자기 경력에도 흠집이 나고. 하지만 빌린 측도 10억 엔을 빌리면 연이율 5퍼센트에 연간 이자가 5천만 엔이야. 그걸 갚을 수 있을 리가 없지. 그래서 많은 담당자랄까, 은행은 채무자에게 1억엔을 회수유예대출*을 해주고, 그중 5천만 엔을 이자로 돌려받았어. 은행 입장에서는 이자가 입금되면 부실채권으로 계상되는 걸 피할 수 있지만, 채무자 입장에서는 빚이 1억 엔 더 늘어난 것뿐이라는 말이야. 단순해. 은행이 눈앞의 부실함을 표면으로 드러내고 싶지 않다는 이유로 부실채권을 더욱 악화시켰다는 거지. 허세나 농담이 아니라 당시 대기업부터 중소기업까지 금융기관이라는 금융기관은 죄다 이런 짓을 하고 있었어. 버블 붕괴의 원인에는 여러 가지가 있지만 담당자의 책임 회피도 그중 하나야."

감정 기복도 없이 평온하게 말하고 있지만 말끝에서는 혼미한 정념이 피어오르는 듯 들렸다.

"그런 것을 무슨, 경제 파탄은 정부와 일본은행의 정책 실수라는 등 당사자들이 주절주절 원망을 늘어놓는다니

---

* 원금상환능력이 부족한 기업인데도 이자 연체만 없으면 대출 만기를 연장해주는 것을 뜻한다.

까. 피해자인 척 좀 안 했으면.”

“즉……은행맨으로서의 사명감을 가지고 일하고 계신다는 의미인가요?”

“그렇게 거창한 것도 아니야. 단지 그 시대에, 책임만 회피하다가 급기야 피해자인 척만 하는 시시한 돈놀이꾼들과 한통속이 되고 싶지 않다고 생각할 뿐이지. 책임도 못질 일을 태평하게 반복하면서 월급을 받아도 전혀 고맙지도 않고.”

엷은 웃음, 가벼운 표정과는 달리 그 말은 유키의 가슴에 무겁게 내리꽂혔다.

자신은 이 남자를 우습게 보고 있었는지도 모른다.

가시야마는 야마가의 생각을 극단적이라고 비판했지만 실은 가시야마의 견해야말로 자기 안위만 생각하는 게 아니었을까.

감정을 전부 배제하고 미소를 띤 채로 계속 채권을 사냥하는 남자. 독선적이기만 한 것은 아니다. 야마가에게는 회수맨으로서 배워야 할 것이 산더미처럼 많다.

섭외부로 발령받은 것은 예상 밖이었다. 하지만 넘어져도 그냥은 일어나지 않겠다.*

---

* 어떤 경우에서든 반드시 이익은 챙긴다는 것을 비유하는 말.

유키는 당분간 이 남자를 따라다니기로 마음먹었다.

3

야마가에게 붙어 회수 업무를 계속하는 동안, 채권 회수
가 무엇인지 어렴풋이 보이기 시작했다. 정공법이냐 아니
냐를 떠나서, 그리고 한 은행의 수익 이전에, 이 나라의 경
제를 순환시키기 위해 채권 회수는 없어서는 안 될 일이
라고 생각하게 되었다.

"경제에서 돈은 생물의 혈액과 똑같아."

회수하러 가는 차 안에서 야마가는 저런 말을 꺼냈다.

"혈액이 신체의 구석구석까지 전달되어야 생물은 활동
할 수 있어. 혈액이 대량으로 신속하게 흘러야 민첩하게
달릴 수 있고 능력을 발휘할 수 있지. 경제도 똑같아. 돈이
어딘가에서 막혀 있거나 움직임을 멈추면 일본 경제 활성
화에 방해가 돼."

일본 경제라니 또 이야기가 커졌다며 내심 웃음이 나오
려는데, 다음에 이어진 말에 유키는 생각을 고쳐먹었다.

"지금 내가 과장한다고 생각했지."

"아뇨……."

"자넨 아직 모르겠지만 우리 은행에는 회수불능채권이 수백억이나 있어. 대부분은 대손상각* 해버리는 추세지만 그 수백억을 무사히 회수할 수 있다면 데이토제일은행은 그 돈을 성장 가능성이 있는 벤처에 투자할 수도 있을 거야. 그 벤처가 신에너지나 의료분야의 개척자가 되었다고 해 봐. 우리가 대출해준 돈이 몇천 배 몇만 배가 되어, 이 나라를 윤택하게 할 거야. 데이토제일은행, 단지 한 은행이 대출해준 돈이 이 나라에 많은 고용과 자산을 만들어 내겠지."

핸들을 잡고 있던 유키는 자기도 모르게 옆을 힐끗 본다.

"……조금 의외네요."

"뭐가."

"과장님 입에서 그런 열정적인 말이 나올 줄은 상상도 못 했습니다."

야마가는 시큰둥하게 콧방귀를 뀐다. 하지만 유키는 새로운 동기 부여가 생긴 것 같아 신선했다.

때마침, 오늘의 방문처는 오타구에서 공장을 운영하는 중소기업이다. 현장에서 야마가가 어떤 말을 하고 고객에게 무엇을 제안할까. 생각만으로도 가슴이 두근거렸다.

---

* 회수불능채권을 회계상 손실로 처리하는 것.

오타구는 옛날부터 물건을 만드는 거리로 유명하다. 무려 4천 개나 되는 소규모 공장이 모여 있어, 최첨단 기술을 사용한 제조나 정밀부품 가공을 하청받고 있다. '오타구 하늘에서 도면을 던지면 무엇이든 다음 날에는 훌륭한 제품이 되어 나온다'고 말하는 이유다. 물론 방음 대책은 되어 있겠지만, 평소에 거리를 걷고 있으면 여기저기서 모터 작동음이 새어나온다.

야마가와 유키가 방문한 곳은 그 일각에 있는 '인더스트리아 공업'이다.

방문 전에 공장의 개요는 훑어보았다. 창업은 1995년, 자본금 1억 엔, 대표이사 사장은 쓰치야 고타로, 70세. 직원은 쓰치야를 포함해 전부 여섯 명. 고급 스피커 유닛을 제조해, 국내 오디오 제조사에 도매하고 있다.

시간은 오전 10시. 이미 공장은 가동하고 있을 시간이지만 안에서는 어떤 기계음도 들리지 않는다. 유키가 의아해하는 것도 아랑곳하지 않고 야마가는 공장 한쪽에 있는 사무실로 발을 옮긴다. 왜인지 잠겨 있지도 않다.

"사장님. 계세요? 데이토제일은행 야마가 왔습니다."

도대체 뭘 먹으면 저런 기운이 나오는지 야마가는 여느 때처럼 웃으며 소리를 높인다. 이 성량이라면 사무실은 물론 공장까지 다 들릴 텐데 아무리 기다려도 전혀 응답이 없다.

"이쪽이군."

"괜찮을까요? 허락도 없이."

"잠겨 있지 않은 건 어서 들어오세요, 라는 의미야. 뭐, 욕하면 그때 나가면 돼."

욕을 먹는다고 얌전히 나갈 사람 같지는 않다.

사무실 안쪽을 곧장 지나가자 이윽고 작업장이 시야에 들어왔다. 천장은 그다지 높지 않고 벽 쪽 선반에는 제품인지 시제품인지 크고 작은 스피커 유닛이 빽빽하게 진열돼 있다. 음향 실험을 위해서인지, 작업장 구석에는 시청실 같은 작은 방이 마련되어 있다.

직원의 모습은 어디에도 보이지 않는다. 야마가는 조금도 주저하지 않고 시청실 문을 연다.

열자마자 자신도 모르게 멈칫할 정도로 큰 소리가 날아든다. 안에서 작업복 차림의 노인이 클래식을 듣고 있었다.

"아이구, 쓰치야 사장님. 데이토제일은행 야마가입니다."

"또 자넨가."

이쪽을 돌아본 쓰치야는 언짢음을 감추려고도 하지 않는다. 좋게 말하면 완고, 나쁘게 말하면 옹고집 노인의 얼굴이었다.

"독촉 통지를 몇 번이나 보냈는데도 답이 없으셔서 이렇게 직접 찾아왔습니다. 근무 중이신 건 아는데, 음악 좀 잠깐 꺼주실 수 있으신가요?"

야마가의 말소리가 들릴 텐데도 쓰치야는 음량을 줄이기는커녕 볼륨을 더욱 올린다. 그 순간 관현악기의 날카로운 음이 천장에 꽂힌다. 타악기의 중저음이 배를 울린다.

야마가는 미소를 띤 채 손을 뻗어 볼륨을 낮췄다.

유키한테서는 보이지 않지만 상당히 위압감이 느껴지는 미소였을 것이다. 쓰치야는 순간 겁먹은 듯이 꼼짝도 하지 않다가 마지못해 야마가 쪽으로 돌아선다.

"독촉장을 몇 통 보냈든 몇 번이나 찾아오든 소용없어. 못 갚는 건 못 갚는 거야. 알겠어? 안 갚는 게 아니라 못 갚는다고."

채무자 특유의 뻔뻔함이지만 상환 의지가 있는 것만큼은 강조한다. 정말이지 독촉에 익숙한 인간의 말투였다.

쓰치야의 채권액은 대출금이 누계로 1억 4천만 엔, 그중 원금 8천만 엔에 해당하는 이자도 연체 중이다.

이대로 2개월이나 진전이 없으면 쓰치야의 빚은 부실채권으로 잡히게 된다. 하지만 이자만 수십만 엔, 거래를 갱신하기 위한 원금을 포함하면 더욱 많은 금액을 상환해야한다.

아니, 거래를 갱신하면 될 단계는 지났다. 심사부 감사에서 쓰치야의 여신은 급격히 악화하고 있는 데다가 과거에도 연체가 계속된 적이 있어서 조기 회수가 필요한 안건이라고 지정되어 있다.

오늘 야마가가 방문한 것도 이번 이자분을 징수하기 위해서가 아니라 신속히 채무 자체를 전액 상환시키기 위해서다.

"안 갚는 게 아니라 못 갚는다. 돈은 없지만 성의는 있다는 말씀이시군요."

"고객한테 말투가 그게 뭐야. 고약하게."

"간단명료하게 말해야 알아듣기 쉽잖아요."

"흥. 못 갚게 되자마자 돌변하기는."

그건 피차일반이지 않냐는 생각이 들었지만 유키는 잠자코 있었다. 자신이 굳이 입 밖에 내지 않아도 어차피 야마가가 더 비꼬는 말로 받아칠 것이다.

하지만 의외로 야마가는 반론하지 않았다.

"태도는 변했을지 모르지만 우리 은행의 자세에는 조금도 달라진 게 없습니다. 장래성이 있는 기업을 자금 면에서 서포트하고 윈윈 관계를 구축하고요. 거래를 원활하게 하는 것도 전부 그 목적을 달성하기 위함입니다."

"말은 또 깨끗하게 하네. 더러운 돈을 만지면서 말만 곱게 할 생각인가."

"대출해준 돈이 깨끗해질지 더러워질지는 쓰치야 사장님께 달려 있죠."

"그건 나도 알아! 그러니까 직원들이 합심해서 고능률 유닛 개발에 심혈을 쏟고 있잖아."

쓰치야가 가리킨 곳에 유닛 한 대가 자리 잡고 있다. 가전제품 매장에서 흔히 볼 수 있는 검은색 유닛이 아니라 중심부가 흰색인 짙은 갈색 유닛이었다.

"구동계*에 부담을 주지 않기 위해 15인치 지름의 우퍼에 2인치 지름의 트위터**를 끼워 넣었어. 한 대 분의 전압으로 두 유닛을 구동할 수 있어서 소출력 앰프에서도 낭랑하게 스피커를 재생시킬 수 있지. 효과도 훌륭했어. 허가도 받았고. 그런데 팔리진 않았지."

"자신 있는 신제품이었잖아요. 판매사의 홍보가 부족했습니까?"

"아니. 오디오 잡지는 물론 인터넷에서도 광고했는데 소용없었어. 인지도 문제가 아니라 시장의 변화야. 고객층을 넓히려고 가격을 중간급으로 설정한 것이 화근이었네."

"싸고 품질이 좋으면 인기제품이 되었을 텐데요."

"취미의 세계도 양극화되어 있거든."

쓰치야는 내뱉듯이 말한다.

"요즘 젊은 것들은 스마트폰이나 휴대용 오디오로 음악

---

* 동력을 전달해 기계가 움직이는 데 관여하는 부분.
** 고음을 담당하는 스피커.

을 들으려 해. 중간급 오디오를 살 여유도 없지. 한편 취미에 돈을 쓸 수 있는 녀석은 하이엔드만 탐내고. 그래서 안 팔렸어.”

이는 유키도 이해할 수 있었다. 상품은 보급 가격대의 물건을 중간층에게 광범위하게 제공할 수 있을 때 팔린다. 아무리 단가가 높아도 잘 팔리지 않으면 개발 비용도 거두지 못한다. 적어도 입문용으로 판매실적을 쌓으면 좋겠지만 쓰치야의 말대로 판매사가 젊은 층으로 타깃을 좁혀도 요즘 젊은이들은 돈이 드는 취미를 기피한다. 간편함과 가성비가 그들이 내거는 최저 조건이다. 이는 오디오뿐만 아니라 옷이나 자동차에도 사정은 마찬가지로 판매사라고 이름이 붙은 곳은 어디나 같은 고민을 품고 있다.

“그래서 수주가 막혔어. 판매사도 반품 재고를 떠안고 있으니 어쩔 수도 없고. 개발 비용도 회수 못 했네.”

쓰치야는 작업장 안을 보라는 듯이 손가락으로 크게 반원을 그린다.

“당분간은 수주도 장담할 수 없으니 직원들은 전부 자택으로 보냈어. 어때, 데이토제일은행 야마가 씨. 이 상황을 보면 빚을 못 갚는다는 말이 이해가 가겠지.”

원래 회수 불능이 되면 담보 물건을 처분하는 수단이 남아 있지만 토지 가옥의 저당권은 데이토제일은행보다 다른 은행이 우선 설정되어 있다. 이미 매매가는 선순위 설정액을 밑돌고 있어 처분한다고 해도 데이토제일은행의 채권까지는 상환할 수 없다. 무담보 회수불능채권으로서 남게 될 뿐이다.

"들어줘. 정말 좋은 소리가 나오니까."

쓰치야는 앉아 있던 의자를 야마가에게 건네더니 다시 볼륨 버튼으로 손을 뻗는다.

"이 유닛을 장착한 스피커야. CD인데도 아날로그 레코드처럼 둥글면서 따뜻한 소리가 나와."

적정한 음량으로 흘러나온 것은 확실히 똑바로 고쳐앉고 싶어지는 소리였다.

곡명은 모르지만 분명 쇼팽의 피아노 전주곡이다. 음향 이미지라고 해야 하나, 타건의 세기, 페달의 강약, 지붕 위로 튀어 오르는 소리까지 손에 잡힐 듯하다. 이렇게나 분해능分解能이 뛰어난 스피커 소리는 지금까지 들어본 적이 없었다. 게다가 고음과 저음을 같은 유닛에서 재생하고 있어 분해능이 있는데도 음은 일체화되어 있다. 즉 생음악 소리에 한없이 가깝다.

"구동계에 여유가 있으니 분해능을 최대치로 발휘할 수 있어. 소출력으로도 기동할 수 있어서 엄청 비싼 해외의 앰프를 사용하지 않아도 되고. 종합적으로 결국 리즈너블한 제품인 거지."

"쇼룸 전시나 발표회 등은 하셨나요?"

"했지. 그런데 일부러 쇼룸이나 발표회까지 찾아오는 사람들은 하이엔드 마니아 아니면 업계 종사자뿐이야. 결국 방송도 소규모에 그쳤어. 이렇게 좋은 소리가 나는데도 애매하게 비싸서 외면당했어. 그런데 홍보는 또 판매사 일이라 우리는 참견이고 뭐고 아무것도 할 수 없지. 단지 성능이 좋은 제품, 소리가 좋은 유닛을 만드는 것밖에 못 해."

이야기를 들어보니 쓰치야 본인이 게으르거나 무책임해서 상환이 밀리는 게 아니다. 말하자면 시장 환경의 변화에 대처하지 못했을 뿐이다.

섭외부의 일은 채권 회수뿐만이 아니다. 가끔은 고객에게 적절한 조언을 해, 향후 상환 계획을 세운다.

자, 이 이야기를 들은 야마가는 어떤 계획안을 제안할 텐가. 벤처를 소중히 하고 싶다고 열정적으로 말했던 뛰어난 은행맨은 소규모 공장의 사장을 이런 곤경에서 어떻게 구할 텐가.

하지만 야마가의 말은 전혀 예상 밖이었다.

"정말 쓰치야 사장님은 아무것도 할 수 없었을까요?"

"뭐라고?"

"고성능 유닛을 예산에 맞는 제품으로 완성하는 것. 과연 그것 나름의 어려움도 있었을 테고 특허를 신청할 수 있는 첨단기술을 투입한 것도 사실이죠. 하지만 결국 사장님이 한 일은 기술 추구, 장인의 솜씨를 추구하는 것뿐이었어요. 적어도 쓰치야 사장님의 모티베이션에서 수익이라는 개념은 찾아볼 수 없습니다."

"나는 단지 작은 공장의 주인일 뿐이야."

"그러니 우수한 제품 개발에 심혈을 기울이면 된다? 그건 너무 순진하잖아요, 쓰치야 사장님. 만들기만 하면 팔리고, 홍보만 하면 무조건 팔렸던 옛날과는 유통 구조도 소비 성향도 싹 달라졌다고요. 단지 고성능이라고, 또 소리가 좋다는 것만으로 제품이 팔린다면 누구도 고생하지 않겠죠."

"다 아는 것처럼 말하지 말게. 좋은 성능을 추구하는 게 뭐가 나빠. 자넨 장인의 정신을 바보 취급할 셈인가?"

쓰치야는 격앙되었지만 야마가는 아랑곳하지 않고 웃고 있다.

"쓰치야 사장님도 오디오 세계에 몸담고 있으니 들어본 적 있으시겠죠. 버블로 화려했던 시기 모 대기업이 재미있는 신제품을 개발했습니다. 2년 후까지 예약 녹화가 가능한 비디오 레코더로 당시에는 획기적인 기술이었죠. 개발에 종사한 기술자도 자신만만, 판매사도 힘을 쏟아 상품을 시장에 투입했습니다. 어쨌든 제품을 출시하기만 하면 팔리는 시대였고요. 이 신제품이 시장을 얼마나 석권할지 관계자들은 기대를 품고 추이를 지켜보았습니다. 그런데."

여기서 야마가는 오버하며 두 팔을 넓게 벌렸다.

"뜻밖에도 전혀 팔리지 않았죠. 네, 뭐 웃을 수도 없을 정도로요. 매장에서는 반품이 계속되고, 판매사 창고는 그 재고만으로 꽉 차 공간이 부족할 정도였습니다. 그렇다면 왜 그렇게나 기대했던 제품이 팔리지 않았을까요? 답은 간단합니다. 소비자들에게 2년 후 예약 녹화 따위 별로 필요가 없었기 때문입니다. 기술자가 얼마나 자신만만하든, 기업이 얼마나 홍보를 하든, 소비자가 필요로 하지 않는 것은 안 팔려요. 소비자들이 원하는 것은 기술이 가져다주는 쾌락과 편리함이지, 결코 기술 그 자체가 아니니까요."

야마가는 거기서 말을 끊고 쓰치야의 얼굴을 들여다보았다.

"기술자의 자기만족에는 어떤 상품 가치도 없다는 좋은 사례입니다. 그리고 또 쓰치야 사장님의 일이기도 하고요. 어느 정도 가격은 나가지만 최신 기술을 투입한 스피커 유닛. 뼛속부터 기술자인 사장님에게는 만족스러운 제품이겠지만 어느 고객층에도 어필하지 못한다면 방금 예로 든 2년 후 예약 녹화처럼 불필요한 기술일 뿐이죠. 지금 이 세상, 이 시장이 어떻게 받아들일지를 고민한 후에 상품을 개발하는 게 당연. 이를 게을리한 시점에서 사장님은 기술자로서는 몰라도 경영자로서는 실격이십니다."

촌철살인이란 게 이런 건가. 쓰치야는 분노로 몸을 파르르 떨고 있다.

"그래서 도대체 나보고 어쩌라는 건가. 팔리지 않으면 돈도 안 생겨. 여기 있는 기계 대부분은 리스라서 매각할 수도 없네. 아무리 자네가 논리정연하게 내가 경영자로서 자격이 없다는 말을 늘어놓아도 돈이 없으니 어쩔 수 없어. 흥, 꼴 좋군."

쓰치야가 다시 한번 뻔뻔하게 굴었다. 하지만 다음에 야마가가 뱉은 말은 뻔뻔한 쓰치야를 한번에 갈아버리기 충분했다.

"내일 오전까지 4개월분의 이자와 원금을 상환해주십시오. 안 되면 데이토제일은행은 채권자의 한 명으로서 '인더스트리아 공업' 및 대표이사 사장인 쓰치야 고타로 씨에 대해 파산 신청을 하겠습니다."

"무슨 소리얏."

쓰치야가 놀라서 몸을 일으켰다.

놀란 건 유키도 마찬가지였다.

방금 벤처의 꿈에 대해 언급하던 남자가 같은 입으로 벤처의 싹을 잘라내려고 한다.

"대부분 파산은 채무자 본인이 신청하는 것이라고들 생각하지만 파산의 원래 취지는 채무자의 자산이 사라지는 것이 두려운 채권자들이, 채무자의 자산을 채권자나 순위에 따라 분배하고자 하는 것입니다. 즉 채권자라면 누구라도 파산 신청을 할 수 있고 지금의 '인더스트리아 공업'

의 자산과 채무를 대조하면 파산 결정은 쉽게 나올 것이고요."

"잠, 잠깐만 기다려줘."

"네, 기다리고 말고요. 단 내일 정오까지입니다."

"내일 정오까지라니! 바보 같은 소리 하지 말게. 넉 달 동안 여기저기 뛰어다녔는데도 못 구한 돈을 어떻게 하루 만에 마련하나."

"저희가 마련 방법까지 조언해드리진 않습니다. 자칫 잘못하면 강요로 받아들여질 수도 있고요."

"아무리 그래도 횡포야."

"그런 말씀을 하시기 전에 유예는 있었을 텐데요. 회사를 경영하고 계시니, 넉 달이나 연체되면 최종적으로 어떻게 되는지는 사장님께서 모르실 리가 없을 테고요."

"그래도, 그래도."

"기술자의 자기만족으로 경영이 완성된다는 생각이셨다면 그거야말로 주객전도죠. 경영은 기술 개발을 위해 있는 것이 아닙니다. 경영을 위해 기술 개발이 있는 거죠."

쓰치야의 얼굴이 순식간에 붉어진다. 이대로 입을 열면 분명 욕설이나 우는 소리 둘 중 하나뿐이다.

"어쨌든 전달했습니다. 기한은 내일 정오. 그전에 우리 은행을 방문하지 않으시거나 연락이 없으신 경우, 신속히 파산 신청을 준비하겠습니다. 아, 만약을 위해 말씀드리는

데, 파산 신청 서류를 작성하는 데는 그리 오래 걸리지 않습니다. 문서 양식에 당사자명과 숫자를 넣기만 하면 되니, 뭐, 5분 정도 걸리려나요."

이렇게 말하며 야마가는 여유만만하게 자리에서 일어난다. 이 밉살스러운 행동도 다 계산된 행동일 것이다.

"기다려줘."

"사장님, 꽤 질척거리시네요. 내일까지는 기다리겠다고 아까부터 몇 번이나 말하지 않았습니까."

야마가는 지푸라기라도 잡는 듯한 쓰치야의 애원을 뿌리치고 작업장을 나온다. 유키는 당황하며 그 뒤를 따른다.

"이런 짐승만도 못한 놈! 채귀債鬼란 네놈들을 두고 말하는 거야."

쓰치야의 절규가 등에 꽂힌다. 유키는 더는 배길 수 없어 몸을 웅크리고 도망치듯이 공장을 빠져나온다.

"그럼 파산 신청서 준비해둬."

자동차에 오르며 야마가가 다짐하듯 말했다.

"진심이신가요? 과장님."

"응? 뭐가?"

"'인더스트리아 공업'을 파산 신청하신다는 거요."

"파산은 채무 정리의 한 형태일 뿐이야. 그 정도는 상식이지. 어차피 파산할 거라면 빠른 게 좋아. 그만큼 자산 감소를 막을 수 있거든.”

“아까 벤처를 응원한다는 식으로 말하지 않으셨습니까?”

“응원한다는 건 어디까지나 비전이 있는 기업에 한해서야. 벤처라는 이유만으로 여기저기에 돈을 뿌리면 데이토 제일은행 자체가 파산한다고.”

“그래도.”

“아까 내가 한 말의 의미를 착각했나 보군. 돈의 원활한 활동이 경제를 활성화한다고 했지. 그러기 위해서는 흐름을 방해하는 장애물을 제거해야 해.”

“그게 ‘인더스트리아 공업’과 쓰치야 사장의 파산 신청입니까?”

“저 사장은 기술자로서는 일류일지는 몰라도 경영자로서는 삼류야. 저런 사람들은 한시라도 빨리 링에서 내려오는 게 좋아. 링 위에서만 싸울 수 있는 것도 아니고.”

야마가의 말은 이번에도 옳을 것이다. 하지만 그렇다고 감정까지 받아들일 수 있는 건 아니다.

“설마 오늘 처음 만난 채무자를 편들고 싶어졌나?”

“그런 거 아닙니다.”

“아니면 짐승만도 못한 놈이라거나 채귀라는 말에 화가 났나? 듣기 좋지 않나? 회수 담당자는 그런 말을 들어야 제 몫 하는 거다.”

이 설명도 틀리지 않는다. 채무자에게 호감을 얻는 것은 채권자로서의 권리를 이행하지 않기 때문이다. 그러니 우수하고 정직한 회수 담당자는 그만큼 채무자에게 미움을 산다.

야마가는 압도적으로 옳다. 하지만 유키의 감정이 그것을 인정하려고 하지 않는다. 아까 등 뒤에서 매도당할 때도 야마가는 만면에 미소를 띠고 있지 않았던가. 프로페셔널이니까, 라고 말하면 그걸로 그만이지만 자신은 그런 식으로 웃을 자신이 없다.

"최근에는 파산의 의미도 꽤 가벼워졌다고 하지만 저 세대의 경영자에게 파산이란 매우 껄끄러운 거야. 쓰치야 사장도 필사적으로 생각하겠지."

"하지만 아무리 생각해도 지금부터 4개월분 체납분을 갚게 하는 것은 도무지 무리에요."

"응. 무리인 걸 알고서 그렇게 요구한 거야. 그렇게까지 안 하면 저 옹고집 할배는 좀처럼 말을 들으려고도 하지 않으니까."

야마가는 즐거워서 어쩔 줄 모르겠다는 표정을 지었다.

4

쓰치야에게 주어진 유예는 순식간에 지났다. 하루 안에 될 일이었다면 넉 달 동안이나 상환이 밀렸을 리도 없다.

다음 날, 오전 11시 40분, 초조와 고뇌로 얼굴이 한껏 어두워진 쓰치야가 데이토제일은행 신주쿠 지점에 나타났다. 곧바로 섭외부로 안내받았지만 발걸음은 불안했다.

"너희들은 정말 지독한 놈들이야. 은행 놈들은 완전 야쿠자야."

야마가 앞에 앉자마자 쓰치야는 푸념을 늘어놓는다. 위세에 비해 표정이 좋지 않은 것은 뾰족한 상환 방법이 없기 때문이다.

야마가는 언제나처럼 미소를 지으며 태연하게 소파에 앉는다. 유키는 이제부터 시작될 쓰치야의 추태를 직접 보기가 괴로웠다.

유예를 신청하는 자, 이자감면을 바라는 자 등 조건이나 케이스는 다양하지만 이들의 공통된 점은 끈질김과 추악함이다. 당장 눈앞에 있는 결정적인 비극을 회피하기 위해서라면 채무자는 개 흉내조차 낸다. 구두를 핥으라고 명령하면 절반 이상은 그렇게 할 것이다.

"쓰치야 사장님. 20분 후면 약속한 시간인데요, 자금 마련은 어떻게 되셨습니까?"

"⋯⋯못 했네."

쓰치야는 어깨를 늘어뜨린다. 허세가 벗겨진 쓰치야는 단지 연약한 노인으로밖에 보이지 않는다.

"무리인 줄 알면서도 친척들에게 돈을 빌려달라고 뻔뻔하게 전화를 돌려봤는데 호의적인 사람은 한 명도 없었어."

"그렇겠죠. 그런 기특한 친척이 있었다면 일찍이 구원의 손길을 내밀어줬을 테니까요."

"저당권 1순위 은행에도 상담했어. 추가 대출은 불가능하다더군. 공장이 있는 곳 일대의 지가가 급락하고 있다고 해. 데이토제일은행이 파산 신청을 하겠다고 했다고 말했는데도 담당자 자식은 그것참 안 됐네요, 라고만 하고."

"1순위 입장에서는 아무 상관도 없으니까요. 본심은 할 거면 빨리해, 겠죠."

갑자기 쓰치야는 의자에서 일어나 야마가 앞에서 무릎을 꿇는다.

유키는 그만해, 라고 외치고만 싶다. 사람이 사람에게 굴복해 애원하는 모습 따위 보고 싶지도 않다.

"부탁하네."

목소리는 떨리고 있었다.

"회사를 세우고 20년이나 해왔네. 딱히 대단한 야망이 있었던 건 아니야. 다만 영리에 얽매이지 않고 내가 최고라고 생각하는 제품을 만들고 싶었어. 이게 자네가 말하는 기술자의 자긍심이라고 한다면 그럴지도 모르겠네. 하지만 나나 직원들이 심혈을 기울여 만든 것은 언젠가 분명히 평가받을 거야."

"언젠가요? 쓰치야 사장님, 언젠가, 라는 건 명확한 비전이 없는 자들이 반복하는 말이에요. 경영자가 할 만한 소리는 아니죠. 경영자에게 필요한 건 계획과 손익계산입니다."

"그렇다면 기술자의 꿈은 뭐가 되나. 이 나라가 기술 선진국이라고 불리게 된 건 나 같은 소규모 공장이 세계 수준에 뒤지지 않는 기술을 만들어왔기 때문이야. 손익계산 때문이 아니라고. 기술자들이 이마에 땀을 흘려가며 일하는 건 어떤 분야에서든 최고를 목표로 하는 근성과 탐구심이 있어서야. 자네가 말하는 비전과는 정반대의 열정이지. 그게 없으면 기술자는 나사 한 개조차 만들지 못해. 이 나라가 세계에 대항하기 위해서는 기술자의 영혼과 열정이 꼭 필요하다고."

"그것도 적당한, 자기 위로입니다만."

"지금 파산 선고를 하면 모처럼 여기까지 쌓아온 것들이 전부 물거품이 돼. 직원들도 가족들과 거리를 떠돌게 될 테고. 제발 조금만 더 유예해주게. 3개월, 아니 2개월도 괜찮아."

쓰치야는 고개를 깊숙이 숙인다. 이마가 곧 바닥에 닿을 것 같다.

유키는 쓰치야에게서 시선을 돌려 야마가를 본다. 차 안에서 야마가가 말한 벤처에 대한 생각은 진짜였으면 한다. 하지만 그렇다면 쓰치야에게 이렇게나 비정한 태도를 보일 리가 없다.

그러나 이 샤일록의 후예는 유키의 상상을 뛰어넘고 있었다.

"쓰치야 사장님, 고개 드세요. 이렇게 고개를 숙이셔도 저희에겐 1엔도 득이 안 돼요."

천천히 고개를 든 쓰치야의 얼굴은 수치심과 분노의 빛으로 얼룩져 있다.

"뭐라고……."

"수치심을 참으면서 고개를 숙이는 것도 열정입니까? 기술자 정신을 소리 높여 외치시는 것에 비해 자존심은 너무 낮으시군요."

초승달처럼 삐죽인 입술에서 새어나오는 말은 지극히 냉담하게 들린다. 유키는 이 자리에서 도망치고 싶어진다. 여기 있으면 인간의 나약함과 잔혹함을 어쩔 수 없이 기억에 새길 것만 같다.

"자존심 따위 어떻든 상관없어. 파산은, 제발 파산만큼은 봐주게."

"말대답하는 것 같지만, 저도 자존심 따위 어떻든 상관없다고 생각하는 입장이라서요. 여기서 쓰치야 사장님께 온정을 베풀면 그건 이미 휴머니즘 넘치는 대응과 이야깃거리 정도는 되겠지만, 은행원으로서는 실격이라는 낙인이 찍히겠죠."

그리고 올려다보는 쓰치야에게 얼굴을 가져다댄다.

"쓰치야 사장님, 어제도 말씀드렸지만 파산은 채무자 측이 신청할 수도 있습니다. 사장님의 깨알만 한 자존심을 생각해, 어느 쪽이 신청할지는 사장님께 맡기겠습니다."

"네까짓 게."

"이 세상에 돈보다 더 중요한 것은 없습니다. 실제로 기술자 정신도 자존심도 돈 앞에서는 넙죽 엎드리지 않습니까. 경영자인 사람은 이런 사태를 언제 어느 때라도 자각하지 않으면 안 됩니다. 실례지만 쓰치야 사장님, 사장님은 기술자로서는 훌륭하실지 몰라도 적어도 사장감은 아니십니다. 설령 이번 위기를 넘기신다고 해도 조만간 같은 꼴을 당하실 거예요. 심한 말은 하지 않을 테니 그냥 파산하세요. 그게 가장 낫습니다. 이대로 계속한다면 사장님 본인뿐만 아니라 사장님에게 달린 직원과 그 가족도 쭉 괴로울 뿐이에요. 사장님을 믿는다는 이유로 어렵게 고생하는 사람들 입장을 생각해보시는 건 어떻습니까?"

교활하다.

자기 자신은 차치하고 직원과 그 가족을 건드리면 항변할 수도 없다. 어딘가 옛 장인 같은 쓰치야에게 가장 효과적인 설득 재료일 것이다.

그러자 예상대로 쓰치야는 다시 한번 힘없이 고개를 떨구었다. 퇴로를 전부 차단당한 패잔병의 절망 그 자체였다. 칠칠치 못하게 벌린 입술에서, 젠장, 이라는 원망의 목소리가 새어나온다.

야마가가 다른 제안을 한 것은 그때였다.

"사장님, 파산을 피할 수 있는 길이 하나 있긴 합니다."

"뭔데. 파산만 피할 수 있다면 뭐든지 말하는 대로 하겠네."

"토지 건물이나 설비 이외에 매각 가능한 것이 있습니다. 그걸 매각해 상환금으로 돌리면 됩니다."

"그런 게 있나?"

"쓰치야 사장님의 유일한 자산인 기술 그 자체입니다."

유키는 놀라서 야마가를 본다. 쓰치야도 입을 반쯤 벌리고 있다.

"신개발 스피커 유닛, 특허를 받으셨겠죠. 특허라면 훌륭한 매물이 될 수 있습니다. 사실 어제, 해외 오디오 제조사 몇 군데를 떠보긴 했는데 '인더스트리아 공업'의 기술에 흥미를 보인 기업이 있었습니다."

"무슨……하루 만에."

"물론 특허 말고도 부가가치까지 붙이면 더 비싸게 팔 수 있고요. 완성품 실물, 거기에 개발에 종사한 기술자까지 포함하면 어떻습니까? 제 견적에 따르면 그걸로 데이토제일은행의 채무를 전부 상환하고도 꽤 여유가 생깁니다."

야마가는 옆에 있는 파일에서 서류 몇 장을 꺼내 쓰치야에게 건넨다. 유키가 힐끗 보니 특허를 매각할 때의 시산표試算表였다.

쓰치야는 안도와 원통함이 뒤섞인 얼굴로 서류로 시선을 옮긴다.

"지적재산의 거래에는 전문적인 지식과 흥정이 필요합니다. 다행히 저희 은행에 그런 교섭에 정통한 고문 변호사가 있으니 사장님께서 원하신다면 기꺼이 소개해드릴 거고요."

쓰치야는 완전히 독기가 빠진 모습으로 몇 번이나 서류와 야마가의 미소를 번갈아보았다.

쓰치야를 보낸 뒤 유키가 재빨리 야마가를 붙잡았다.

"과장님, 다 계획하신 거네요."

"뭐를?"

"계속 과장님을 따라다녔는데, 과장님이 해외 기업과 연락하시는 건 한 번도 못 봤습니다. '인더스트리아 공업'을 방문하기 전부터 스피커 유닛 특허의 매각을 생각하고 계셨던 거죠? 그게 아니면 그렇게 주도면밀한 행동을 하실 수 있을 리가 없어요."

"맞아."

"그럼 왜 어제 그 이야기를 꺼내지 않으셨습니까? 채권자 측에서의 파산 신청이라든가, 공연히 쓰치야 사장의 원한을 살 만한 언동을 하시고."

상환에 괴로워하는 채무자의 비통함이 보고 싶었던 건가. 역시 그런 의심은 입 밖에 낼 수 없다.

"유키. 그 타이밍에서 특허 매각 이야기를 꺼낸다고 쓰치야 사장이 흔쾌히 받아들였을 거라고 생각하나?"

"네?"

"기술자 자존심의 화신에 고집쟁이. 게다가 피해의식에 빠져 있어. 그 단계에서 특허 이야기를 꺼내봐. 심술을 부리면서 교섭에는 일절 응하지 않을걸. 그래서 최악의 선택지를 제시한 거야. 데이토제일은행이 파산을 신청하면 쓰치야 사장은 어쩔 수도 없게 되지. 기다리고 있는 건 재산동결과 공장 폐쇄고."

"그래도 수세에 몰려서 친척들에게 머리를 조아리고, 밤새 고민했잖습니까."

"그런 과정이 있었으니까 오늘 얌전히 제안을 들어준 거야. 말하자면 통과의례지. 치욕, 희망, 자존심. 그런 퇴로를 하나씩 없애버렸기 때문에 최후에 남은 길을 선택한 거고.

본인도 끝까지 전력을 다했다는 생각이 들 테니 특허를 매각했다는 죄책감도 덜 테고."

유키에게 반론의 여지는 없다. 수익을 창출할 수 없었던 특허를 국내 제조사가 사용할 가능성은 작다. 하지만 일본의 첨단기술을 원하는 해외 제조사에는 비싸게 팔 수 있다. 옆에서 보면 잔혹해 보일 수도 있지만 결과적으로는 누구도 손해 보지 않으며, 오히려 쓰치야와 '인더스트리아 공업'은 파산도 피할 수 있다.

"게다가 지기 싫어하는 장인 기질의 인간이야. 특허를 단 하나 내놨다고 기술 정신이 말라버릴 거라곤 생각 안 해. 함께 팔려고 내놓은 직원들도 가만히 기술을 빼앗기고만 있을 사람도 아니야. 어쩌면 매각한 특허보다 더 가치 있는 기술을 빼오지 않을까?"

찍소리도 나오지 않았다.

야마가는 변함없이 미소를 짓고 있었는데 그 미소에 어딘가 장난기가 서려 있었다.

그날 밤, 유키結城는 도마 유키当麻友紀에게 롯폰기에 있는 스테이크 하우스에 가자고 말했다. 그 미국풍 레스토랑은 한 달 뒤까지 예약이 꽉 차 있어서 항간의 화제가 되고 있다. 한동안 만나지 못한 것에 대해 사과할 겸 마련한 저녁 식사 자리였는데 다행히 도마가 마음에 들어 하는 것 같왔다.

"와, 계산대 직원 빼고는 스태프가 거의 외국인이네."

도마의 말대로 매장 안은 외국인 스태프들이 주고받는 말들로 난무하다. 여성 스태프의 프리한 유니폼과 함께 가벼운 화려함이 눈에 띄지만 이것도 연출의 일부일 것이다. 장소가 장소인 만큼 스웨터를 어깨에 걸친 남자들과 화려한 모델 같은 여자들로 테이블이 꽉 차 있다. 딱 봐도 은행원인 유키와 원피스 차림의 도마 커플은 오히려 이질적으로 보인다.

"이런 분위기의 가게도 싫지 않아. 고마워, 데려와줘서."

"감사 인사는 다 먹고 해. 음식이 별로면 어떡하려고."

"호오, 여자 친구한테 미안하다는 생각은 하나 보네."

"그렇게 말하지 마. 말로 사과하는 것보다는 낫다고 생각해서 일부러 예약하기 어려운 여기를 고른 거야."

"그런데 말이야, 그런 건 티 내지 않는 거야. 고마움이 반감된다고."

도마에게 한 소리 듣자 유키는 여기서도 반론할 수 없다. 오늘은 운수 나쁜 날일지도 모른다.

도마와는 대학 때부터 만나 벌써 사귄 지 3년이 넘었다. 동거라든가 결혼이라든가 아직 구체적인 이야기는 한 번도 나오지 않았지만 머지않아 그런 쪽으로 관계가 발전할 것이라는 점은 유키도 내심 의식하고 있었다.

"뭔가 남자 손님은 나이 든 사람이 많은 느낌인데."

"응. 지인 중에 여기 단골이 있거든. 쉰 살이 넘은 분이 신데 이 버블 시대 같은 분위기가 노스탤지어를 자극한대. 그 분위기가 뭔지는 모르겠지만 대단히 화려한 걸 좋아했 던 시대였다는 건 상상이 가."

"우리한테는 거의 도시 전설 같은 거네. '24시간, 싸울 수 있습니까?'라는 카피가 버젓이 TV에 흘러나오고 있었 다고 하니."

"으, 완전 각성제 광고 같아."

"그래도 꽤 비싸 보이는 레스토랑이네. 일개 일반 회사 원들이 부담 없이 드나들 수 있는 가게가 아니니 이건 은 행원님 덕택이라고 해야 하나."

"은행원이라고 전부 전성기를 누리고 있는 게 아니야. 젊은 사람들은 젊은 사람 나름대로 받는 월급보다 더 고 생하고 있다고."

"아아, 예를 들면 그 '샤일록 야마가' 씨 같은?"

도마는 야마가의 이름을 말하자마자 깔깔 웃기 시작한 다. 유키가 예전에 야마가 이야기를 했을 때부터 그의 팬 이 되었다.

"뭐, 유키와는 전혀 다른 타입의 사람 같으니 확실히 마

---

* 일본에서 1988년에 출시된 영양 드링크 광고의 캐치프라이즈.

음고생은 하겠네. 조금 피곤 모드인 것 같은 건 역시 야마가 씨 때문이야?"

"그렇다고 하면 그렇기도 한데⋯⋯오늘 이런저런 일이 있었어. 듣고 싶으면 말할게."

"말해줘, 말해줘."

유키는 쓰치야 사건을 이야기하기 시작한다. 물론 개인정보는 말하지 않았는데, 그래도 이야기의 흥미는 조금도 줄지 않는 듯 도마는 호기심 가득한 얼굴로 이야기를 듣는다. 이야기를 마치자 금방이라도 박수를 칠 듯이 눈을 빛낸다.

"대단한 사람이네."

"어디가?"

질투가 섞여 있다는 건 도마도 알고 있을 것이다. 어쩔 수 없다는 표정으로 도마를 본다.

"굳이 말할 것도 없잖아. 뛰어난 지략가에 감정을 전혀 내비치지 않고 항상 웃는 데다가 인성에 문제가 있을지 몰라도 숫자로 실적을 확실히 남기고 있으니 누구도 불평할 수 없고. 타인의 평가를 신경 쓰지 않는 사람 같으니 어떤 의미에서 최강이지."

"최고로 무섭다고 해야 하나. 부장조차도 그 사람한테는 한발 물러서 있는 것 같다니까."

"우수한 사람은 출세하지만 지나치게 우수한 사람은 소

외당한다는 건가. 유키는 그렇게 되면 안 돼."

"왜? 최고로 무서운 건 맘에 안 들어?"

"출세에 관심 없는 사람을 만나야 하나."

"너무하네."

"뭐가 너무해. 은행원들은 정시 퇴근도 드물잖아. 보통 밤늦게나 집에 오고, 쉬는 날에는 잠만 자고."

"일이 많아서 어쩔 수 없어. 아니, 그래서 이렇게 사과하고 있잖아."

"같이 살아도 제대로 대화도 못 할 거야. 그런데 출세도 못 하면 반려자로서 매력은 제로 아니야?"

"……전국의 은행원들에게 당장 무릎 꿇고 사과해."

"그래도 유키도 야마가 씨를 멋지다고 생각하잖아."

"뭐. 살면서 처음 보는 유형이기도 하고, 그런 사람이 신상필벌信賞必罰*의 행원 세계에 존재감을 드러내는 것이 대단하다고 생각해."

"봐봐. 유키도 대단하다고 하잖아."

도마가 득의양양하게 굴자 화낼 마음도 들지 않았다.

"유키, 기억해? 영업에서 섭외부로 발령받았다며 나한테 전화했을 때, 완전히 세상이 다 끝난 것 같은 목소리

---

*　상을 줄 만한 공이 있는 자에게 반드시 상을 주고, 벌할 죄과가 있는 자에게는 반드시 벌을 준다는 뜻.

였어."

"그랬나."

"유키는 몰랐지? 그런데 직장에 그런 이상한 선배가 있다는 이야기를 하면서부터 꽤 말투가 밝아졌어. 음, 찾던 걸 발견했어! 라는 느낌이랄까."

"그랬군."

도마 앞에서는 시치미를 뗐지만 야마가의 존재가 새로운 지침이 된 것은 사실이었다. 인간적으로 어떤지는 모르지만 은행맨으로서는 틀림없이 존경할 수 있다. 수단이 악독해 보이는 것은 사고 과정이 일절 알려지지 않았기 때문이다. 갈등도 주저도 없이 갑자기 현실적인 판단만을 제시하면 누구나 냉철하다는 인상을 받게 된다. 야마가의 경우는 그게 기본으로 깔려 있는 것이다.

"유키는 걱정 안 돼?"

"내가 야마가 씨처럼 되는 게?"

"아니, 야마가 씨가 사람들한테 원망을 사는 게."

"본인은 전혀 신경 쓰지 않는 것 같던데."

"그건 그래도. 때린 사람은 잊어도 맞은 사람은 결코 잊지 않잖아."

"그게 세상의 이치려나."

"결과적으로는 좋아도 야마가 씨 때문에 집을 잃거나 특허를 매각하게 된 사람은 야마가 씨를 원망하겠지. 죽여버

75

리고 싶을 정도로."

"에이, 그만해. 아무리 그래도 너무 불길한 얘기잖아."

"그래? 야마가 씨 말에 따르면 돈은 목숨보다 중요하잖아. 그런 돈을 억지로 빼앗겼다고 생각하면 제정신으로는 못 버티는 사람들이 있을지도 모른다고."

반론하려고 했지만 적당한 말을 찾지 못했다. 그러는 동안 식사가 나와 이야기는 여기서 마무리되었다.

사이드 메뉴인 매시 포테이토는 놀랄 정도로 부드러웠다. 메인인 티본 스테이크는 소 한 마리당 4퍼센트만 나오는 부위로, 희소한 만큼 한입 씹을 때마다 고기 맛이 흠뻑 느껴졌다.

그래도 막연한 불안감이 완전히 불식되지 않고, 유키는 정체를 알 수 없는 불안감에 잠시 시달렸다.

이틀 후, 유키가 출근하자 아침 일찍부터 쓰치야에게서 전화가 걸려왔다. 아직 야마가의 모습이 보이지 않아서 대신 응대한다.

—야마가 씨인가.

그저께에 비해 비창한 목소리는 자취를 감추고 있었다.

"아뇨. 함께 공장을 방문했던 유키입니다. 야마가 과장님은 아직 출근하지 않으셔서요."

—그래? 그럼 대신 전해주게. 특허 매각 건은 승낙하겠

다고.

"그러시군요."

유키는 대답하면서 안도한다. 쓰치야는 야마가를 원망할지 모르지만 이걸로 '인더스트리아 공업'과 직원의 연명은 보장할 수 있다.

—그리고 야마가 씨에게는 감사와 원망의 말 둘 다 전해주게. 감사한 점은 견적대로 액면가에 특허가 팔릴 수 있을 것 같다는 거네. 후보로 꼽힌 곳은 건실함으로 높이 평가받는 판매사야. 국내가 아닌 것이 걸리지만 일본 지사 담당자가 야마가 씨에 관해 말하더라고. 야마가 씨가 아무래도 사전 조사를 한 것 같아. 덕분에 이야기가 잘 진행되었네. 그쪽 사전 조사가 딱 좋은 타이밍에 길을 터줬거든.

"잘됐네요. 과장님이 들으시면 분명 기뻐하실 겁니다."

—글쎄. 그 남자는 그런 뻔한 일로는 기뻐할 것 같지 않은데.

듣고 보니 그럴 것 같아 유키는 자기도 모르게 쓴웃음을 지을 뻔했다.

—아차, 지금부터는 원망하는 점이야. 파산은 피했지만 몹시 아끼는 기술을 뻔히 알면서도 해외에 파는 것은 역시 부아통이 터져. 경영자로서의 자존심을 갈가리 찢은 것은 평생 잊지 않을 거야.

"쓰치야 씨. 야마가 과장님도 좋은 마음에 한 제안이었습니다. 화가 나시는 것도 알겠지만……."

─착각하지 마. 원망한다고는 했지만 감사하는 마음도 있어. 데이토제일은행이 회수에 있어서는 아주 악랄하다고 떠벌리고 다닐 생각도 없고. 내게 경영자로서 자질이 부족한 것도 맞아. 예전부터 지인들이 충고했었거든. 이번 일이 없었다면 계속 흘려듣고 있었을 거야.

전화 목소리를 듣고 있는 동안 가슴속에서 뜨거운 덩어리가 치밀어 올라왔다.

젠장, 과장님. 이건 반칙이죠.

─월급쟁이 시절부터 기술 분야에서만 쭉 일해서 경영쪽 공부는 나도 모르게 소홀히 했어. 좋은 제품을 만들면 그걸로 됐다고 생각했지. 분명 우울하고 불안한 일에서 도망쳤던 거야. 앞으로는 그 남자의 얄미운 미소를 떠올리면서 경영학 공부를 할 거네.

"꼭 응원하겠습니다."

─흠. 당분간 데이토제일은행과의 거래는 없을 테니 근황은 전할 수 없겠지만.

통화를 마치자 답답했던 가슴이 뻥 뚫리는 것 같았다.

빚이 없어지고 돈이 돌면 분명 경제는 순환한다. 그리고 사람도 다시 앞으로 나아갈 수 있다. 이번 건은 뜻밖에도 이 사실을 유키에게 증명해 보였다.

한시라도 빨리 전해드려야지. 유키는 야마가를 기다렸

지만 야마가는 좀처럼 나타나지 않았다. 여태까지 아침 일찍 거래처로 곧장 출근한 적도 있어서 이상하게 생각하지는 않았지만 그래도 사전에 연락이 없는 것은 기묘했다.

이윽고 개점 시간이 지나 정오가 지나도 연락이 없어 상사에게 상황을 설명하러 가려던 순간, 섭외부 부장 가시야마가 사무실로 날아들어왔다.

"큰일이에요, 유키 군."

가시야마의 목소리가 몹시 상기되어 있었다.

"오늘 아침, 야마가 과장이 사체로 발견됐어요."

2장

후계자

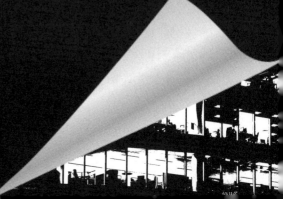

1

　기분 나쁜 농담인 줄 알았는데 가시야마의 표정은 그렇지 않았다.

　"네? 정말요?"

　내가 하는 말이지만 몹시 얼빠진 소리로 들린다.

　"농담할 거면 좀 더 재밌는 농담을 하겠지. 지금 경찰 쪽 사람들이 사정 청취하러 왔어요."

　믿을 수 없는 상황에 유키의 몸이 굳는다.

　"야마가 과장과 콤비로 일했던 유키 군도 사정 청취하고 싶다고 응접실에서 기다리고 있어요. 바로 가봐."

　지시를 받아도 좀처럼 일어설 수 없다. 유키는 스스로를 채찍질하며 겨우 자리에서 일어났다.

응접실에서 형사 두 명이 기다리고 있었다. 한 명은 스와 코지라는 이름의 나이 든 형사로, 여우 눈이 인상적이다. 유키 또래인 얼굴이 둥근 다른 형사는 도키자와라고 한다.

아무래도 듣는 쪽은 스와 담당인 듯하고, 도키자와는 기록만 하는 듯하다. 주머니에서 수첩을 꺼내지만 요즘 경찰이 저렇게 아날로그한 도구에만 의지할 리도 없고, 분명 어딘가에 IC 레코더라도 설치해두었을 것이다.

"야마가 과장님이 죽었다고 들었습니다. 사고라도 있었나요?"

"오늘 조간신문에는 안 나왔나? TV나 인터넷 뉴스는 못 보셨습니까?"

"네. 아침에는 바빠서요."

스와는 도키자와와 눈을 마주치고 의미심장하게 고개를 젓는다.

"매스컴 보도를 말씀드리겠습니다. 어젯밤이라고 해도 날짜는 오늘 5월 29일입니다만, 새벽 5시쯤 신주쿠 공원에서 야마가 유헤이 씨의 사체가 발견되었습니다. 등 뒤에서 옆구리를 찔려 신주쿠 경찰서에서는 사건성이 높다고 판단하고 있습니다."

칼에 찔렸다, 다시 말해 살해당했다는 사실이 아직 실감

나지 않는다. 그래도 야마가가 죽는다고 하면 사고나 자살이 아니라 누군가에게 살해당할 거라고 생각했던 것이 떠오른다. 그렇게나 사람의 마음을 자유자재로 조종하는 남자다. 어차피 곱게 죽지는 못할 거라고 본인도 말했을 정도다.

"우선 형식적인 질문입니다만 어젯밤 10시부터 오늘 아침까지 무엇을 하셨습니까?"

"음……밤 11시에 퇴근했습니다. 퇴근길에 단골 편의점에서 야식을 사서 맨션으로 돌아왔습니다. 정확한 시간은 기억나지 않지만 잠자리에 든 건 날짜가 바뀌고 나서일 것 같습니다."

"가족분들과 함께 사시나요?"

"아뇨. 공교롭게도 혼자 살아서요. 증언해 줄 사람은 없습니다."

"11시에 퇴근하셨다니. 야근하셨습니까?"

"늘 그렇게 퇴근합니다. 부서에 따라 다소 차이가 있지만 섭외부 사람들은 11시 퇴근이 당연하고요."

유키가 그렇게 답하자 스와는 가는 눈을 조금 치켜떴다.

"야마가 씨도 11시에 퇴근하셨습니까?"

"아뇨. 분명 30분 정도 빨리 나가셨습니다. 퇴근 시간은 사원증에 내장된 IC칩에 기록되어 있을 테니 총무과에라도 확인해보시는 게 어떻습니까?"

"야마가 씨를 원망할 것 같은 사람 중 짚이는 사람은 없습니까?"

유키는 말문이 막혔다.

"야마가 씨는 독신으로 부모님은 먼 야마가타에 거주. 헤어진 전 부인과는 연락하지 않는 사이. 개인적으로 사귀고 계신 분이라든지, 있었나요?"

야마가가 이혼남이라는 건 처음 듣는 얘기였다.

"아뇨. 과장님은 사적인 것은 전혀 입 밖으로 내지 않는 분이라서. 결혼하셨었다는 것도 지금 처음 들었습니다."

"처음이라. 흐음. 회사 동료에게도 사생활을 말하지 않았다는 말입니까? 확실히 능력 있는 행원이었던 것 같군요."

마치 죽은 자를 야유하는 것 같은 말투가 마음에 들지 않았다. 그래서 유키는 자신도 모르게 날카롭게 반응했다.

"네, 아주 아주 유능하셨죠. 일 얘기에 열중하느라 바빠서 사적인 것은 물을 여유 따위 없었습니다."

"그렇군요. 그럼 업무 측면에서 야마가 씨를 원망하는 사람은 많지 않았습니까? 일을 특출나게 잘하는 사람들은 어디서든 원망을 사는 일이 많잖습니까."

다시 말문이 막힌다. 업무상 원망이라고 한다면 바로 채무자 몇 명의 얼굴이 떠오른다. 가시와다나 쓰치야도 그 안에 포함되지만 자신이 모르는 채무자까지 합치면 더 많을 것이다.

"은행 업무는 대출과 회수죠? 대출해준 돈을 회수하는 것은 당연하지만 개중에는 독촉이 심하다며 역으로 원한을 사는 일도 있지 않았습니까?"

기억나지 않습니다, 라고 답하는 게 고작이었다.

"과장님을 원망하느냐 아니냐는 마음의 문제잖습니까. 사람의 마음은 신도 모를 텐데요."

스와는 여우 눈을 더욱 가늘게 뜨고 유키를 노려보며 주위를 둘러본다. 몹시 집요한 시선이 몸속에 들러붙는 듯한 기분이 들었다.

"네, 그렇게 말할 수도 있죠. 어차피 나중에 야마가 씨가 담당한 고객 리스트는 볼 거고요."

"저기, 부탁이 있습니다만 과장님의 시신을 확인해도 되겠습니까?"

"왜죠?"

"아무래도 과장님이 죽었다는 게 전혀 실감이 나지 않아서요."

"음. 그건 상관없습니다. 야마가타에 있는 부모님도 오후나 돼서야 도착하실 테니 그전에 유키 씨께 확인받는 것도 괜찮겠네요."

일어나려고 하는 순간, 이런 말을 들었다.

"어쨌든 이걸로 끝나는 건 아니니까요."

청취를 마치고 야마가의 시신을 확인하러 갈 것이라고 보고하자 가시야마도 함께 가겠다고 한다. 유키에게 거절할 권리는 없다.

인수인계 후 신주쿠 경찰서로 향하자 이미 스와가 기다리고 있었다.

"이쪽입니다."

유키와 가시야마는 스와를 따라 영안실로 향했다. 창백한 형광등 불빛이 비치는 복도를 걷는데, 가시야마의 표정이 몹시 불안해 보였다. 상사이기 전에 여성이다. 부하 직원의 사망을 확인할 의무가 있다고는 해도 막상 시신을 보려고 하니 정신적으로 무너지는 것도 당연할 것이다.

한편 유키도 마음이 편치는 않다. 설마 경찰이 거짓말을 할 리는 없지만 그래도 그 야마가가 죽었다고는 전혀 생각되지 않는다. 에너지 덩어리여서 혹시 찔리거나 베여도 죽지 않을 것 같은 남자였다.

"여깁니다."

스와를 따라 영안실로 들어간다. 사체 보존을 위해서인지 서늘한 공기가 살을 엔다. 영안실은 이름뿐인 창고를 전용한 듯한 스산한 방으로, 죽은 자의 영혼을 편히 잠들게 하는 공간으로는 전혀 보이지 않는다. 한심하게도 구석에는 골판지 상자까지 방치되어 있다.

가운데에는 시트가 덮인 들것이 놓여 있어, 그곳에서는

냉기 말고도 사람을 거부하는 듯한 꺼림칙한 기운이 발산하고 있다. 악취도 감돌고 있었다.

스와가 익숙한 자세로 시트를 벗기자 야마가의 얼굴이 드러났다. 완전히 혈색을 잃어 전혀 표정이 없다. 늘 웃는 얼굴만 봐서인지 위화감도 커진다.

하지만 분명 야마가였다.

"야마가 과장님, 맞습니다."

그렇게 말하자마자 몸에서 힘이 쭉 빠졌다.

"틀림없이 야마가 과장입니다."

등 뒤에서 가시야마가 확인하듯 이렇게 말했다.

머릿속에서 여러 감정이 오고 가지만 뇌가 전부 처리하지 못한다. 다만 이상하게도 눈물은 나오지 않는다.

"치명상은 옆구리를 찔린 것이지만 즉사한 건 아니었습니다."

냉정한 스와의 말에 가시야마가 반응한다.

"몇 번이나 찔렸다는 말인가요?"

"아뇨. 일격으로는 죽지 않았다는 말입니다."

수사 정보인 듯 대놓고 말하지는 않지만 야마가가 그 일격으로 고통받았다는 것을 알 수 있다. 분명 출혈 상태나 사체의 상태로 짐작은 갔지만 너무하다는 생각이 들었다.

확실히 야마가는 고객에게 원한을 사는 일이 많았다. 그게 직업이기도 하고 법을 준수하지 않는 행동은 아니라 누구에게 뭐라고 불평을 들을 이유도 없지만, 채무자들은 자주 엉뚱하게 야마가를 증오한다. 원래 직업상 어쩔 수 없다는 건 알고 있지만 그렇다고 살해당해도 좋은 건 아니다.

갑자기 시야가 컴컴해진다. 분노로 눈앞이 새까맣게 된다는 게 이런 거였나.

두 손이 저절로 모아진다. 유키는 합장한 채로 야마가를 향해 고개를 숙인다.

유키와 가시야마는 스와에게 떠밀리듯 영안실을 나온다. 복도를 걸을 때도 스와는 유키와 가시야마를 감상에 젖게 두지 않았다.

"정말 짐작 가는 사람은 없습니까, 유키 씨?"

"없다고 했었는데요."

"야마가 씨처럼 사적인 정보가 적은 사람은 업무 측면에서 동기를 찾을 수밖에 없어서요. 또 사정 청취를 하게 될 수도 있으니, 그때는 잘 부탁드립니다."

이걸로 끝이 아니라는 말이 이런 의미였나.

은행으로 돌아와 그대로 섭외부실로 직행하려는 순간 가시야마가 불러세웠다.

"긴히 할 말이 있어요."

묘하게 바뀐 말투가 신경 쓰였지만 부하 직원에게 거절할 이유는 없다. 유키는 무슨 일인지 물어볼 새도 없이 소회의실로 끌려갔다.

긴 책상을 사이에 두고 맞은 편에 앉은 가시야마는 여기까지 와선 말을 해야 할지 말지 망설이는 듯했다.

"부장님. 긴히 하실 말씀이 무엇입니까?"

유키의 재촉에 마음을 정했을 것이다. 가시야마는 결심했다는 듯이 마침내 입을 연다.

"아까운 사람을 잃었어요."

네, 라고 답할 수밖에 없었다. 방금 야마가의 사체를 막 확인한 참인데도 아직 의식 어딘가에서 그의 죽음을 부정하고 싶어 하는 자신이 존재한다.

"야마가 과장의 회수 방식이 유키 군에게 도움이 되었나요?"

과거형인 것이 거슬렸다.

"저보다는 섭외부에 도움이 되었겠죠. 과장님 덕분에 확실히 부실채권이 감소하고 있었습니다. 과장님 한 명의 움직임이 데이토제일은행의 자기자본비율*을 올려주고 있다고 해도 과언이 아니고요."

일반적으로 회수율의 평가와 이에 따르는 정상화율 등의 수정은 자기자본비율에 크게 관여한다. 단순히 말하면 대손율이 낮고 양질의 채권이 많을수록 재무제표는 더욱

---

* 기업 재무구조의 건전성을 나타내는 대표적 지표로 높을수록 건전하다.

보기 좋아진다.

"그건 부정할 수 없어요. 섭외부, 더 나아가서는 데이토 제일은행은 야마가 과장의 맹렬한 움직임에 많은 도움을 받았다고 생각합니다. 실제로 야마가 과장이 죽은 후, 어떻게 목표를 관리할지 난처해진 게 솔직한 심정이고요."

여장부처럼 씩씩한 가시야마치고는 의외의 고백이어서 조금 놀랐다.

"회수팀이 여러 개 있긴 하지만 야마가 과장과 유키 군 팀에 끌려가고 있는 실정이었죠. 이런 인재를 잃은 관리직의 초조함을, 유키 군은 상상해 본 적 있나요?"

가시야마의 골똘한 얼굴을 보자 유키는 점점 할 말을 잃는다.

"어쨌든 지금 우리가 할 수 있는 일은 야마가 과장을 잃어서 생긴 공백을 메우는 일이에요. 그리고 내가 보기에, 유키 군의 회수 능력은 요 몇 달 간 비약적으로 좋아지고 있어요. 야마가 과장과 콤비라서 눈에 띄기는 힘들지만 사실 단독 평가에서도 야마가 과장에 버금가고요."

"말씀은 감사하지만 그건 제 실력 덕이 아니라 다 야마가 과장님 덕분이라고 생각합니다. 과장님 밑에 있으면 누구라도 회수 능력을 터득할 겁니다."

"그런데 말이죠, 야마가 과장의 담당 채권을 누구누구에게 배분할지를 생각하면 우울해져요. 회수 속도가 늦어지면 당연히 보전율도 저하할 테고…….”

그 순간 머리에 피가 솟구쳤다.

“과장님의 담당 채권은 제 담당 채권이기도 합니다. 그 걸 다른 담당자에게 배분한다뇨. 그건 좀 참아주시면 안 되나요?”

“하지만.”

“과장님 담당 채권에 대해서는 저도 알고 있습니다. 아까 말씀하신 대로 부장님이 저를 좋게 평가하신다면 저 한 사람에게 맡겨주셔도 되지 않습니까?”

직속 상사에게 할 말은 아니다. 높은 평가를 등에 업고 고자세가 되기엔 유키의 실적은 아직 부족하다. 스스로도 잘 알고 있으면서 야마가를 갑자기 잃은 놀라움과 초조함 때문에 이런 말을 내뱉고 말았다. 적어도 유키의 평가가 내려갈 수준의 막말이었다.

머리에 솟구쳤던 피가 단숨에 역류한다.

이제 와서 방금 한 말을 철회하는 것도 부끄러워 어쩔 줄 몰라 하는데, 가시야마가 비밀을 말할 것처럼 얼굴을 가까이 가져다 댔다.

“유키 군은 우리 은행의 채권 상태에 관해 어디까지 파악하고 있나요?”

“자금회수율과 각종 채권잔고 정도는 물론 파악하고 있습니다. 매월 순조롭게 돌아가고 있다고 인식하고 있습니다만."

"제대로 인식하고 있군요. 다만 전부 그렇진 않습니다."

아직 놀란 마음이 진정되지 않은 탓에 충분히 이해가 가지 않는다.

"전부……그렇진 않다고요?"

"부외 처리*라는 명칭으로 되어 있는데요, 우리 은행이 안고 있는 채권 중에 겉으로 드러나 있는 것은 대손이든, 부실채권이든 아직 경미한 수준이라고 봐도 무방해요. 하지만 정말로 근간을 흔드는 채권은 자산 안에 숨겨져 있죠."

"무슨 말인지 잘 모르겠습니다."

"부실채권이란 이자 또는 원금 상환이 6개월 연체되는 것을 말해요. 그런데 거기에는 채권의 담보율이 반영되어 있지 않아요. 다시 말해 이자분만 계속 상환하면 담보 가치가 채권액을 밑돌고 있어도 거래 자체에 문제가 없기 때문에 겉으로 드러나지 않는다는 말이죠."

마침내 가시야마의 이야기가 납득이 갔다.

거래가 계속되고 있다는 점에서 아슬아슬하게 살아남긴 했지만 상환이 연체되면 결국 막판에는 담보 부족으로 표면화하는 채권을 뜻한다.

---

* 회계장부에 기재하지 않는 것.

담보율이 저하하고 있으므로 당연히 추가 증거금 등을 납부할 필요가 있지만, 정상적인 거래만 계속된다면 원금이 점점 줄어들기 때문에 담보율도 올라가게 된다.

"소위 숨겨진 부실채권인데, 이건 섭외부 안에서도 몇몇 사람만 담당하고 있어요. 그중 한 명이 야마가 과장이었고요. 여기까지 설명했으면 이제 짐작은 가겠죠. 야마가 과장은 숨겨진 부실채권 중에서도 특히 문제가 있는 것을 담당하고 있었어요. 다른 담당자들은 이러지도 저러지도 못할 것 같은 안건들을요."

생전 야마가의 업무 내용을 돌이켜보면 짚이는 데가 있다. 유키도 야마가의 안건을 전부 아는 것은 아니며, 훑어보지 않은 파일도 꽤 있다. 아마 유키가 회수에 익숙해지면 그쪽 담당도 공유시킬 심산이지 않았을까.

"다른 담당자들도 손을 쓸 수 없으면 회수 불능이 된 시점에서 대손 처리할 수밖에 없지 않습니까?"

"그럴 수 있다면 고민하지도 않죠."

가시야마는 매서운 눈으로 유키를 본다.

"이것도 오프 더 레코드인데 실은 지금 물밑에서 도자이은행과의 합병 이야기가 진행되고 있어요."

가시야마는 오프 더 레코드라고 말했지만 유키 쪽은 별로 타격이 없다. 데이토제일은행의 규모와 업계 흐름을 생각하면, 동종 업계 어느 은행과 합병하는 것은 시간문제라고 생각하고 있었기 때문이다.

버블 경제가 붕괴된 1990년대 이후, 일본은행은 부실채권의 증대로 힘을 잃고 있었다. 수익 악화는 업무 체질의 악화를 재촉했으며, 이제까지 호송선단방식*의 수호 아래 국제경쟁력이 저하된 것도 한몫해, 순식간에 궁지에 몰렸다. 홋카이도척식은행이나 일본장기신용은행의 파산은 이를 상징하는 대표적인 사건이다.

국가경쟁력 회복과 경영 체질 개선이 시급해진 은행은 업계 재편으로 방향을 선회한다. 규모가 커지면 경쟁력은 높아지면서 동시에 지점 합병 등으로 비용 삭감을 기대할 수 있기 때문이다.

2000년대는 이러한 은행 합병의 시기였다. 이전에는 시중은행이 13개, 대형은행이 20개인 체제였지만 2006년에는 4대 은행, 3대 메가 뱅크**로 자리 잡는다. 세계에서도 유수의 규모가 된 일본은행은 국가경쟁력의 회복과 함께 차츰 왕년의 영화를 되찾아가는 중이었다.

그러나 업계는 무탈한 상태로 계속되지는 않았다. 2008년 리먼 쇼크는 일본은행 업계에도 불똥을 튀겨, 일본은행은 다시 한번 채권 악화와 고비용에 시달려야 했다. 4대

---

* 경쟁력이 부족한 기업이 낙오하지 않도록 정부가 산업 전체를 관리, 지도하면서 수익과 경쟁력을 확보하는 것. 즉 금융 행정의 보호를 의미한다.

** 은행 간 인수합병 등으로 생긴 초대형은행.

은행과 3대 메가 뱅크는 그 규모 때문에 명맥을 유지했지만 데이토제일은행을 비롯한 다른 은행은 그렇지 않았다. 또 리먼 쇼크의 영향뿐만 아니라 근 20년 동안 발생한 미니 버블의 뒷수습도 남아 있다. 데이토제일은행 단독으로 문제를 해결하는 것이 불가능하다는 건 유키도 어렴풋이 알고 있었다.

"도자이와 합병이요? 도자이라면 지점 수도 예금 총 잔고도 우리와 규모가 비슷하니 대등 합병입니까?"

은행뿐만 아니라 기업 합병 때에는 대등 합병인지 흡수 합병인지가 중요하다. 물론 사풍도 다르고 매뉴얼도 다른 기업 간의 합병은 주도권을 쥔 쪽이 신설 기업의 장래를 좌우한다. 특히 은행이 흡수 합병될 경우, 자칫하면 시스템과 지점, 인사권을 전부 빼앗겨, 흡수되는 쪽 은행의 행원은 일제히 정리해고되는 등 비참한 사례가 과거에도 몇 차례나 있었다.

"표면상으로는 대등 합병이지만 세부 내용은 미지수예요. 아까 말한 것처럼 우리 은행에는 겉으로 드러나지 않는 부실채권이 백억 엔 단위로 숨겨져 있으니까요."

백억 엔이라는 소리에 순간 숨이 턱 막혔다.

그 금액이 전부 부실채권이나 대손이 되면 자기자본비율이 단숨에 저하할 만하지 않은가.

"게다가 난처하게도 우리 은행의 숨겨진 부실채권에 관

한 정보를 도자이은행이 쥐고 있고요."

"어째서 그런 일이. 우리 행원들도 전부 알지 못하는 것을."

"전임 섭외부 부장인 진나이 씨. 발령 날에 유키 군도 만났었죠. 그는 데이토제일은행을 그만두고 자회사인 채권 회수 회사에 재취직했어요. 그런데 지난달, 도자이은행 섭외부에 스카우트되었습니다. 그건 도자이은행이 우리와의 합병을 앞두고, 그의 은행맨으로서의 능력보다 그가 가진 정보를 높이 산 거죠. 어쨌든 진나이 씨는 우리 은행의 채권 내용이 최악이었던 시기를 빠짐없이 알고 있던 사람 중 한 명이에요. 정보가 도자이 측으로 들어갔다고 생각하는 게 현명한 상황이죠."

"정보를 전부 내주고 나면 잘릴 게 너무 뻔하지 않습니까?"

"그래도 진나이 씨는 도자이를 선택했어요. 신천지에서 반격을 도모할지, 아니면 옛 회사에 충절을 지킬지는 모르겠지만요."

말 한마디 한마디에서 진나이에 대한 모멸과 혐오가 얼굴에 비친다. 대출 담당과 회수 담당은 은행의 양 축이자 서로 은근히 적대시하는 상대이기도 하다. 가시야마와 진나이 사이에 모종의 불화가 있었음은 상상하기 어렵지 않다.

"도자이은행의 속셈은 뻔히 보여요. 합병 전에 우리 은행의 채권 실태를 파악해, 그걸 빌미로 주도권을 잡을 셈인 거죠. 규모가 비슷하다고 해도 채권의 질에서 크게 뒤지면 우열이 발생해요. 게다가 우리한텐 지금까지 별로 좋지 않은 정보를 은폐하고 있었다는 약점도 있고요."

"그건……그렇겠네요."

"그리고 이것도 오프 더 레코드인데요, 9월 중간 결산을 위해 각 지점의 섭외부는 하나로 통합되고 그 본부가 여기 신주쿠 지점에 생길 거예요. 이게 무슨 의미인지는 이해하겠죠?"

즉 신주쿠 지점의 섭외부가 그 중심을 맡는다는 말이다.

"조금 불명예스러운 이야기긴 한데 여기 신주쿠 지점에 열악한 채권들이 모여 있어요. 그리고 당연히 이런 채권의 담당자는 전부 스페셜리스트이고요. 야마가 과장이 신주쿠 지점에 있던 것은 그게 가장 큰 이유입니다. 물론 유키 군이 여기로 발령받은 것도. 합병 이야기가 얽혀 있어서 전부 설명할 순 없었지만요."

사정을 듣자 조금 마음이 풀렸다. 영업부에서 섭외부로 밀려나 낙심했던 시기도 있었다. 이런 사정이 있었다면 오히려 자신의 능력을 높이 평가받았다는 말이 된다.

"섭외부를 통합하려는 목적은 채권 회수의 효율화와 비용 삭감이에요. 야마가 과장에게는 당연히 스페셜리스트로서 현장 지휘를 맡길 생각이었고요. 인재를 육성하고 회수 노하우를 공유하는 데 최적인 인물이었으니까요."

하아, 유키는 말끝을 흐리며 완전히 정반대가 아닌가 생각한다. 야마가라는 남자는 분명 채권 회수의 스페셜리스트였지만 그 방식은 결코 교과서적이지 않고 오히려 상대의 의표를 찌르는 것이다. 야마가의 지력과 타고난 감 때문에 성립하는 방식도 있어 반드시 모두에게 적합한 것도 아니다.

이론을 무시하는 회수 방식은 유아독존을 몸소 보여주는 그 태도와 무관하지 않다. 야마가만 할 수 있는 것이 엄연히 존재한다. 짧은 기간이었지만 그것을 두 눈으로 직접 확인했다. 가령 그 후계자가 될 만한 인재를 육성하겠다고 해도 그런 인물은 존재하지 않는다.

그래, 자신 이외에는.

"9월에 섭외본부를 설립해 신주쿠 지점 외 각지에 산재한 부실채권을 효율적이고 철저히 해소. 그리고 2년 후에 예정된 합병에서는 상대편에게 파고들 틈을 주지 않는 것. 이를 위해서도 야마가 과장은 꼭 필요한 인재였어요."

가시야마는 합장을 하며 깊은 한숨을 토해낸다.

"막 그러려던 참에 이번 사건이 발생한 거고요. 신주쿠 지점의 채권 할당만으로도 골치가 아픈데 섭외본부 설립 이후를 생각하면……."

합병 시점에서 채권 상황에 호전이 보이지 않으면 데이토제일은행은 결산 분식 사실을 이유로 후순위로 밀려난다. 인사人事는 도자이은행의 전관이 되어 그들의 입맛대로 인사를 움직이고, 구 데이토제일은행 섭외부는 원래 적자 부문이므로 자회사로서 본사에서 분리될 가능성도 배제할 수 없다. 그리고 한번 자회사가 되면 본사로 복귀할 가능성은 희박하다.

"야마가 과장님의 담당 채권은 제가 맡겠다고 하지 않았습니까."

머릿속에서 또 다른 자신이 경고를 보내고 있었지만 입이 제멋대로 움직였다.

"담보 부족이든 무담보든, 야마가 과장님이 남긴 채권은 제가 전부 끝까지 마무리하겠습니다. 어차피 자진해서 하겠다는 사람도 없잖습니까?"

"그건 그렇지만……"

"제가 전부 하겠습니다. 다른 사람들한테는 맡기지 말아주세요."

내뱉고 나서 자신의 얕은 생각에 넌더리가 났다. 회수 업무를 맡은 지 반년도 되지 않았으면서 이런 교만함이 어디서 나오는 건지. 가시야마도 속으로는 기가 막힐 것이다.

하지만 물러설 수 없었다.

당연히 야마가를 잃은 상실감 때문에 가슴이 먹먹하지만, 그것보다 그의 빈자리를 자신이 메우지 않으면 도저히 고개를 들 수 없을 것 같은 기분이다.

정신을 차려보니 유키는 가시야마를 반강제로 설득해, 야마가가 담당했던 채권을 전부 인계받기로 약속받고 있었다.

마지막으로 가시야마가 의심스럽게 물어왔다.

"이렇게까지 호언장담했으니 도망치면 안 돼요."

그 말에 발끈했다.

"끝까지 책임지겠습니다."

2

가시야마와의 밀담을 끝낸 직후, 유키는 야마가가 담당했던 채권을 정식으로 인계받았다. 담당 채권이라고 해도 고객 프로필이나 거래 상황 등은 섭외부의 데이터로 공유하고 있다. 문제는 데이터화되지 않고 문서로만 남아 있는 보고서였다.

각각의 채권은 한 건씩 파일에 담겨 있어 처음 보는 유키도 알아보기 쉬웠다. 채권과 담보 가치의 추이가 시간

순으로 정리되어 있어 그때그때 역대 담당자가 어떤 보전 처리를 해왔는지 한눈에 파악할 수 있다.

그리고 그렇기 때문에 언뜻 보기만 해도 간담이 서늘해 지는 내용임을 알 수 있다.

뭐야, 이건.

대출처는 개인이나 단체로 다양했지만 역시 채권액으 로 눈길을 끄는 것은 법인 대출이었다. 그나마 소액인 것 이 5억 엔, 파일을 넘겨보자 10억 엔을 초과하는 안건이 산재했다.

고객의 이름도 자극적이었다. 누구라도 알 만한 대기업 도 있고, 뭔가 종교단체 같은 이름이나 반사회적 세력 같 은 낌새를 풍기는 것마저 있다.

나아가 담보 물건의 보전 상황은 처참한 것이 많았다. 과연 가시야마의 설명은 요점만 짚은 것으로, 거래만 보면 알아차릴 수 없는 것들이 실상 그 기반은 거의 붕괴 상태 다. 부동산이나 주식에 관해 잘 아는 사람들이 이 데이터 를 보면, 데이토제일은행의 재무 체질에 의심을 품을 수밖 에 없다.

담보율이 하락한 원인은 외부 요인에 의한 것이 대부분 이었다. 가령 토지의 경우라면 낙후된 지역에서 재개발이 시작되어 상대적으로 가격이 무너지고, 주식의 경우에는 국제 정세나 기관투자자의 움직임으로 급락에 제동이 걸리지 않고 있었다.

그러나 첫 번째 원인은 역대 담당자 및 책임자들이 담보 가치의 하락을 두 눈으로 보고도 근본적인 대책을 마련하지 않은 것에 있다. 기껏해야 추가 담보, 나쁘면 회수유예 대출. 원래라면 상처가 깊어지기 전에 담보를 처분해 채권액을 줄이는 데 힘써야 했는데, 오로지 그때그때 미봉책에 의존하기만 했다. 섭외부로서는 함부로 담보 물건을 처분해 무담보 채권이 발생하는 것을 막고 싶었을 수도 있지만 결과적으로 그 판단은 너무 안이했다.

파일을 넘기면 넘길수록 암담해진다. 가시야마의 걱정과 두려움을 마침내 이해할 수 있었다. 이 데이터를 공표하게 되면 데이토제일은행의 신용 등급은 분명히 하락한다.

화가 나는 것은 담당자 도장 옆에 찍힌 '진나이'의 도장이다. 각각의 담당자가 담보율 하락을 보고하며 미봉책으로 처리했음에도 진나이는 그것을 승낙하고 결재해왔다. 너무 엄격한 말일지는 몰라도 상황을 이렇게나 악화시킨 것은 진나이라고 해도 과언이 아니다.

야마가가 했던 말이 불현듯 다시 살아난다.

—버블 붕괴의 원인에는 여러 가지가 있지만 담당자의 책임 회피가 그중 하나야.

야마가의 나이라면 버블 붕괴 때는 행원이 아니었을 텐

데, 라고 뜬금없는 인상을 받았었지만 지금은 진의가 이해된다.

야마가는 이 채권 파일을 보고 역대 담당자와 섭외부 부장의 책임 회피를 알고 있었다. 그러면서도 자신이 뒤처리를 하겠다는 의사표명으로서 저런 말을 한 것이다.

그게 야마가의 회수맨으로서의 자부심이었는지, 아니면 데이토제일은행을 향한 충성심이었는지는 지금에 와서는 알 길이 없다. 아마도 전자였을 것이라 생각하지만 야마가를 향한 경외심에는 변함이 없다.

대강 채권의 개요를 파악한 뒤 책상에 엎드려 크게 한숨을 쉰다. 가시야마가 내쉰 한숨과 닮아 있다는 것을 알아차린 건 그 직후였다.

회수의 현장 경험도 없는 여성 행원인데도 취임한 섭외부 부장. 주변의 질투는 물론 본인이 느낄 압박도 상당했을 거라고 새삼스럽게 동정을 느낀 것은, 조금일지라도 야마가에 대한 칭찬을 공유할 수 있었기 때문이다.

소중한 것, 둘도 없는 것일수록 잃고 난 다음에 깨닫는다. 야마가의 존재가 딱 그렇다. 회수맨으로서의 살아 있는 교과서. 모처럼 주어진 기회이니 가능한 한 회수 노하우를 많이 배워야겠다고 결심했던 그 직후에 날아든 부고였다.

나침반을 잃은 선원들의 불안은 이렇게도 안타까운 것

인가.

길을 잃은 등산객의 공포는 이렇게도 스산한 것인가.

멍하니 파일 더미를 보고 있자 야마가의 기분 나쁜 웃음이 눈앞에 떠올랐다.

결코 상대를 안심시키는 미소가 아니라 오히려 불안을 일으키는 종류의 미소였다. 그것이 이제 와서 무엇보다 든든하게 느껴진다. 행원이라면 누구라도 뒷걸음질칠 채권을 앞에 두고도 야마가는 늘 웃고 있었다. 그 강인한 정신력은 도대체 어디에서 나오는 것이었을까.

그런 건 좀 더 빨리 물어봤으면 좋았을 것을. 아니 그를 좀 더 빨리 만났다면 좋았을 것을.

유키는 잠시 천장을 바라보고 있었다.

6월 2일, 신주쿠 경찰서의 스와에게서 연락이 왔다.

—오늘 오후 1시, 야마가타에 사는 부모님이 야마가 씨의 시신을 인수한다고 하네.

"그걸 왜 저에게?"

—장례는 그쪽에서, 가족끼리만 한다는 것 같은데 그렇게 되면 이제 만나지도 못할 것 같으니.

여우 눈이 생색내듯 웃는 게 훤해서 짜증이 났지만 야마가에게 가르침을 받은 사람으로서 인사하는 것도 도리라고 생각해, 유키는 신주쿠 경찰서로 향하게 되었다.

예정 시간에 방문하자 이미 야마가의 부모님이 도착해 스와와 이야기를 하고 있었다. 두 분 모두 아직 머리는 세지 않았지만 체구는 꽤 작아 보인다. 도무지 웃는 얼굴을 상상하기도 어렵다.

유키가 야마가의 후배라고 소개하자 부친은 조금 놀란 모습이었다.

"이런, 실례했어요. 유헤이의 시신을 맞아주러 올 동료가 있을 거라고는 생각도 못 해서."

옆에서 유골함을 안고 있는 모친도 동의한다는 듯 끄덕인다. 이미 구내의 화장터에서 화장한 듯하다. 보고 있으면 평정심을 잃을 것만 같아 당황하며 시선을 돌렸다.

"존경할 만한 은행맨이셨습니다."

"그런 말을 들으면 유헤이도 좋아할 거예요……후배라고 하면 추심 업무를 하나요?"

추심이라는 건 약간 시대착오적인 말이라고 생각했지만 굳이 부정은 하지 않았다.

"야마가가 섭외부에 발령받았다는 말을 들었을 때는 안됐다고 생각했는데, 당신처럼 존경해주는 후배도 있다고 하니, 뭐 나름대로 일은 하고 있었나 보네요."

부친의 말을 들으니 유키가 아는 야마가의 이미지와 차이가 있는 것 같았다.

"과장님은 그 분야의 스페셜리스트셨습니다."

"추심의 스페셜리스트요?"

부친은 비꼬며 입술을 삐죽인다. 웃는 얼굴은 상상하기 어려운 반면 이런 비뚤어진 얼굴은 아주 자연스럽다.

"그 녀석이 데이토제일은행에 취직했다고 했을 때, 우리 부부는 절대 오래 못 다닐 거라고 생각했어요. 분명 도중에 포기할 거라고요. 설마 이렇게 끝날 것이라곤 상상도 못 했습니다. 아니, 은행에서 계속 근무하는 한, 원한을 사서 살해당할 거라는 예감은 어딘가 조금 하고 있었을지도 모르고."

타인의 집안 사정에는 깊이 관여하는 게 아니라고 생각하면서도 부친의 말에는 거부감이 생겨 견디기 어렵다.

"실례지만, 과장님이 은행원의 길을 선택한 것이 그렇게나 의외셨습니까?"

"네. 무슨 일이 있어도 은행원만은 안될 거라고 생각했거든요."

"왜죠?"

"우리 부부도 그 녀석도 은행원들을 원망했어요. 아, 기분 나빠하지 마세요. 유키 씨나 데이토제일은행을 두고 하는 말은 아니니까."

1층 한쪽에 있는 긴 의자에 노부부가 걸터앉는다. 유키는 두 사람에게 단죄받는 듯한 구도로 그 앞에 선다.

"야마가한테 어린 시절 얘기는 못 들었나요?"

"네. 업무 외의 얘기는 별로 하지 않는 편이셔서요."

"난 꽤 오래전에 전병 가게를 운영했었어요. 그렇게 크게 한 건 아니지만 직원을 세 명 고용할 정도로는 번성했죠. 그런데 버블 경기 무렵, 현지 은행한테 토지를 사지 않겠냐는 제안을 받은 게 화근이었습니다."

자조하는 듯한 말투로 눈도 입도 웃고 있지 않다.

"당시에는 야마가타의 시가지도 급등하고 있었는데 이게 3년 후에는 매입가의 두 배로 매각할 수 있다고요. 자금은 은행에서 언제든지 빌려주겠다며. 나는 일 년 내내 전병을 굽기만 할 뿐이라 설마 은행이 사기꾼 짓을 할 리는 없다고 믿었어요. 자산이 늘면 장사에도 도움이 된다고 하더군요. 4억 엔 정도 빌려서 땅값이 오르기만을 기대하고 있었더니, 이게 뭐람, 내가 샀을 때가 가격이 천장이었던 거죠. 이듬해부터 땅값은 급락하고 담보 부족인 은행은 손바닥을 뒤집듯 태도가 돌변해 상환을 재촉하더군요. 4억 엔이라니, 현금이 있을 리도 없어 가게를 담보로 추가로 돈을 빌렸습니다. 그래도 땅값은 계속 떨어지기만 해서 가격을 계속 내려도 전혀 안 팔렸죠. 결국 가게를 팔아야 할 처지가 되었고요. 유헤이가 초등학생일 무렵이었어요. 그때는 부모 자식 세 식구가 은행을 원망했죠."

부친은 유키의 반응을 즐기려는 듯이 밑에서 쏘아 본다.

"우린 죽을 기세로 일해서 쌓아 올린 가게를 내버려두고 맨몸으로 쫓겨나는데, 은행은 이자분까지 회수해서 톡톡히 벌더군요. 차라리 사기꾼이 더 나을 정도라니까요. 장사하는 친구들과 얘기한 적이 있어요. 돈놀이꾼 중 가장 악랄한 게 은행이라고요. 전당포나 사채는 조금이라도 인간미가 있거나 물러날 때를 아는데 은행 놈들은 뼛속까지 쥐어짜서 탈탈 털어요. 당시 우리 부부는 초등학생 아들인 유헤이에게 무슨 일이 있어도 은행은 믿지 말라고 입이 닳도록 말했어요. 그런데 무슨 이유인지 그 아들놈이 고생해서 대학을 졸업했다고 생각했더니 은행에 취직했다는 거예요. 도대체 무슨 심경의 변화가 있었는지는 모르지만 정말 배신당한 느낌이 들어서 이제 집에도 오지 말라고 의절했을 정도였어요."

"지금은 어떠십니까?"

"최근에는 겨우 그 녀석의 기분을 알 것 같더군요. 본인에게 직접 물어본 건 아니지만요."

부친은 피곤한 얼굴이 되어 모친이 안고 있는 유골함으로 시선을 옮긴다.

"분명 그 녀석 나름의 복수였을 거예요."

"어째서 은행에서 일하는 게 복수가 되는 건가요?"

"꽤 소원해졌지만 그래도 전화로 몇 마디 한 적이 있어요. 그때 딱 한 번 이런 말을 했었거든요. '제대로 돈을 빌려주면 제대로 상환받는다. 제대로 상환받지 못하는 것은 애초에 제대로 빌려주지 못한 탓이다'라고요. 그 녀석은 분명 제대로 된 은행원이 되어서 그 옛날에 탐욕스러운 장사를 하며 우리를 고통스럽게 한 은행원에게 복수하고 싶었던 게 아닐까요."

부친의 시선은 유키를 잡고 놓지 않는다.

"그러니 젊은 동료분. 유헤이를 존경한다면 꼭 제대로 된 은행원이 되어주세요. 지금 그 녀석이 당신에게 바라는 것이 있다면 분명 그 정도일 거예요."

유키는 한마디도 답하지 못하고 고개를 숙일 수밖에 없었다.

야마가의 부모에게서 도망치듯 건물을 벗어나려고 하자 현관 앞에서 스와가 기다리고 있었다.

"고별식은 잘 마쳤나?"

히죽히죽 웃는 것을 보아 아까 부모님과 이야기하는 모습을 관찰하고 있던 게 아닐까 싶다.

"설마 부모님과 마주치는 것을 노리고 있으셨어요?"

"노리고 있다고 할 것까진 아닌데."

"기대는 하고 있었다는 건가요?"

"뭐, 그렇게 까칠하게 굴진 말고. 적어도 나랑 당신은 서로 원수가 아니야. 오히려 같은 목적을 지닌 같은 편이지. 야마가 씨를 살해한 범인을 잡고 싶겠지?"

"당신한텐 신용이 없습니다."

"은행원답군. 돈을 빌려주는 것도 빌리는 것도 우선 서로 신용이 있어야 하는 거니까. 단지 그런 거라면 나는 신용하지 않아도 상관없어. 경찰의 수사능력과 법률만 신용해주면 되니까."

"제 사정 청취는 이미 끝났을 텐데요."

"수사 협조를 부탁하고 싶군. 야마가 씨 일을 전부 당신이 인계받았다고 하던데."

기습을 받아 감출 여유도 없었다. 정보원은 은행 관계자일 텐데 도대체 언제 물어본 걸까.

"야마가 씨 주변을 샅샅이 조사해봤는데 사적인 측면에서 그에게 원한을 품을 만한 사람은 없었네. 그렇다기보다 원한을 살 만큼 깊은 관계를 맺고 지낸 사람이 없달까. 마치 사생활을 포기하고 일만 한 듯해서 솔직히 당황한 상태야. 오랫동안 여러 인간관계를 조사해왔는데 이런 사람은 또 처음이라."

"저도 당신처럼 괜히 싫은 사람은 처음이고요."

있는 힘껏 비꼴 심산이었는데 스와에게는 통하지 않고 끝난 듯하다. 여우 눈 형사는 조금도 기분이 상한 기색 없이 유키에게 다가온다.

"괜히 싫은 것 말인데 결국 그렇게 느끼는 건 당신이 나와 같은 부류의 인간이기 때문이지. 아니, 형사와 은행원이라는 직업 자체가 닮았을지도 모르고."

"어디가 닮았다는 겁니까?"

"굳이 말하면 사람을 신용하지 않는 점."

"그게 무슨."

"형사는 사람을 의심하는 것이 일이야. 그리고 은행원도 똑같지. 고객을 신용한다는 전제하에 돈을 빌려주고 있지만 제대로 보전하기 위해 담보를 설정하잖아. 요점은 고객보다도 담보를 신용하기 때문일 테고."

"죄송한데 아직 일이 남아서 이만 가봐야 할 것 같은데요……."

"야마가 씨도 그런 식으로 일에 열심이었던 사람인 듯하더군. 열심히 하면 할수록 원망을 사는 일이 생기기 마련이고. 야마가 씨의 일이 정확히 그랬지. 동료들의 평판을 들으면 들을수록 야마가 씨의 회수는 극히 치열했던데. 궁지에 몰린 쥐는 고양이를 물고. 야마가 씨를 살해한 범인은 바로 그의 고객일 가능성이 점점 커지고 있다는 말이야."

"그럼 알아서 조사하세요. 고객을 의심하는 것은 제가 바라는 바도 아니고 제가 경찰에 뭐라고 말할 입장도 아닙니다."

"근데 그게 그렇게 잘 되는 것도 아니라. 용의자는 늘 거짓말을 하거든. 그걸 간파하는 게 우리 일이기도 하지만, 유키 씨 쪽도 그 점에서는 유리하잖아. 돈을 빌릴 때는 가짜로 자기를 꾸며 낸 인간도, 막상 상환이 연체되면 진심을 실토하게 돼고. 빚을 진 인간은 뭐 한심하게도 경찰보다 채권자를 더 무서워한다니까."

어쩌면 정말 그럴지도 모른다고, 멍하니 생각한다. 금융의 세계에도 격이라는 게 있어, 사채업자 같은 말단 업자의 독촉행위는 때에 따라서 범죄가 될 수 있다. 준법을 지키는 경찰보다 무서운 건 당연하다.

"다시 묻겠네. 야마가 씨를 살해한 범인을 처벌하고 싶지 않나?"

"그러고 싶습니다."

"하지만 일반인인 당신에게는 범인을 신문할 권한도 체포할 권한도 없어. 반면 우리에겐 당신만큼 정확한 정보가 없고."

"교환하자는 말씀이십니까? 은행원이 그런 단순한 논리에 넘어갈 거라고 생각한다면······."

"그렇게 고집을 부려도 범인에게만 득이 될 뿐이야."

스와의 팔이 유키의 손목을 붙잡는다. 보기와는 달리 악력이 세다.

"당신은 나를 좋아하지 않는 것 같지만 이런 때를 두고 오월동주*라는 말이 있지. 알겠나. 야마가 씨의 원한을 풀

---

* 吳越同舟, 서로 미워하면서도 공통의 어려움이나 이해에 대해서는 협력하는 경우를 의미한다.

수 있는 건 당신과 나뿐이라는 걸."

이 남자의 입에서 처음으로 듣는, 열정적인 말이었다.

유키는 돌아서서 스와의 눈을 응시한다. 신용이 없는 여우 눈이지만 깊은 곳에서 어렴풋한 불씨가 보인다. 그것만 보고 사람을 신용할 생각은 없지만 경찰관의 사명감만은 인정해도 좋을 것이다.

"……구체적으로 뭘 하면 되겠습니까?"

"이제부터 야마가 씨가 담당했던 고객들을 만나러 가겠지? 지금까지의 경위와 상대의 반응을 보고 범인일 가능성이 있으면 알려줘. 당일 알리바이까지 확인할 수 있으면 정말 좋고."

"제가 범인일 가능성은 무시하는 겁니까?"

"진작 용의자에서 제외했네."

"왜죠?"

"야마가 씨가 사망하는 바람에 당신은 꽤 고생스러운 업무를 떠맡게 되었잖아. 게다가 섭외부의 에이스였던 남자의 일을 떠맡는다면 비교당하긴 쉽지만 좋은 평가를 받긴 어려울 테고. 그런 성가신 일을 나서서 하려는 바보가 어디 있나?"

과연, 그런 건가.

하지만 세상에는 성가시기 때문에 일부러 파고드는 바보도 있다. 이렇게 말하는 내가 그중 한 명이다.

"우리 은행의 기밀 정보는 정식 루트를 통하지 않고서는 전달 드릴 수 없습니다."

"그 부분은 걱정 마."

스와는 팔랑팔랑 손을 흔든다.

"그쪽 방면 정보에 대해서는 따로 제공자가 있으니."

속으로 욕한다. 나처럼 입이 가벼운 행원이 또 있다는 말인가.

도대체 누가 정보 제공자일까 생각해봤지만 아무래도 바보 같아져서 중간에 그만두었다. 은행의 기밀을 누설하는 것과 고객의 정보를 누설하는 것에 큰 차이는 없다. 이 야말로 똥 묻은 개가 겨 묻은 개 나무라는 것이다.

은행으로 돌아오는 길에 야마가 남긴 채권을 생각한다. 알면 알수록 막다른 골목을 향해 가는 듯한 안건뿐으로, 야마가 이외의 담당자들이 전부 도망가기만 한 것도 이상하지 않다. 신관信管에 닿자마자 폭발하는 지뢰. 다시 말하면 그 파일 더미는 그 자체로 지뢰밭이다.

하지만 그 지뢰밭을 돌파하면 자신은 틀림없이 회수맨으로서 한 단계 높은 다음 스테이지로 나아갈 수 있을 것이다.

지켜봐줘요, 야마가 과장님.

지뢰는 하나도 남김없이 제거해주겠다.

3

그날, 유키는 마루노우치에 있는 오피스 타운으로 향하고 있었다. 행선지는 도쿄국제포럼에서 가까운 7층짜리 빌딩. 그 최고층에 지금 방문하려고 하는 가이에다 물산의 본사가 있다.

가이에다 물산은 국내에서 물류와 쇼핑센터 개발을 하고 있다. 창업자는 입지전적 걸물인 가이에다 신타로이며, 현 사장인 가이에다 다이지로는 그의 장남이다.

그 가이에다 다이지로가 야마가의 담당 고객이었다.

파일을 넘기면서 계속 우선순위를 생각했다. 채권액이 큰 것부터 정리할지, 아니면 담보율이 나쁜 것부터 정리할지, 또는 도자이은행과의 2년 후의 합병을 직시하고 해소할 수 있는 것부터 착수해나갈지. 심사숙고 끝에 유키는 다루기 쉬워 보이는 고객부터 손을 대기로 했다.

야마가가 남긴 보고서만 보면 가이에다라는 남자는 전형적인 2대째 사장이라는 인상이 강하다. 위대한 부친의 그림자를 두려워하지만 어떻게든 부친을 극복하려고 하는 자의 재능도 인간적 매력도 없다. 그래도 선대보다도 뛰어나다는 것을 보여주고 싶어 하는데 결국 제 무덤을 파는 타입이다.

가이에다의 경우 땅 투기가 그 무덤이었다. 최근 통신판

매업이 활황인 가운데, 당연히 기존의 물류도 과잉경쟁 상태가 되었다. 기회를 민첩하게 포착하는 경영자는 재빨리 시황에 대응했겠지만 공교롭게도 가이에다의 경영 수완은 민첩하지도 않고 확실하지도 않았다. 동종 업계 다른 회사에 이리저리 치이고 밀려도 단지 방관할 뿐, 결국 실적이 악화하자 임시변통으로 내놓은 수단은 인건비 삭감이었다. 이는 가이에다 물산에서 만성화되고 있는 일손 부족에 박차를 가하는 결과를 불러일으켜, 가이에다 물산은 한층 더 수렁으로 빠져들었다.

다음으로 가이에다가 채택한 수단이야말로 최악이었다. 당시 고속도로 개통 예정으로 폭등이 확실시되고 있던 땅을 사들여, 땅 투기로 선회한 것이다. 내부 보전된 자기자본으로는 자금이 부족했고, 그때 대출을 해줬던 곳이 데이토제일은행이었다.

하지만 남의 성공 스토리에 혹하는 자가 성공할 리도 없고, 이 땅 투기는 어떻게 보면 희극적인 외부 요인에 치명상을 입는다. 오랫동안 영화를 뽐내고 있던 자민당이 물러나고, 야당 제1당이었던 민생당이 정권을 쥐자마자 공공개발의 재검토가 시작되어 개발 예정이던 고속도로 공사가 중단되었던 것이다. 그러자 한때 급등했던 주변 지역의 땅값은 가격이 오르기 전보다도 더 떨어져, 처량한 가이에다의 팔지 못한 땅과 빚만 남았다. 시가지인 데다가 꽤 넓은 나대지라서 고정자산세도 무시할 수 없다. 가이에다의 계획대로라면 큰 이득을 볼 예정이었던 것이, 지금은 엎친 데 덮친 격으로 매일 적자가 쌓여 흰 개미처럼 회사의 기둥을 갉아 먹고 있었다.

현재, 데이토제일은행이 떠안고 있는 가이에다의 채권 잔액은 약 20억 엔. 담보 물건인 토지의 평가액은 5억 엔 미만. 게다가 보증 회사*가 끼어 있지 않아서 대위 변제** 도 기대할 수 없다. 원래 부동산을 담보로 대출받을 때는 신용 보증 협회의 보증이 필요하지만 이는 중소기업에만 해당하는 것으로, 가이에다 물산은 해당 사항이 없었다.

유키는 접수처에 방문 목적을 알리면서 전임자의 사망 소식도 아울러 전했다. 평소라면 회수 담당자와 만나고 싶지 않을 채무자도 그 얘기를 들으면 분명 만나줄 거라고 생각했기 때문이다.

화려하게 장식된 응접실에서 5분 정도 기다리자, 예상 대로 가이에다가 차분한 표정으로 들어왔다.

이 사람이 2대째 사장인가.

실물은 파일에 있는 사진보다 볼살이 약간 빠져 있었다.

"데이토제일은행에서 오셨군요. 야마가 씨가 돌아가셨

---

* 보증인이 없는 경우, 보증인의 역할을 대신 해주는 회사.
** 보증 회사 등 이해관계가 있는 제삼자나 보증인이 아닌 친척 등 이해관계
가 없는 제삼자가 채무자를 대신해 금융기관에 상환하는 것.

다니 삼가 조의를 표합니다."

"감사합니다. 제가 새로운 담당이 되어서요. 인사할 겸 찾아뵈었습니다. 유키라고 합니다."

유키는 고개를 숙이면서도 결코 상대의 얼굴에서 눈을 떼지 않는다. 가이에다는 안색을 알기 쉬운 남자로 그 눈은 완전히 안도하고 있다. 아마 뛰어난 야마가가 사라졌으니 안심하고 있을 테다. 바꿔 말하면 처음 보는 유키를 만만하게 보고 있다는 것이다.

"갑작스러운 이야기에 놀랐습니다. 왜 돌아가신 겁니까?"

"아직 경찰이 수사 중입니다만 누군가에게 공격당했을 가능성이 큽니다."

"하아, 그럼 살해당했다는 겁니까? 오죽 애통하시겠어요. 자, 앉으시죠."

애도의 말을 내뱉으면서도 싱글벙글한 것이 마치 비꼬는 것 같다. 비꼬는 게 아니라면 그냥 바보천치다.

"그런데 야마가 씨 정도의 회수맨은 정말 힘들겠어요."

"무엇이 말입니까?"

"실력이 우수할수록 채무자에게 원망을 사잖아요. 야마가 씨가 살해당한 것도 남에게 원망을 사서 그런 거겠죠? 남의 일이지만 금융업은 참 불행한 것 같군요."

빈정거림을 흘려들으며 유키는 빈틈없이 응접실 안을

둘러 본다. 벽에 걸린 그림은 모네의 복제품, 화분의 관엽
식물은 파키라, 인테리어 취향은 평범하며 무엇보다 눈에
띄는 것은 장식된 기념사진이었다. 정치가, 스포츠 선수,
배우, 연예인 모두 가이에다와 친근하게 악수하거나 어깨
에 손을 두르는 등 친밀함을 강조하는 사진이 쭉 걸려 있
다. 사진 속 멤버에 유명인이라는 것을 제외하고는 공통
분모는 없었고, 이것만으로도 가이에다의 속물성이 엿보
였다.

눈치가 빠르고 어쩔 것도 없다. 이렇게 대놓고 걸어놓는
데 눈치채지 못할 리가 없지 않은가.

"모두 업계 일인자네요."

멤버 중에는 연기력 부족으로 유명한 배우나 음치 아이
돌, 실언으로 유명해진 의원도 있지만 가이에다는 유키가
빈정거리는 것도 전혀 모르는 듯 득의양양하게 콧대를 세
운다.

"끼리끼리 모인다는 말이 있죠? 파티에서 인사만 했던
사람이 다음에 만날 때는 십년지기 친구가 되어 있어요.
불쾌하게 들릴지 모르겠지만 셀럽이란 그런 거랍니다."

자신에게 인간적 매력이 있다는 것을 뽐내고 싶은 듯하
지만 유키는 기껏해야 그의 주머니 속사정에만 매력을 느
낄 뿐이다. 아마 그 옆에서 사진을 찍은 멤버들도 그랬을
것이다.

유명인과의 친분을 과시하는 것은 선대의 카리스마에 대한 소심한 저항일 것이다. 그렇게 생각하자 가이에다가 한층 더 어리석게 느껴졌다.

그래도 유키는 관찰을 게을리하지 않는다. 전에 야마가에게서 그렇게 배웠기 때문이다.

—미래에 도움이 되는 정보는 대개 현시점에서는 쓸모 없어 보이는 것이다. 유익한 정보는 반드시 회수에 도움이 돼. 그러니 아무리 사소해 보이는 거라도 놓치지 말 것.

자세히 보자 유독 눈에 띄는 사진이 있었다. 마치 어린 아이가 프로레슬링 놀이에 신이 난 것처럼 가이에다가 헤드록을 걸고 있는 사진으로, 상대는 록 가수 스미라기 신이치다.

다른 사진은 그렇다 치고 이 사진에는 질투를 느꼈다. 스미라기 신이치는 유키가 고등학생일 무렵 데뷔한 유명한 가수로 유키도 그의 앨범을 전부 소장하고 있다.

"아, 스미라기 군과는 대번에 의기투합했어요. 지금은 거의 형제나 다름없는 사이랍니다. 혹시 유키 씨, 그의 팬이신가요? 원하시면 사인받아 드릴게요."

"아뇨. 그것보다 야마가 과장님이 맡으셨던 업무를 진행하고 싶습니다. 가이에다 사장님, 현재 남은 20억 엔 말입니다만 상환이 연체된 지 벌써 7개월. 계약상으로는 해약 절차를 밟아야 합니다."

"그래도 갚고 있잖아요."

가이에다는 엷은 미소를 지으며 말한다.

"한 달 치 상환액에도 못 미치는 금액을 입금하셔도 거래로 카운트되지 않습니다. 그런 건 이미 잘 알고 계시잖아요."

"아니, 역으로 데이토제일은행도 물류 업계 사정을 잘 알잖습니까. 지금은 경쟁이 심해지기만 해요. 우리도 손가락만 빨고 있을 리 없고, 여러 가지로 손을 쓰고 있다고요."

수상하다. 야마가가 남긴 3분기 결산보고서를 보면, 가이에다 물산은 만성적인 수익 감소에도 아랑곳하지 않고, 근본적인 대책은 아무것도 마련하지 않고 있다. 하긴 더는 직원을 줄일 수도 없을 테지만, 구조조정 이외에도 인건비를 줄이는 방법은 얼마든지 있다. 예를 들자면 점포 통합에 의한 간소화가 그러하다. 하지만 가이에다는 사업을 축소하는 것이 내키지 않는 듯 전혀 움직이지 않는다. 사업을 축소하지 못하고 헛되이 적자를 계속 늘리기만 하고 있으니 투자도 할 수 없다. 이런 탓에 3분기 연속 수익 감소라는 쓰라림을 맛보고 있다.

"하지만 실제로 제대로 된 원리금을 받진 못했는데요."

"왜 그렇게 상환에 집착해요? 예전처럼 다시 추가 대출을 해주면 되잖아요. 연체 중인 금액만큼만 해줘요."

"결산서만 보면 지금 귀사의 상태로는 본부에서 대출을 결재해주지 않을 것 같은데요."

"그건 당신 개인 생각이겠죠."

"번데기 앞에서 주름 잡는 격이지만, 추가 대출은 피로 회복제 같은 것입니다. 어떻게든 그 상황은 모면할 수 있어도 나중에 더욱 큰 고통이 찾아오죠."

"데이토제일은행도 참 새삼스럽군요. 보증도 필요 없다면서 기꺼이 빌려줄 때는 언제고, 상환이 조금이라도 밀리니까 돌변해서 찾아오다니. 맙소사."

유키는 자기도 모르게 얼굴을 찌푸린다. 그 점에 관해서는 가이에다의 말이 맞기 때문이다. 땅 투기를 계획하고 있을 무렵, 가이에다는 대출처를 물색하고 있었는데 그때 대출 담당자가 그에게 너무 매달렸다. 가이에다가 다른 은행의 금리와 저울질하고 있기도 해서 대출 실행을 서두르는 바람에 보증도 받지 않은 것이다.

게다가 담보 물건의 평가를 의뢰한 부동산 감정사가 대출 담당자와 딱 한통속이었다. 고속도로가 지날 거라는 조건이 있다고 해도 원래는 상업지로도 주택지로도 적합하지 않은 땅이다. 외부 요인을 제외하면 별반 다를 것 없는 땅인데도 대출 실행을 수월하게 진행하기 위해 원래 평가액보다도 더 높게 감정 결과를 내놓았다.

지금에 와서 생각하면 대출 담당자도 부동산 감정사도

멀쩡하다고는 말할 수 없지만 한심하게도 유키는 두 사람의 입장도 이해할 수 있다. 우선 대출 담당자 입장은 다음과 같다. 지점별로 개인당 할당량이 있는데, 데이토제일은행의 분위기상 이를 달성하지 못하면 사람 대접을 받지 못한다. 더욱이 지점은 물론 지역 단위에서도 목표 할당량이 부과되어, 달성 여부에 따라 보너스가 결정된다. 따라서 할당량이 미달인 경우에는 범인 물색이 시작된다. 연대책임을 져야 하므로 대출 담당자는 자연히 눈앞의 숫자만 쫓게 되는 것이다. 다행히도 관례적으로 한 지점에서 3년씩 근무하기 때문에, 엉터리로 대출을 해줬다 해도 그 채권이 부실채권으로 드러날 무렵에는 당시의 담당자는 이미 다른 지점에 가 있게 된다. 사정査定은 현시점의 담당자가 진행하므로 일단 숫자만 올려두고, 추후 도망칠 수 있다는 뜻이다. 이전 지점에서 대출을 담당했던 유키도 그런 적이 있기 때문에 일방적으로 책망할 수도 없다.

　또 평가액을 부풀린 부동산 감정사들도 할 말이 있다. 애초에 대출 담당자와 부동산 감정사는 상부상조하는 관계여서, 담당자가 대출을 실행하고 싶은 안건이 있을 경우, 부동산 감정사에게 종종 숫자 조정을 요청한다. 부동산 감정사 자신의 의지로 자의적인 평가액을 산출하는 것이 아니다. 게다가 대출 품의서를 올릴 때 의도적으로 조작하는 것은 배임행위지만 기입 누락이나 과장은 실수로 취급된다. 원래 부동산은 하나의 토지에 실세가격·공시가격·상속세평가액(노선가)·고정자산세평가액이라는 네 가지 가격이 있는 일물사가一物四価로, 아무리 저렴해도 사지 않는 사람은 사지 않고 아무리 비싸도 사고 싶은 사람은 부르는 값에 산다. 증권처럼 객관적인 수치가 나올 수 없기 때문에 평가액에 다소 차이가 있어도 허위 기재로 추궁당하지 않는다.

채무가 회수 불능이 되었을 터인 가이에다가 불손한 것은 이러한 여러 가지 사정을 간파하고 있기 때문이다. 부실채권이 된 데에는 양쪽 다 책임이 있다고 넌지시 이쪽을 협박하는 것이다.

"사장님, 추가 담보를 설정해주실 수는 없습니까?"

"역시 야마가 씨에 비하면 이야기가 시원치 않군. 회사 명의의 부동산은 전부 다른 은행 담보로 되어 있다는 걸 모를 리가 없을 텐데요. 4순위 저당, 5순위 저당이라도 괜찮다면 몰라도 그렇게 해봤자 저당권 설정 비용만 낭비할 뿐이고."

"그럼 거꾸로 묻겠습니다. 사장님께 명확한 상환 계획은 있으십니까?"

"그러니까, 그건 내 수완을 믿어달라고요. 경영 노력이 꽃 피우는 걸 지켜봐달라는 말이에요."

경영 노력이라니 어처구니가 없다.

유키는 저도 모르게 욕설을 퍼붓고 싶어졌다. 피도 땀도 흘리지 않고 이 2대째 사장이 하는 짓이라고는 유명인과의 친분을 뽐내며, 회사 경영이 어려워진 원인을 다른 사람 탓으로 돌리고 있는 것 아닌가.

차라리 야마가가 '인더스트리아 공업'에 했던 것처럼 데이토제일은행에서 파산 신청을 할지 생각해본다.

아니, 안 된다.

그 경우는 채권액도 적고, 채무자 측에 기술이라는 자산이 있어서 성공한 것이다. 가이에다 물산처럼 규모도 채권액도 큰 상대한테 사용하면 그야말로 긁어 부스럼이 될 수 있다. 채권 회수는 채무자의 수입이 있어야 비로소 성립한다. 담보 보전이 되지 않은 채 도산해버리면 금세 회수는 곤란해진다.

"내 입으로 말하기 그렇지만 유키 씨가 아무리 애를 써도 돈이 없으니 어쩔 도리가 없다니까요. 모자 속에서 토끼를 꺼내듯이 돈이 나오면 좋겠는데 그런 기술이 있었다면 진작 상환했겠죠. 아니, 그 금액을 상환할 수 있으면 기술이라기보다 환상일 테고."

재치있는 말을 할 셈이었을 것이다. 가이에다는 입을 다물고 웃음을 참고 있었다.

"뭐, 위로도 되지 않겠지만 우리 회사가 민폐를 끼치고 있는 건 데이토제일은행뿐만이 아니니까. 메인 뱅크에서는 당신네 은행에서 빌린 것보다 더 많이 빌린 상태고 금리도 그쪽이 더 높고요."

금리가 높든 낮든 갚지 않으면 똑같지 않은가.

"유키 씨, 쭉 회수 담당이었나요?"

"아뇨……영업 쪽에 있었습니다."

"그럼, 우리 회사처럼 역사가 있고 또 많은 직원을 거느리고 있는 기업의 어려움을 아시겠네요. 특히 나 같은 경우는 경기가 한창 안 좋을 때 사장이 되는 바람에 속 편한 시기라고는 한순간도 없었다고요."

가이에다의 말투가 동정을 구하는 듯한 말투로 변한다.

"세상 사람들은 입만 열었다 하면 아버지에게는 카리스마가 있다든지, 입지전적 인물이었다든지, 쇼와의 걸물이었다든가 말하는데, 우리 회사가 규모를 확장했을 땐 마침 고도성장 시대였고, 최고이익을 낸 것도 버블 경제가 한창일 때였어요. 그런 성장 시대에는 뭘 하든 성공하기 마련이죠. 버블이 꺼지니 예상대로 회사 실적은 미끄러져서 이러지도 저러지도 못하는 상황에 아버지가 돌아가시고 나에게 바톤 터치. 그런 것을, 실적이 나빠지고 경영이 악화한 걸 전부 내 책임이라고 하더군요."

가이에다는 구구절절 호소하지만 유키는 점점 흥미를 잃는다.

버블 경기 후에 창업자에게서 회사를 물려받은 사람은

얼마든지 있지만 그들이 전부 실패했다는 말은 들어본 적이 없다. 경영자로서의 역량을 갖추고 있으면 회사는 지속되지만, 그렇지 않으면 회사도 위기에 빠진다는 이야기다. 영업부에 있을 때 많은 회사를 돌아봤기 때문에 이런 사정을 잘 안다.

결국 이 가이에다 다이지로라는 남자는 스리피스 정장을 입은 어린아이다. 자기 재능과 역량을 추궁당하는 국면에서 도망치고, 아버지의 환영에서 도망치고, 그리고 빚에서 도망쳐, 결국에는 뻔뻔하게 나오고 만다. 그러면서 자신의 지위에 안도하고, 자기 주변에 유명인이 모이는 것을 자신의 인간적 매력 때문이라고 착각하고 있다. 쓴웃음을 넘어 폭소가 나오는 수준이다.

제삼자라면 폭소에서 끝나지만 부하나 직원은 참을 수 없을 것이다. 채권자인 데이토제일은행도 마찬가지다. 아무리 담보가 있다고 해도 이런 천박한 인간에게 용케도 수십억 엔을 빌려줬다고 생각한다. 만약 그때의 대출 담당자를 알 수 있다면 귀를 잡아당겨 이 자리에 앉혀 놓고 싶다.

"나뿐만 아니라 이런 시대에 회사를 떠맡은 자는 전부 비극이에요. 처음부터 소모전이라기보다 철수전을 강요당하고 있으니까요. 그런 고생을 좀 이해해주세요. 역시 사회에 있어 자금이란 건 생물로 말하면 혈액과 같은 것이니, 대출을 중단하고 자금을 강제로 회수하는 둥 그런 터무니 없는 짓은 하지 말아주시고요. 그런 짓을 해서 회사가 망하면 갈 곳 없는 직원들은 분명 유키 씨를 원망할 테니까요."

듣자 하니 분노보다도 공허함이 가슴을 스친다.

이런 남자가 키를 잡은 배는 날씨가 맑아도 곧 바다에 가라앉는다. 그리고 분명히 선원을 구조할 생각도 없이 재빨리 자신만 살려고 할 것이다.

유키가 반박하지 않는 것을 틈타 가이에다는 한층 제멋대로 억지를 부린다.

"전에도 대출 담당자분이 추가 대출을 제안하셨었죠. 거래처가 도산하면 메인 뱅크를 포함한 거래 은행에 전부 영향을 끼치니까요. 다시 말하는데, 한 번 더 추가 대출을 해주면 안 되나요? 데이토제일은행에 연체 중인 대출금만큼이면 돼요."

"그건 분명 무리라는 전제하에 설명했습니다."

"그러니까 그건 당신 개인의 판단이잖아요. 한번 검토해주시죠. 의외로 데이토제일은행의 상층부는 우리 회사의 중요성을 이해해줄지도 모르고."

유키는 한숨을 내쉬고 싶은 것을 필사적으로 참았다.

가이에다와의 면담을 끝내고도 불쾌함이 온몸에 들러

붙어 있었다.

상환이 연체되고 자존심도 수치심도 체면도 벗어버리면 채무자는 본모습을 속속들이 드러낸다. 야마가가 말했던 것들은 놀랄 정도로 진리였던 것이다.

—본모습은 가지각색이다. 소심하기도 하고, 고지식하기도 하고, 단지 바보 같기도 하지. 채권 회수는 그런 부분을 파악한 뒤에 계획을 세우도록.

아무리 담보로 보전되고 있다고 해도 최종적으로 돈을 지불하는 것은 채무자 본인이다. 담보의 처분보다도 본인의 상환 의사를 끄집어내지 못하면 회수하기 어렵다. 야마가는 이렇게 강조했었다.

채무자에는 네 가지 유형이 있다. 담보에 여유가 있는 성실한 자, 담보에 여유가 없는 성실한 자, 그리고 담보에 여유가 있는 게으른 자와 담보에 여유가 없는 게으른 자다. 유형에 따라 당연히 회수 방식도 달라진다. 야마가의 가르침은 이를 잘못 판단하지 말라는 뜻이 분명하다.

이 분류에 따르면 가이에다는 틀림없이 네 번째 유형으로, 게다가 가장 악질이다. 자신에게 경영 수완이 없는 것을 알고 어떤 노력도 하지 않는다. 아마 경영이나 경리는 다른 임원에게 맡기고 그때그때 지시만 내리고 있을 것이다. 3분기 결산보고가 우하향을 계속하는데도 마치 남의 일처럼 호언장담을 했던 것은 그런 탓이다. 가이에다가 하는 것이라고는 언젠가 담보 물건이 급등하지 않을까 망상만 하는 것뿐인데 그런 망상은 초등학생도 할 수 있다.

이대로 질질 끌며 거래를 해도 본인은 수렁에 빠지기만 하고, 채권자인 데이토제일은행도 쓸데없이 채권 내용만 악화할 뿐이다. 본부의 승인은 받지 못하겠지만 손실을 최소화하기 위해 한시라도 빨리 도산시키는 방법도 물론 있다. 메인 뱅크가 아닌 데이토제일은행의 몫은 극단적으로 줄어들겠지만 적어도 담보분인 5억 엔은 확보할 수 있다.

그러나 역시 본부는 그런 계획을 승인하지 않을 것이다. 크게 손절할 각오가 본부에게 있었다면 야마가가 방관만 하고 있었을 리가 없다.

그럼 도대체 야마가는 이 채권을 어떻게 요리할 생각이었을까. 섭외부로 돌아가 머리를 짜냈지만 가이에다의 엷은 미소가 떠오르기만 할 뿐 좀처럼 생각이 떠오르지 않는다. 책상 앞에서 한 시간이나 끙끙대고 있는데 핸드폰 알림이 왔다.

도마에게서 온 LINE이었다.

―오늘, 저녁 사줄래? 엘리트 행원님.

그러고 보니 바빠서 요새 그녀와 만나지 못했다. 메시지에서도 조용한 분노가 끓어오르고 있다. 요구에 응하지 않으면 이거야말로 돌이킬 수 없는 손실이 될지도 모른다.

비위를 맞춰주자는 생각으로 긴자에 있는 고급 초밥집

을 예약했다.

"이래저래 힘들었지."

야마가가 살해당한 채 발견되었다는 사실 말고는 후에 일어난 일에 대해서는 딱히 이야기하지 않았다. 그런데도 이렇게 헤아려주는 것이 도마답다.

"연락 못 해서 미안해."

"괜찮아. 신경 안 써도 돼. 나도 트레이너가 결혼 후 그만뒀을 때, 꽤 고생했었어. 뭐랄까, 질풍노도라고 해야 하나? 일을 깨우치는 것만 해도 힘든데 능력 있는 선배의 뒤를 이으려니 이중으로 힘들지. 게다가 불합리해."

"뭐가?"

"'잘하는 선배의 업무를 인수인계 받았으니 잘하는 건 당연. 실패하면 네가 무능하다는 증거다'라는 말을 자주 들었어."

"남의 일 같지가 않네."

"야마가 씨의 일을 떠맡았으니 그렇겠구나. 후보 선수가 아무 예고도 없이 에이스 넘버를 달고 그라운드에 나가는 것이려나."

"그 비유가 딱이야. 쓰러뜨려야 하는 상대는 괴물들뿐이고."

다행히도 룸으로 안내를 받아서 다른 손님을 신경 쓸 필요가 없다. 엄살을 부려도 될 상대에게는 엄살을 부리는 게 정신 건강에도 좋다.

불현듯 야마가를 생각한다. 야마가는 도대체 누구에게 엄살을 부리고 있었을까. 아니, 애초에 야마가에게 엄살 같은 게 있었을까.

"압박, 심해?"

"심하지 않으면 그게 어디 압박이겠어?"

"말하는 거 보니 괜찮나 보네."

"내가 지금 센 척한다는 생각은 안 들어?"

"거기서 안 도망치고 있다는 건 별로 쫄지 않았다는 뜻."

그건 그런가, 하고 납득이 간다.

도마는 호기심을 조금 보이더니 식전 발포주에 입을 갖다 댄다. 꼭 자기 여자 친구라서 그런 건 아니고, 이렇게 자연스럽게 상대를 격려하는 재능은 높이 사야 할 것이다.

"그래도 사실 조금은 걱정했어. 유키에게 야마가 씨는 넘어야 할 산 같은 것이었잖아."

"……그 비유도 딱이네."

"눈앞에 있던 산이 갑자기 없어지면 등산가는 힘들어지니까."

"멍하니 있고 싶은데 현실은 가만히 놔두질 않네. 과장님이 남긴 안건들이 완전 힘든 것들뿐이라. 파일을 보기만 해도 우울해질 것 같아."

"나, 외부자 맞지?"

"응."

"상관없는 사람한테 하소연하면 편해."

"……그렇겠지."

도마의 호의를 받아들여 유키는 가이에다의 채권에 관해 말하기 시작한다. 물론 애인에게도 개인정보를 누설하지 않는다는 상식은 있으므로 개인의 이름이나 기업명은 말하지 않는다.

2대째 사장의 행동과 제멋대로인 논리를 재현하자 도마는 금세 언짢은 얼굴이 되었다.

"그게 뭐야."

마치 눈앞에 가이에다가 서 있는 것처럼 위협적인 태도를 보인다.

"그런 게 사장이라니."

"선대 사장과 일했던 전무나 상무들은 아직 건재하니까. 그분들이 어떻게든 젊은 사장을 서포트하려고 하는 것 같은데 본인은 그런 걸 알기나 할지."

"그런 인간들은 어디에나 있지. 노력도 모르고 좌절도 모르니 성공은 전부 자기 공, 실패는 전부 남 탓하는 쓸모없는 인간. 그러니 문제가 쌓여 있어도 내버려두면 어떻게든 된다고 진심으로 생각하고 있을걸."

"분명 어른이 되기 위해 필요한 것은 전부 잊은 채 나이만 먹었을 거야. 말하다 보니 분노보다는 공허함이랄까, 점점 불쌍해지기 시작하네."

"유키, 어떡할 거야? 그 2대째 사장이 요구한 대로 추가 대출 진행할 거야?"

"그럴 리가 없잖아. 그런 짓을 해서 은행이 망가졌다고 야마가 과장님한테 배웠거든."

"그래도 내버려두면 채권은 악화하기만 하잖아."

"응, 그래서 곤란한 상태야."

"지금 단계에서 담보인 땅을 팔아버리면 손실도 최소한 으로 끝나잖아. 왜 손절 안 해?"

유키는 마지못해 설명한다.

어느 은행이나 마찬가지겠지만 지점이나 부서가 감사를 진행할 때, 손실액은 그렇게 중요시하지 않는다. 중요한 것은 손실을 냈다는 사실이다. 버블 경제가 터졌을 때 은행이나 증권사 같은 금융기관이 어떻게든 손실을 감추려고 했던 이유 중 하나는 경영진의 지시 때문이기도 했지만 다른 하나는 감사가 두려워 지점 측이 손실을 은폐했기 때문이기도 하다.

"은행 감사는 기본적으로 감점 방식이거든. 무사히 지점 업무를 익히는 건 당연, 뭔가 문제를 일으키면 그 시점에서 출세 코스에서 배제. 그러니 모두 자기한테 도움도 안 되는데 군이 위험을 무릅쓰려고 하지 않아. 이번 안건처럼 손실이 나올 게 뻔한 담보를 처분하려고 하지 않을 거야. 담당자는 물론 결재한 사람의 이력에도 흠집이 나니까."

"은행이란 상상 이상으로 악덕이네."

"차라리 자본잠식을 이유로 도산시키는 방법도 있는데 그건 또 그거대로 내키지 않아."

"왜? 도산시키면 어쩔 수 없이 담보를 처분해서 손실이 나오니까 핑계도 될 수 있잖아."

"도산시킨다는 건 회사 직원들과 그 가족들을 길바닥에 나앉게 하는 거야. 은행 처지만 생각해서 간단히 정할 수 있는 게 아니지."

잠시 침묵이 흘렀다.

"사람 좋은 건 학생 때랑 똑같네."

"뭐래."

"유키의 그런 점이 싫은 건 아닌데, 은행원으로 살기엔 더 힘들지 않을까?"

"안일하단 건 알아. 그런데도 아무리 직접 볼 수 없다고 해도 내가 한 일 때문에 많은 사람의 생활이 엉망이 되는 건 왠지 찝찝해."

"있잖아, 아까 한 말 취소. 자신만의 규칙을 배반해야 할 정도라면 도망쳐도 된다고 생각해."

"도망친다니."

"그 채권 말이야. 다른 사람한테 다 떠넘기고 모르는 척

해. 남의 뒤치다꺼리 하느라 마음 고생하면 그거야말로 바보 같잖아."

떠넘긴다.

그 순간 머릿속이 전광으로 번뜩였다.

그 방법이 있었다.

어째서 이렇게 단순한 걸 알아차리지 못했을까.

유키는 글라스를 입으로 가져가려다 말고 맹렬히 두뇌를 회전시킨다.

"왜 그래, 유키?"

하지만 가이에다를 어떻게 설득하면 좋을까. 어지간히 좋은 조건을 제시하지 않으면 그 남자가 받아들일 리가 없다.

"유키?"

가이에다뿐만이 아니다. 그 회수 계획에는 다른 협력자가 필요하다. 아니 협력까지는 바라지도 않고 그저 한몫 거들어줬으면 한다. 그렇기 위해서는 다른 좋은 조건을 내놓지 않으면 안 된다. 과연 두 사람을 끌어들일 법한 그림을 만들 수 있을까.

"유키, 듣고 있어?"

"으응, 미안. 생각 좀 하느라."

"보면 알아. 내 기분 풀어주려고 예약한 거잖아. 그래놓고 기분 상하게 하면 어떻게 해."

도마에게 사과하면서도 머릿속에서는 빙글빙글 생각이 교차하고 있다. 솔직히 고급 초밥의 맛도 몰랐고 술을 마시니 사고도 마비되어 갔다.

대강 코스를 마치고 계산을 기다리고 있는데, 메일을 확인하던 도마가 짧게 소리쳤다.

"유키, 예전부터 스미라기 신이치 팬이었지?"

"응."

"대박 사건. 지금 막 뜬 것 같아."

도마 쪽으로 다가가 액정화면을 바라본다.

스미라기 신이치, 각성제 단속법 위반으로 구속

아, 결국 한 건가.

술 취한 상태에서 가장 먼저 떠오른 건 그런 생각이었다. 지금까지 몇 번이나 의심받았지만 늘 소문 단계에서 자연 소멸했었다. 이번에는 비로소 소지든 사용이든 결정적 물증이 나왔을 것이다.

유감스럽지만 그걸로 스미라기 신이치가 음악계에 세운 공적이 전부 부정되는 것은 아니다. 죗값을 치르는 것은 당연하고 음악계가 그의 재능을 애초부터 없었던 것으로 치부할 수도 없다. 가능하면 빨리 사회에 복귀해주길 바라지만.

다음 순간, 또다시 아까의 전광이 유키의 뇌리를 관통했다.

4

하늘의 계시처럼 번뜩인 생각을 형상화하는 데만 온종일 걸렸다.

물론 계획을 실행하기 위해서는 섭외부 부장인 가시야마의 승인을 받아야 한다. 유키가 부장실에서 청사진을 설명하자 가시야마는 꽤 의표를 찔린 듯했다.

"분명 그런 방법이라면 데이토제일은행에는 손실을 내지 않고 끝날 수 있겠지만……가이에다 본인의 승낙이 필요해요. 과연 그가 허락할지."

"허락하지 않으면 곤란합니다. 그러니 도박이랄까요."

"성공률은 비등비등하겠네요."

"실패해도 여러 수단 중 하나가 실패한 것뿐입니다. 데이토제일은행이 이 이상 큰 손실을 입을 일은 없습니다. 노 리스크 하이 리턴이죠."

"리스크는 있어요. 헛스윙을 하면 유키 군 개인이 고소당할 수도 있으니까요."

"고소당할 만한 카드는 내밀지 않을 겁니다. 그 부분은 섭외부에 발령받고 꽤 단련됐습니다."

가시야마는 지긋이 유키의 얼굴을 바라본다.

"발상이 야마가 과장이랑 같네요."

어딘가 기분 나쁜 듯한 눈빛이다.

"합법적이지만 그 과정이 도박과 비슷해요. 설마 야마가 과장이 매뉴얼을 유키 군에게 남긴 거 아닌가요?"

그랬다면 얼마나 편했을까.

야마가와 발상이 똑같다는 말을 들어도 기분은 나쁘지 않다.

"그런 교과서가 있으면 지금 당장 전 지점 회수 담당자에게 나눠줄 겁니다."

"나눠줘도 소용없을 텐데요."

"왜입니까?"

"그런 회수 방식은 야마가 과장의 캐릭터니까 가능한 거예요. 다른 담당자가 따라 한다고 할 수 있는 게 아니라고……생각했었는데, 어쨌든 예외가 한 명은 있는 것 같네요."

"감사합니다."

"반은 칭찬하는 거지만 반은 비난하고 있는 거예요. 모두가 사용할 수 없는 방식은 아무리 보기 좋아도 역시 바른 길은 아니죠. 섭외본부 설립을 계획하고 있는 입장으로서는 마냥 칭찬만 하기는 힘드네요."

칭찬이라는 말을 들었을 때, 이상하게도 설레지 않았다.

예전에는 사정이나 평가, 칭찬, 비난이라는 말에 민감하게 반응했다. 하지만 섭외부에 발령받고 야마가 밑에서 일하게 된 이후부터 점점 그 말들이 수상하게 느껴졌다.

본부나 상사에게 좋은 평가를 받으면 출세 가도는 열린다. 남자의 숙원은 출세라는 말이 틀리다고도 생각하지 않는다.

하지만 그게 전부는 아닐 것이다. 감사나 평가만 신경 쓰고, 봐야 할 것은 보지 않고, 손을 써야 할 곳을 방치하고 있으니 가이에다 같은 채권이 발생하는 게 아닌가.

가이에다의 채권 관련 일을 하고 나서 점점 야마가의 말을 떠올릴 때가 늘었다.

그리고 두말할 것도 없이 자기도 모르게 입 밖으로 내뱉었다.

"상관없습니다. 칭찬받아야겠다고는 생각하지 않으니까요."

"그 말은 좀 흘려듣기 어렵네요."

가시야마는 입술을 삐죽거렸다. 의외로 매력적으로 보였다.

"알고 있겠지만 은행원만큼 평가가 엄격한 직업은 없어요. 평가 숫자가 승급과 미래를 결정해버리죠. 도자이은행과의 합병이 시야에 들어온 지금, 그런 네거티브한 사고방식은 유키 군뿐만 아니라 섭외부 전체의 분위기를 흐릴 거예요."

결코 네거티브한 건 아니라고 생각했지만 아무래도 가시야마가 공감할 것 같지는 않아서 잠자코 있었다.

"야마가 과장이 없는 지금, 우수한 인재를 뜻하지 않게 잃고 싶지는 않아요. 아무쪼록 자중해주세요."

사무실을 다시 찾아가자, 가이에다가 경박하게 웃으며 모습을 드러냈다.

"어이, 데이토제일은행님. 내 제안은 진지하게 생각해주신건가요?"

이쪽 신경을 거스르는 듯한 말투는 어떤 효과를 노린 건지, 아니면 천성이 그런 건지. 어쨌든 이런 사소한 일에 일일이 화를 낼 수는 없다.

"오늘은 그것도 포함해 말씀을 드리러 왔습니다."

"오오, 그렇군요."

가이에다는 무슨 착각을 했는지 싱글벙글 맞은편에 앉는다.

"그럼 들어볼까요?"

"우리 은행이 가이에다 사장님께 제안하는 것은 차환* 입니다."

유키가 이렇게 말하자 가이에다는 멀뚱히 있었다.

"현재 사장님의 채무 잔금은 20억 2천 3백만 엔. 이것을 담보 물건과 함께 타사로 옮겨주시기 바랍니다. 물론 저희

* 이미 발행된 사채를 상환하기 위해 새로운 사채를 발행하는 것.

쪽 제안이므로 저당권 해제 및 설정 관련 비용은 우리 은행이 전부 부담하겠습니다."

"잠, 잠깐만."

"이미 몇몇 차환처를 리스트업 해두었습니다. 금리는 최대한 저희 은행 상품과 비슷한 수준을 생각했지만 아시다시피 현재는 기준금리율과 기준대출이자율이 상승 추세라 조건에 맞는 은행은 좀처럼 찾기 어렵네요. 하지만."

"저기, 잠깐."

"담보 물건의 실세가격이 떨어지고 있는 현 상황에서는 채권 보전의 관점에서 다소 고액 금리는 어쩔 수 없다고 판단해ㅡ."

"사람 말 좀 들어요!"

가이에다가 분노를 드러내면서 유키의 말을 가로막는다. 평정을 잃은 가이에다를 보는 것은 신선했지만, 아무리 그래도 거래 은행 담당자에게 지을 표정은 아니다.

"그러니까 데이토제일은행에서 빌린 대출금을 대신 갚게 한 다음, 지금보다도 높은 이자를 내라는 말인가요."

"사실대로 말하면 그런 셈입니다."

"일방적으로 그런 말을 들으니 조금 당황스럽군요."

유키는 애써 냉정한 말투를 유지한다.

"이대로 담보 부족 상황이 계속되면 우리 은행 섭외부가 사장님에 대해 파산 신청을 할 가능성도 부정할 수 없기 때문입니다."

"파산 신청이라니."

"물론 그전에 담보 물건이 강제집행되고, 부동산 실세 가격 분을 회수하게 됩니다. 물건을 처분해도 15억 엔 이상의 무담보 채권이 남으니 이를 회수하기 위해서는 파산 신청을 해 가이에다 사장님 개인 명의 자산을 분배하는 것 말고 다른 방법이 없으니까요."

"기다려봐요. 기껏해야 15억 엔을 회수하는데 내 자산 전부를 도마 위에 올리라는 말인가. 회사의 공유 명의까지 합치면 몇십억 엔은 될 텐데."

"사장님의 개인 명의든 가이에다 물산 명의든 자산과 부채의 계산은 전부 끝냈습니다. 우리 은행 외의 대출금까지 고려하면 재무 상태는 언제 파산해도 이상하지 않더군요. 이 정도는 사장님도 경리부에서 보고는 받아서 알고 계실 테고요."

"그런 말도 안 되는 요구를 받아들일 것 같아요?"

"분명 이자 부담은 지금보다 커지겠지만 파산이나 도산의 쓰라림을 맛보는 것보다는 낫지 않습니까?"

하지만 실제로 가이에다는 이자에도 못 미치는 금액을 입금하면서 질질 거래를 연장하고 있을 뿐이다. 이자가 올라도 갚지 않으면 똑같다. 즉 데이토제일은행이 부실채권에서 해방될 뿐이라는 지적은 맞는 말이며, 가이에다가 화를 내는 것도 당연했다.

"제멋대로 지껄이기만 하고."

"제멋대로라고는 생각하지 않습니다. 은행이 부실채권을 해소하려는 것은 극히 당연한 행위죠."

"남의 은행에 떠넘길 뿐이잖아요. 아니, 회수불능채권을 그대로 떠맡으려는 기특한 은행이 있다는 말이에요?"

"있습니다."

간단한 대답에 가이에다가 눈을 부라렸다.

"저희 은행 관련 기업 중에 '미카도 M&A'라는 회사가 있습니다. 은행업은 아니지만 이런 경우 담보 물건과 함께 채권을 액면가로 매입해줍니다."

"잠깐, 회사명이 M&A라고 했나요?"

"네. 짐작하신 대로 mergers and acquisitions, 합병과 인수를 의미하는 M&A입니다. 다만 이번 건은 어디까지 차환이므로 '미카도 M&A'와의 계약 체결 후 정상적인 거래가 지속되면 채권 보전의 필요도 없습니다. 다만 조금 전 말씀드렸다시피 이자는 저희 은행보다도 조금 높으며 계약자는 가이에다 물산, 사장은 보증인이 된다는 내용입니다."

현재 이자 상환도 밀리고 있는 가이에다가 그것보다 더 높은 이자를 지불할 수 있을 리 없다. 물론 이것도 다 생각한 후에 차환을 제안한 것이다.

"정상적인 거래를 할 수 없게 되면 어떻게 되는데요?"

"그것은 저희 은행이라도 대부분의 금융기관과 다르지 않습니다. 6개월간 정상적인 거래가 지연되는 경우에는 해약 절차가 시작됩니다. 다만 '미카도 M&A'의 경우는 최초 계약 시에 계약 이행이 불가능한 경우에는 사장이 의결권을 가진 주식을 양도해야 한다는 내용이 약관에 명시되어 있습니다."

"그럼 6개월 연체로 나는 의결권을 잃는다는 건가!"

"의결권을 잃을지는 모르지만 그걸로 즉시 대표이사직에서 쫓겨나는 걸 의미하지는 않는다고 생각합니다."

"의결권을 얻은 다음에는 어떻게 할 셈이죠?"

"이건 일반론이지만 원래 사업 부진으로 자본잠식에 빠진 기업을 그대로 유지해가는 것은 곤란하겠죠. 우선 생각할 수 있는 건 채산 부문과 부채산 부문을 구분한 뒤 부채산 부분을 사업 양도하는 것입니다."

"웃기고 있네. 내 회사를 토막 낼 셈이에요?"

네 회사가 아니야. 내뱉고 싶은 말을 삼킨다.

"부채산 부문의 처리는 다른 기업들도 다 하고 있습니다. 게다가 회사가 만신창이가 되어 자진 폐업하는 것보다야 훨씬 낫죠. '미카도 M&A'의 기본 방침은 '사람도 자산이다'라고 하니 사업 양도든 회사 분할이든 직원이 일자리를 잃을 일은 없을 거예요."

일자리를 잃지 않는다. 이것이야말로 가장 중요한 조건 이었다. 대출해준 데이토제일은행에 문제가 없었다고 말 하는 건 거짓말이지만, 채권이 악화한 원인은 무엇보다 가 이에다 자신의 자질에 있다. 가이에다의 미숙함에 회사 의 임원과 직원까지 말려들게 하는 것은 아무래도 꺼림칙 했다. 물론 사업 양도 후까지 직원의 안위를 보장할 수는 없지만 적어도 갑자기 도산해 밖으로 내몰리는 것보다는 낫다.

하지만 가이에다에게 직원을 생각하는 마음은 희박한 듯하다. 그는 유키를 계속 노려보며 보기 흉하게 이빨을 드러냈다.

"흥. 그것도 내가 차환에 동의하지 않으면 그림의 떡이 죠. 누가 하라는 대로 할 것 같아요?"

그리고 형세가 유리하다고 생각했는지 희미한 미소를 지었다.

"유키 씨. 당신도 꽤 우수할지 모르겠지만 야마가 씨 발 끝에는 못 미치네요. 그런 요구는 우위에 선 다음에 꺼내 는 거예요. 내가 이런 말 하기 좀 그렇지만 빚이란 건 못 갚게 된 시점에서 빌린 쪽 힘이 세지는 거라고. 야마가 씨 에게 그렇게 안 배웠어요?"

"배웠습니다. 말씀하신 대로 저는 별로 우수한 학생은 아니었지만요."

"스스로 인정하다니 그건 또 겸손하군요."

"그래도 꽤 좋은 대학은 나왔습니다."

"핫, 능력 없다고 지적받으니 이번에는 학력 자랑. 뭐 그
것도 그렇겠네요. 천하의 데이토제일은행의 행원이 될 정
도니."

"동창 중에 관료가 된 사람도 많습니다."

"그런 친구가 부러워 죽겠다는 건가요."

"가장 친했던 녀석이 후생노동성의 후생국 마약단속부
소속이고요."

그 순간 가이에다의 표정이 굳었다.

"얼마 전, 스미라기 신이치가 체포되었을 때도 현장에서
지휘를 한 듯하더군요. 그 후에 득의양양하게 전과戰果를
알려주더라고요."

"……대단한 친구를 두었군요."

말끝이 기어들어가는 듯했다.

"그런데 사장님, 스미라기 신이치와 호형호제하는 사이
라고 하셨었죠."

"아니, 그건 꽤 옛날에나 그런 거고 최근에는 별로 만나
지 못해서……."

유키는 자리에서 일어나 벽에 걸려 있는 가이에다와 스
미라기의 사진을 가리킨다.

"그렇습니까? 이 사진의 날짜는 아직 3개월 전입니다만.

그건 그렇고 이 사진에 비하면 지금은 꽤 마르셨네요."

"체육관에 다니고 있어서."

"사장님. 혹시 스미라기 신이치가 꼬드기지 않았습니까?"

"무슨 말이에요?"

유키는 상대와의 간격을 좁힌다.

결코 협박하지 않고.

그러나 조용한 말과 정중한 태도로 몰아붙여라.

"지금쯤 스미라기 신이치는 마약을 입수한 경위는 물론 함께 약을 한 동료에 관해서도 시시콜콜 신문당하고 있을 텐데요. 그런 걸 불면 배신자로 낙인찍히고 밖에 나오면 심한 보복이 기다리고 있으니 야쿠자가 아니더라도 좀처럼 입은 열지 않을 듯합니다. 하지만 그가 입을 열지 않아도 마약 단속 경관이 정보를 입수하거나 증거를 발견하면 마찬가지죠. 아십니까? 각성제는 소변 검사뿐 아니라 머리카락 한 올에서도 검출된다는 것을요."

가이에다가 마치 반사작용처럼 손을 머리로 가져간다.

"나, 나를 협박하는 건가요."

"협박도 뭐고 아니에요. 사장님이 근거 없는 소문에 휘말릴까 봐 걱정돼서 그래요. 하지만 설마 사장님, 마약 같은 걸 소지하거나 사용하거나 한 적은."

"없어. 없어. 그런 적 없어. 응. 절대 아니야."

"다행이네요. 만에 하나 그런 걸로 체포되시면 사장님의 사회적 신용은 땅에 떨어지고 마니까요. 실제로 전임인 야마가 사건이 수사 중이라 경시청 형사가 온종일 사내를 돌아다니고 있거든요."

"설마. 유키 씨."

"그러니 스미라기 신이치와 친분이 있다는 것은 아무에게도 누설하지 않겠습니다. 그런 짓을 하면 의심 많은 마약단속 경찰과 경시청 조직범죄대책부 사람들이 의심의 눈초리로 사장님을 볼 테니까요."

"……믿어도 되겠죠."

"물론입니다. 가이에다 사장님에게는 앞으로도 관련 회사가 신세를 질 테니까요."

그것이 유키의 최후통첩이었다.

가이에다는 갑자기 입을 다물고 유키를 노려본다. 말이 없는 와중에도 자기 안위와 자존심이 서로 싸우는 것이 눈에 훤하다.

유키도 시선을 조금도 피하지 않는다. 유키가 제시한 것은 하나의 퇴로다. 몰아넣고 몰아넣은 끝에 그 퇴로까지 유도했다. 여기서 한눈을 팔면 이 남자는 깨끗이 단념하지 않고 다른 퇴로를 찾기 시작할 것이다.

서로를 노려본 건 1분이었을까, 아니면 5분이었을까.

이윽고 가이에다의 입에서 긴 한숨이 새어 나왔다.

"딴소리하면 취소할 거예요. 당신도 야마가 씨처럼 제법 이군요."

"사장님. 하나 여쭤볼 것이 있습니다만."

"뭐죠?"

"뜬금없지만 5월 28일 밤부터 다음 날 아침까지 무엇을 하셨습니까?"

가이에다는 제정신으로 돌아온 듯한 얼굴로 스마트폰을 만지작거리기 시작했다. 아무래도 과거 일정을 확인하고 있는 듯하다.

그러더니 빈정거리며 웃었다.

"우연이군요. 그날은 오랜만에 스미라기 군과 아침까지 놀고 있었거든요."

가이에다가 무사히 '미카도 M&A'와 차환 계약을 체결하는 것을 확인한 뒤, 유키는 섭외부로 돌아왔다. 저당권 해제 서류는 법무사에게 전달하고, 데이토제일은행의 계좌에 채권 잔액이 송금된 것을 확인했다. 이걸로 가이에다 관련 채권은 일단락되었다.

아마 가이에다는 '미카도 M&A'에서도 거래는 2개월도 지속하지 못할 것이다. 조만간 주식 양도 후, 가이에다 물산의 경영진은 절반 이상이 바뀌고, 다음에는 조용히 분할이 진행될 것이다.

이걸로 데이토제일은행은 1엔의 손실도 내지 않고 가이에다 개인은 차치하고 그 직원들이 당분간 거리에 나앉게 되는 일도 없을 것이다. 해고 통지가 그저 몇 년 연기되었을 뿐이라고 심술 궂은 견해를 가진 자도 은행에는 있지만, 집행 유예 기간이 늘어나면 살아남을 확률도 높아진다.

사실 그건 대박이었다. 가이에다가 마약을 한다는 건 거의 상상 수준에 불과했다. 하지만 유키는 스미라기 사건과 가이에다의 거무스름한 볼을 보고 짐작했다. 빗나가면 꽝, 맞으면 조커라는 히든카드다.

그래도 유키는 도박에서 이겼다. 상대의 안색이 바뀌는 순간 단숨에 밀어붙였다. 뺑카라는 것을 간파당하기 전에, 숨통을 끊어놔야 했다. 그 후 어떻게든 가이에다를 깔아눕힐 수 있었던 것이다.

단독으로 한 일치고는 훌륭했다.

전에는 느껴 보지 못한 뿌듯함이 가슴에 넘쳐 흐른다.

야마가도 부실채권을 하나씩 정리할 때마다 이런 희열을 맛봤던 것일까.

등받이에 상반신을 기대자 갑자기 어깨가 무겁게 느껴졌다. 무심코 한쪽 어깨를 만졌는데 마치 갑옷을 입은 것처럼 딱딱해서 놀랐다.

원래 어깨가 뻐근한 편이 아니다. 그러고 보니 아까 차환 실행 시, 서류 교환을 확인한 것뿐인데도 긴장이 풀리지 않았다. 아마 자신도 모르는 사이에 극도의 긴장을 스스로에게 강요하고 있었을 것이다.

오늘만큼은 일찍 퇴근할까. 이런 생각을 하고 있는데 휴대폰이 울렸다.

발신자를 보고 자연히 얼굴 근육이 굳는다. 상대는 스와였다.

"네, 유키입니다."

―야마가 씨 안건, 무사히 해결한 것 같군.

무심결에 눈을 부릅떴다.

"어떻게, 그걸 아시죠?"

―전에 야마가 씨의 고객 리스트를 본 것, 벌써 잊었어?

그럼 그때부터 쭉 리스트에 있는 고객을 감시하고 있었다는 건가.

―가이에다 다이지로는 왜인지 당일 알리바이에 대해 얼버무리고 있어서. 그래서 조사하고 있었네.

당당히 주장할 수 있는 알리바이가 아니니 형사들의 질문에도 대답할 수 없었을 것이다.

"그날 밤, 가이에다 사장은 스미라기 신이치와 같이 있었습니다."

―마약으로 체포된 스미라기?

"네. 28일 밤부터 다음 날 아침까지 쭉 함께였다고 하네요."

—과연, 마약 친구였군. 그래서 알리바이를 얼버무렸군.

"사장도 체포합니까?"

—공교롭게도 부서가 달라서. 흥미가 없는 건 아니지만 우선 그를 용의자에서 제외할 수 있게 된 것만으로 감사할 따름이야. 그의 처우는 조직범죄대책부에 일임할 거고. 어차피 스미라기에도 확인을 받아야 하니.

마음이 뜨끔하다.

스와와의 계약이 우선이라고는 해도 교섭 때는 가이에다와도 다른 사람에게 누설하지 않겠다고 약속했다. 가이에다가 스미라기와 친분이 있는 것과 가이에다도 마약을 하는 것 같다는 건 확실히 말하지 않았지만 그런 낌새를 풍겼다면 다를 바 없다. 적어도 자신은 가이에다를 배신했다.

—어쨌든 수고했어. 협력 고맙네. 그럼 다음에도 잘 부탁하고.

그것이 계속 협조를 요청하는 말이라는 걸 알면서도 거절할 수 없었다.

야마가의 원한을 풀어준다는 대의명분 때문에 자신은 이중의 의미에서 채무자를 몰아붙이고 있는 셈이다.

옳고 그름의 문제가 아니라 서로 상극인 개인의 윤리와 직업 윤리의 문제였다.

3장

광분하는
대중

1

거리의 건축물로서 이렇게 이상한 것은 없을 것이다.

메구로구 오하시의 일각. 이 주변에는 크고 작은 빌딩이 들어서 있는데 오하시 지구 제2종 시가지 재개발 사업(가칭)이 진행되고 있어 마치 스크랩 앤 빌드*를 재현하고 있는 듯하다. 그 안에 있는 쇼도관 본부는 전 시대의 유물이었다. 주홍색 기둥에 작은 창문이 있는 고풍스러운 외관, 그런데도 정문은 동남아시아풍 현란한 색으로 채색되어

---

* scrap and build, 노후화하거나 비효율적인 건물을 허물고 신축에 착공한다는 뜻의 일본식 영어.

극히 부조화스러운 건물이었다.

순간 유키는 머뭇거렸는데 이건 마치 '개 조심' 경고문에 겁을 먹는 것과 마찬가지였다. 마음을 먹고 정문으로 들어간다.

부지에 들어서자 벌써 신자들의 독경 소리가 들려 왔다.

―용이나 물고기, 모든 귀신의 난을 만나도 관음을 생각하는 그 힘으로 파도에 빠지지 않으리라. 높은 산봉우리에 있을 때 남에게 떠밀려 떨어져도 관음을 생각하는 그 힘으로 해가 허공에 머물러 있음과 같으리라. 악한 사람에게 쫓겨 금강산 험한 곳에 떨어져도 관음을 생각하는 그 힘으로 털끝도 다치지 않으리라.

쇼도관은 진노 다테와키를 교주로 받드는 신흥종교 법인으로 2000년에 창립해 올해 15년 차다. 야마가가 남긴 자료에 따르면 신자는 현재 8만 명, 업계에서는 중견쯤 된다고 할 수 있을 것이다.

이 쇼도관 역시 야마가의 고객이었다. 채권액 자체는 20억 엔으로 저번 가이에다 다이지로와 같은 금액이지만 이쪽이 더 회수하기 어렵지 않을까.

원래 유키는 신흥종교에 회의를 품고 있었다. 집안 대대로 신도神道였기 때문이기도 하지만 다른 종교를 사이비라고 부르면서까지 신자를 전도하는 것이 제대로 된 종교 활동이라고는 생각하지 않는다. 입교도 하지 않은 종교단체를 이런 눈으로 보는 것도 편견임을 알아도 자신의 생각을 고쳐야겠다는 생각은 들지 않는다. 애초에 제대로 된 종교단체가 20억 엔이라는 빚을 질 이유가 있을까.

자료에 따르면 20억 엔의 대출 용도는 지부의 건설 비용이었다. 신자들의 헌납으로 토지를 얻었지만 민가를 그대로 예배당이나 집회장으로 전용할 수는 없어서 본부와 같은 건물을 짓는 데 그만큼 돈이 들었다고 한다. 종교단체를 하나의 기업체로 간주하면 선행 투자겠지만 그 후 신자가 늘지 않는 것을 고려하면 전망이 안일했다고 말할 수밖에 없다. 그리고 또 신앙을 널리 퍼뜨리는 데 막대한 비용과 훌륭한 건물이 필요하다는 것이 과연 제대로 된 종교인가, 하고 억측하게 된다.

영업계에 있었을 무렵, '메쿠리'めくり라는 업무가 루틴이었다. 신규 고객을 유치하기 위해 부동산 등기부를 열람하고 이거 다, 라고 생각하는 물건을 짚어내는 작업이다. 등기부를 열람하려면 1필당 일정 수수료를 내야 하지만 일단 열람실에 들어가면 감시의 눈은 없다. 거기서 눈에 띄는 물건의 등기부를 닥치는 대로 열람해, 저당권 유무를 조사한다. 자신의 회사보다 금리가 높은 업체가 선순위에 있으면 횡재다. 바로 실세가격을 조사해 담보 가치가 있으면 차환을 제안한다.

그런데 유키는 이 작업을 하면서 터무니없는 사실을 알

게 되었다. 도내 후보 물건을 뒤지는데 대부분의 물건이 종교 법인의 소유였다. 게다가 그중 대다수는 건물의 종류가 '가택'으로 되어 있는 것으로 보아 신도들에게 기부받은 것이 분명했다. 유키의 상상보다 훨씬 더 신흥종교가 신도들의 자산을 빼앗고 있다는 이야기다.

그중에서도 눈에 띄는 것은 국내 최대의 신흥종교단체인 도가 협회였다. 도가 협회는 말하지 않아도 다 아는 공민당 지지단체이며 집권 여당인 국민당에 계속 추파를 던진다. 언젠가 정권을 잡으려는 것이 불 보듯 뻔하고, 헌법에 규정된 정치와 종교의 분리 등은 애초부터 무시하고 있다.

신자의 사유재산을 헌납이라는 명목으로 뜯어내 그 자산을 발판삼아 정권 탈취를 노린다. 생각해보면 그 사실만으로도 유키는 신흥종교에 편견을 가지기에는 충분했다.

─혹 원한 품은 도적들이 칼끝으로 해치려 해도 관음을 생각하는 그 힘으로 도둑이 자비한 마음을 베풀 것이다. 혹은 국가법에 위반되어 형벌을 받아 죽게 되어도 관음을 생각하는 그 힘으로 칼날이 조각조각 부서지리라. 혹은 고랑을 차고 옥에 갇혀 손발이 묶여 있어도 관음을 생각하는 그 힘으로 자유로운 해탈을 얻으리라. 혹 저주와 독약으로 해를 주는 자가 있어도 관음을 생각하는 그 힘으로 도리어 그 해를 주는 자에게 돌아가리라.

본당에 가까워질수록 독경 소리가 점점 커진다. 경문이란 것은 인간의 마음을 조금이나마 평온하게 해준다고 생각하고 있었는데 들을수록 위압감이 느껴진다.

대출처는 법인 명의지만 교주인 진노 다테와키는 쇼도관의 상징일 뿐이며, 실질적인 교섭 상대는 관장인 이나오 다다미치다. 본당 옆 사무소에 방문 목적을 알리고 기다리기를 20분, 마침내 모습을 드러낸 이나오는 흰 소복에 하카마*를 입고 있었다. 신자들이 읊고 있던 것은 불교 경전인 묘법연화경인 반면 교단 간부의 옷차림은 신직**같아 그런 통일성 없음이 우스꽝스러웠다.

이나오의 첫인상은 불손했다. 말투는 공손하지만 이쪽을 향한 시선이 모멸에 젖어 있다. 적어도 상환 불능에 빠진 채무자가 채권자를 바라보는 눈은 아니다.

"처음 뵙겠습니다. 데이토제일은행 섭외부 유키라고 합니다."

"관장 이나오입니다. 전임 야마가 씨가 돌아가셨다니……삼가 조의를 표합니다. 매스컴에서는 살해당했다고 하던데요."

"현재 경찰이 수사 중입니다. 빨리 범인이 잡히기를 바

* 일본의 전통 의상으로 치마처럼 덧입는 넓은 바지 모양의 남자 정장.
** 신사의 관리자.

라고 있습니다."

"야마가 씨가 저희를 담당하셨을 때부터 열심히 입교를 권했습니다만."

"과장님을 전도하셨다고요?"

"네. 쇼도관에 들어오셔서 교주님의 가호를 받았다면 야마가 씨도 살해당하지 않았겠죠. 그 생각만 하면 너무 안타까울 정도입니다. 몇 번이나 권했는데 그 사람은 귀를 빌려주려고도 하지 않았어요."

"과장님의 일은 돈을 빌려주는 것이었으니까요."

농담으로 한 말인데 이나오는 벙긋 웃지도 않았다.

하지만 이는 이나오의 오산이다. 원래 신앙이라는 건 방황하거나 어려움을 극복할 수 없는 자들을 구제하기 위한 것인데, 야마가에게 방황이나 절망이 있었다고는 생각하기 어렵다. 야마가가 믿고 있던 것은 신이나 부처가 아닌 뭔가 다른 것이다.

"과장님은 후회하는 것보다 교섭을 진행하는 쪽을 더 좋아하실 거예요. 본론으로 들어가 대출금의 상환 계획에 대해 여쭙고 싶습니다. 쇼도관 측에 구체적인 상환 계획은 있습니까?"

"그건 야마가 씨에게도 몇 번이나 설명했어요. 데이토제일은행의 단골 고객인 일반 기업과 저희 종교단체는 업태가 전혀 다르다는 점을 이해해주셔야 합니다. 기업은 영리를 추구하니까 열심히 하면 상환 전망도 서겠죠. 하지만 종교는 사람의 마음을 구원하는 것이 사명입니다. 억 단위의 돈을 바로 준비할 수 있는 게 아니에요. 겨우 상환이 몇 번 연체되었다고 해서 20억 엔을 전부 갚으라는 것은 무리라는 말이에요. 그래도 저희는 없는 운영비에서 어떻게든 변통해 이자만큼은 내려고 각고의 노력을 하고 있습니다. 도대체가 데이토제일은행한테는 측은지심이라는 게 없나요?"

들고 있는 동안 이미 질렸지만 여기서 감정을 겉으로 드러낼 생각은 없다.

"과연, 신앙심은 비즈니스가 될 수 없다는 취지군요. 하지만 교단을 확장하기 위해 지방에 지부를 증설하고 그 비용을 은행에서 빌려 마련하는 것은 훌륭한 비즈니스 아닌가요?"

"당신도 그렇게 이론으로 따지고 드는 건가. 야마가 씨도 그렇고 당신도 그렇고, 은행원들은 똑같은 말만 하는군요."

야마가가 자신과 똑같은 말을 했다는 말에 조금 기뻤다.

그러나저러나 잇따라 기가 막힌 것은 이나오의 대응이다. 상환이 연체되는 것을 신앙심으로 얼버무리려고 하다가 그게 안 먹힐 것 같자 바로 다른 쪽으로 이야기를 돌린다. 종교인은커녕 엄청난 능구렁이 영감이지 않은가.

그래서, 그만 대꾸하고 싶어졌다.

"과장님이시라면 단지 독촉만 하는 게 아니라 저희 쪽 의향도 전했을 테죠. 과장님께서 어떤 제안을 했습니까?"

그러자 이나오는 불쾌함을 감추려고도 하지 않고 입을 다물었다.

유키는 내심 웃는다. 야마가가 쇼도관에 무엇을 요구했는지는 채권관리표에 기록되어 있다.

쇼도관에 대출해줄 때, 데이토제일은행은 지부가 될 건물, 구체적으로는 나고야시 아쓰타구에 있는 토지에 저당권을 설정했다. 여기까지는 통상적인 대출 조건이다. 그러나 이 안건을 결재한 심사부 부장은 조심성이 많은 남자로 지부 부지뿐만 아니라 본부의 토지와 건물도 추가 담보로 넣도록 지시했다.

쇼도관 측은 처음에는 난색을 표했지만 결국 조건을 받아들였다.

쇼도관의 상환이 연체되기 시작한 건 2년 정도 전부터였다. 천재지변이 잇따르면서 많은 교단이 신자를 늘리는 가운데, 뚜렷한 특징이 없었던 쇼도관은 역으로 신자의 유출을 막지 못해 교단 수입이 갈수록 줄어들고 있다. 결국 원리금도 제대로 낼 수 없게 된 지 5개월이 지나고 있었다.

"이나오 씨가 야마가 과장님을 어떻게 보셨는지는 모르

겠지만 제대로 된 회수 담당자라면 연체 3개월째 단계에서 담보권 실행 예고를 하기 마련입니다. 우리 은행으로서는 채권 보전을 위해 그 권리를 실행할 수밖에 없습니다."

"나고야의 지부와 본부 담보 가치를 합치면 분명히 채무액이 넘는데요."

"물론 여유분은 반환하게 되어 있습니다만 현재의 담보 가치로 계산하면 쇼도관이 담보권 실행을 면할 가능성은 희박할 것 같네요."

"채귀는 완전 당신들을 위한 단어군요."

이나오는 자못 깔보는 듯한 말투로 내뱉는다.

이번에는 귀신 취급인가.

"나고야 지부든 이 본부든 쇼도관 부지는 방황하는 사람들의 피난소예요. 이걸 당신네들은 대출금이라는 명목으로 무자비하게 빼앗으려 해요. 그게 천하의 데이토제일은행이 하는 일입니까?"

실질적인 책임자인 관장이 이 모양이라면 교주 밑에 있는 간부들의 대응도 짐작할 만하다. 그렇게 생각하면 그들을 순순히 따르고 있는 8만 명의 신자들이 불쌍해진다.

이제 그만 정나미가 떨어진 와중에 문득 의심이 떠올랐다.

증권만큼은 아니지만 부동산도 그 자산 가치는 유동적이다. 그렇다면 담보 물건의 실세가격이 채권액을 웃돌고 있는 지금, 조기에 처분해버리면 데이토제일은행에 회수 불능채권은 발생하지 않는다. 그뿐만 아니라 쇼도관에 상환을 기대할 수 있다. 바꿔 말해 손쉽게 회수 가능한 채권이라는 뜻이다.

그런 안건을 왜 야마가가 담당하지 않으면 안 되었을까. 야마가에게는 회수가 곤란한 안건만 집중되어 있는 게 아니었나.

무엇인가가 보고서에는 기재되어 있지 않다. 또는 기재할 수 없는 사정이 있을지도 모른다.

"여쭙겠습니다만 이 5개월간, 상환을 위한 자금은 어떻게 융통되어가고 있습니까?"

"물론 손 놓고 있던 건 아닙니다."

이나오는 분한 듯 입술을 일그러뜨린다.

"아시겠지만 신자에는 재가 신자와 출가 신자, 두 가지가 있습니다. 출가 신자들은 자신의 자산을 헌납해 여기서 살고, 재가 신자들은 그때그때 얼마간의 기부금을 교단에 납부하고 있습니다."

즉 출가 신자의 사적 재산은 대부분 탈취한 후이며, 재가 신자들에게서는 계속해서 금품을 탈취하고 있다는 의미일 것이다.

"그래도 8만 명의 신자를 거느리는 교단을 운영하는 게 고작이라 이자분 이상의 이익은 나오질 않습니다. 신자들의 협력도 빠듯해서, 이 이상은."

"신규로 신자를 늘리는 것이 가장 효과적일 것 같은 데요."

"그거야 아주 잘 알고 있습니다. 하지만 여러 가지 시도를 해봐도 좀처럼 결실이 없어서요."

"어떤 시도를 해보셨습니까?"

"쇼도관 교의와 교주님의 이야기를 책으로 제작해 포교 활동에 쓰려고 했습니다."

유키는 꽤 괜찮은 아이디어라고 생각했다. 종교단체 출판물은 대개 베스트셀러가 된다. 일반 독자는 차치하고 신자들이 반드시 구입하기 때문이다.

"사륙판이라고 하나요? 저 표지가 딱딱한 책 말입니다만 지금은 5만 부 팔리면 베스트셀러가 된다네요. 통가 협회나 다른 교단에서는 책을 몇십만 부나 내고 있는 데다가 일반 서점에 큼지막하게 광고도 걸어서 잘 팔린다고하네요. 그야말로 광고 홍보와 수익 활동, 일거양득인 셈이죠."

"확실히 합리적으로 수익을 예측할 수 있는 수단이네요."

굳이 이나오에게는 말하지 않지만 종교 법인이 출판사업으로 수익 활동을 하면 경감세율이 적용된다. 게다가 신자 한 명당 책을 몇 권씩 구입하게 되어 신자 수의 몇 배로 책이 팔린다. 이에 더해 교단에서 출판까지 한다면 서적

가격 대부분이 교단의 주머니로 들어오는 것이 된다. 보시를 모으는 것보다도 훨씬 효과가 크다. 게다가 책을 여러 권 산 신자는 친척이나 지인에게 책을 되팔거나 그냥 나눠줄 것이기 때문에 일일이 집을 방문하며 전도하는 방식보다 훨씬 포교 효과를 기대할 수 있다.

"아이디어만 들어도 꽤 효과적인 수단 같네요. 그런데 실행을 못 하셨다는 겁니까?"

"아뇨. 실행은 했습니다만……제안한 건 부관장이었던 남자였습니다. 지금은 여기 없지만 그 남자가 교주님의 이야기를 녹취해 원고로 정리했습니다. 급조하긴 했지만 교단 내에 출판부를 만들어 80만 부 정도 찍었고요."

"80만 부. 엄청나네요. 완판하면 베스트셀러잖아요."

"그런데 인쇄된 책 실물이 말이에요, 교단에 대한 비방으로 가득 차 있어서……교단의 운영방침에 불만을 품고 있던 부관장이 교정을 마친 직후 원고를 바꿔치기했습니다. 그런 걸 출판할 수는 없으니 인쇄와 제본에 들어간 비용은 몽땅 날려버렸습니다."

너무도 황당한 이야기라 믿기 어려웠지만 이나오의 얼굴은 거짓말을 하는 것처럼 보이지 않는다. 상환이 늦어진 변명을 꾸며낼 것이라면 조금 더 먹힐 만한 거짓말을 할 것이므로 이나오의 말은 아마 사실일 것이다.

"혹시 그게 상환이 연체된 원인입니까?"

"네. 부끄러운 이야기지만요. 그전까지는 다행히 입금할 수 있었는데 80만 부 손실로 이러지도 저러지도 못하게 되었습니다."

분한 듯 표정을 일그러뜨리는 이나오를 보고 유키는 그의 첫인상을 약간 수정했다.

이 남자는 사업 수완이 있는 것도 아니고 신중한 것도 아니고 단지 얼간이다. 엉터리 교의로 8만 명의 신자를 거느리고 있으니 좀 더 지략이 뛰어난 사기꾼이 아닐까 생각했지만 엄청난 착각이었다. 불손한 것은 현명해서가 아니라 일상이 허세여서 그랬던 것이다.

현명한 채무자는 결코 모함하지 않는다. 착실히 할 수 있는 것을 해서 성실히 빚을 줄이려고 한다. 멍청한 채무자는 정반대다. 대역전을 노리고 무덤을 파고 더더욱 상처를 헤집는다. 이나오는 전형적인 후자였다.

이런 채무자는 위험하다. 부실채권으로 분류되기까지는 아직 한 달이 남았지만 이를 기다리고만 있으면 확실히 회수할 수 없게 된다. 담보 보전이 충분해 보이는데도 야마가가 이 채권을 담당한 것이 이런 이유 때문이었나.

추가 담보는 해결을 늦출 뿐이다. 한시라도 빨리 담보 물건을 처분시켜 해약하도록 해야 할 것이다.

유키는 보란 듯이 한숨을 내쉰다. 동정과 체념이 느껴지는 분위기에서 상대의 이해를 구하기 위해서다.

"분한 심정은 이해가 갑니다만 저희 쪽도 채권을 보전하지 않으면 안 되어서요. 계약상 다음 달에 해약 절차를 이행해야 합니다. 그러면 담보인 나고야의 건물은 담보권 실행으로 경매에 넘어가게 되고요."

최후통첩이라는 걸 알았는지 이나오는 꿈쩍도 하지 않고 귀를 기울이고 있다.

"관례상, 경매가격은 매매가 쉽게 성립되도록 시장 가격의 70퍼센트 정도로 지정됩니다. 게다가 무사히 매각할 수 있다 해도 현황 조사나 평가, 그리고 신청비용이 우선적으로 차감되어 실질적인 가격은 더욱 줄어들죠. 하지만 담보권 실행 이전이라면 임의 매각이므로 실세 가격으로 매각할 수 있습니다. 괜찮겠습니까, 이나오 씨. 지금이라면 같은 담보 물건을 처분한다 해도 덜 아프게 끝날 수 있습니다. 교단에 상환할 수 있는 잉여금도 더 많이 확보할 수 있고요."

"그 얘기는 이미 야마가 씨한테서 질릴 정도로 들었어요."

이나오의 눈이 음흉한 빛을 띠기 시작한다.

"야마가 씨는 이 일대 부동산 매매 사례 데이터까지 가지고 오셨죠. 열정과 정중함은 당신에 비할 바가 아니었어요. 물론 집요함과 완고함도. 신자 8만 명의 거처를 뺏을 수는 없습니다. 이렇게 내가 몇 번이나 고개를 숙여도 야마가 씨는 완고하게 상환을 유예해주지 않았어요. 그것도 지급이 늦어지고 겨우 두 달째부터요. 아무리 생각해도 너무 이르다고 생각하지 않습니까?"

그럼 그렇지, 라고 생각한다. 이 안건은 담보 가치 운운하기보다도 채권 자체에 문제가 있다. 유키조차 이렇게 생각할 정도면 야마가는 더욱 그랬을 것이 틀림없다.

"어쨌든 이번 달 말까지입니다. 그때까지 밀린 5개월분을 포함해 전부 상환하지 않으시면 우리 은행은 담보권을 실행할 수밖에 없습니다. 그때까지 쇼도관 측의 태도를 명확하게 해주십시오. 외람되지만 양심적인 부동산업자 중 몇 군데 아는 데가 있습니다."

"자신의 목을 벨 칼을 선택하게 해주겠다는 말이네요."

이나오의 눈은 적의를 드러내고 있었다.

"야마가 씨가 아닌 다른 담당자라면 조금은 종교인의 심정을 헤아려주지 않을까 기대했던 저 자신이 바보였네요. 당신도 야마가 씨와 똑같이 피도 눈물도 없는 은행원이군요."

화가 났다.

이미 이나오를 종교인으로는 생각하지 않지만 사업가로서도 사기꾼으로서도 이 남자는 능력이 없다. 이런 인간들은 자기 실패를 타인의 책임이나 외부 요인으로 전가해 조금도 부끄러워하지 않는다. 이런 인간이 관장이라니 이번 일이 아니더라도 쇼도관은 조만간 파탄 날 것이다.

"우리 은행을 피도 눈물도 없다고 매도하시는 건 전혀 상관없습니다만 결단이 늦으면 늦을수록 부담만 늘어나실 텐데요. 그럼 쇼도관 신자들도 불행한 거 아닌가요?"

"입 다물어."

이나오는 고함을 질렀지만 이는 진퇴양난에 빠진 채무자가 으레 하는 행동이라 유키는 조금도 놀라지 않는다.

하지만 그다음 이나오의 말에는 반감이 느껴졌다.

"당신은 야마가 씨가 왜 목숨을 잃었는지 아직도 모르는 것 같군요."

"뭐라고요."

"그 사람은 쇼도관과 우리 교주님을 우롱했습니다. 그러니 당연히 신에게 벌을 받은 거죠. 당신이나 다른 데이토제일은행 행원도 예외는 아니에요. 쇼도관에 화를 입히려는 무엄한 자들은 한 명도 남김없이 말살당할 운명입니다."

더 말해 봤자 소용없다.

유키는 자리에서 일어났지만 이나오는 여전히 격분하고 있다.

"당장 쇼도관에 대한 채권을 폐기하세요! 그것 말고는 신벌을 피할 방법은 없습니다."

갖은 수를 다 쓰다가 마지막에는 신의 이름을 빌려 협박이라니. 제멋대로 가져다 쓰기 편한 신도 있구나, 하고 감탄하게 된다.

"죄송합니다만 저당권은 부동산에 설정되는 것입니다. 신이 얼마나 노하실지는 모르겠지만 나고야의 토지 건물이 존재하는 한, 채권 폐기는 어렵습니다."

이 외에도 비아냥거릴 말이 몇 가지 떠올랐지만 입 밖에 내도 찝찝하기만 할 뿐이다. 유키는 인사하고 돌아섰다.

그러자 등 뒤에서 막말이 쏟아졌다.

"내 말, 잊지 않는 게 좋을 거야."

그쪽이야말로 채무자인 것을 잊지 마. 유키는 마음속으로 되받아친 뒤 쇼도관을 떠났다.

2

다음 날, 바로 신벌 같은 것이 도래했다.

오전 9시 12분. 유키가 섭외부에서 업무를 보고 있는데 가시야마가 안색이 싹 바뀐 채 달려들어 온 것이다.

"유키 군, 큰일이에요."

어떤 일에든 냉정함을 잃지 않는 가시야마가 당황하고 있었다.

"도대체 무슨 일입니까?"

"셔터를 올리자마자, 아니 설명하는 것보다 현장을 직접 보는 게 빠르겠어요."

지점 앞에는 감시카메라 여섯 대가 있어 섭외부 모니터로 그 영상을 볼 수 있다. 가시야마가 모니터 스위치를 조작하자 곧 여섯 분할된 화면이 나타났다.

전개되는 영상을 보고 자기도 모르게 눈을 의심했다.

카운터 앞에 사람이 몰려 있다. 대강 50명 정도 되려나. 소리는 들리지 않지만 표정과 입모양으로 무언가 항의하고 있음을 알 수 있다. 대응하는 행원의 모습에서 위태로운 분위기가 확실히 느껴져 마치 뱅크런*으로 보인다. 더더욱 위험에 박차를 가하고 있는 것은 카운터에 쇄도하고 있는 사람들의 복장이었다.

전원이 흰 소복. 그걸로 짐작할 수 있었다. 분명 이것이 이나오가 말했던 신벌일 것이다.

"짚이는 데가 있다는 얼굴이네요."

"이 사람들, 쇼도관 신자들입니다. 어제 교섭하러 갔었는데 그에 대한 대답이 이거네요."

"대답이라니……설마 싸움이라도 걸었어요?"

"무슨요. 이번 달 말에 해약이라 저당권 실행을 예고한

---

* 은행의 예금 지급 불능 상태를 우려한 고객들이 대규모로 예금을 인출하는 사태.

173

것뿐입니다."

"정말? 극히 평범한 절차잖아요. 그런 일로 이런 사태가 될 리가 없는데요."

"그러니까 야마가 씨 안건이었던 겁니다."

유키는 쇼도관을 방문했을 때의 인상을 간략히 설명한다.

"사정은 이러한데요, 이나오 관장이라는 사람한테 문제가 있습니다. 그 사람이 시킨다고 이렇게나 들이닥치다니 신자들도 멀쩡한 집단이라고는 볼 수 없겠네요."

가시야마는 설명을 들으면서 모니터 화면에서 눈을 떼지 않는다.

"그런데 말이에요, 유키 군. 멀쩡한지 아닌지를 판단하기는 어려운 것 같아요. 이 신자들은 분명 위험하긴 하지만 행원에게 행패를 부리는 것 같진 않거든요. 경비원한테 자제시키는 게 최선이고, 경찰을 부를 정도는 아닌 것 같네요."

유키도 신자들의 행동을 주시한다. 과연 카운터로 몸을 내밀고는 있지만 행원에게 손을 대는 사람은 한 명도 없다. 공갈 섞인 말이라도 한다면 또 이야기가 달라지겠지만 공교롭게도 무슨 말을 하고 있는지까지는 판단할 수 없다.

그렇다 치더라도 가시야마의 저 애매한 태도는 뭘까.

도난이나 강도라면 모를까 지점에 경찰을 불러들이는 것은 마이너스다. 세간이나 매스컴의 뜬소문을 생각하면 최대한 경찰의 개입을 피하고 싶을 것이다. 이런 상황에서 무사안일주의를 발휘해도 어쩔 수 없다고 생각하지만 만사에 풍파를 일으키고 싶지 않은 것이 관리직이라는 생물이다. 특히 가시야마는 그런 경향이 강하다. 단기 재임이 예상되는 섭외부를 벌점 없이 넘기고, 하루라도 빨리 심사나 영업 쪽으로 복귀하고 싶어 하는 마음이 우스울 정도로 투명하게 보인다.

"그렇다면 유키 군은 나서지 않는 게 좋겠네요. 불에 기름을 붓는 꼴이 될 수도 있으니까요."

가시야마는 그렇게 말하며 사무실을 나갔다.

그러자 그때까지 방관하고 있던 섭외부 부원 몇몇이 모니터 주변에 모여 제멋대로 말하기 시작했다.

"이게 다 신흥종교 신자라고?"

"보통 흰 소복은 신성해 보이는데. 이렇게 보니까 마치 폭도 같네."

"맞아. 완전 사이비 같아."

"아, 옴 사건*이 떠오르네."

"그런데 유키. 완전 꽝을 뽑았네. 야마가 과장님 안건, 지뢰밭 같지? 어떻게 인계받을 생각을 했대."

그렇게 말하며 어깨에 손을 얹어온 것은 동료 야지마였

---

* 1980년대 말부터 1990년대 중반까지 옴 진리교가 일으킨 무차별 테러 사건.

다. 하지만 야지마의 동정 어린 말을 들어도 고개를 끄떡이려고 하지 않는다. 야마가가 남긴 안건이 그리 쉽지 않다는 점은 섭외부 사람이라면 누구나 안다. 그리고 누구나 은밀히 야마가를 존경하고, 동시에 두려워하고 있었다.

따라서 야마가의 안건을 맡는 것은 그 존경과 두려움까지 이어받는 것을 의미한다. 그러니 최근에 와서 유키는 주변 사람들이 자신을 관찰하고 있는 것이 느껴졌다. 유키가 '샤일록'이라는 별명을 이어받기에 적합한지 아닌지 섭외부 부원들이 확인하려고 하는 것이다.

"확실히 지뢰밭이야. 피해서 지나갈 수도 없고. 뭐라고 말해도 섭외부는 지뢰처리반이니까."

유키는 야지마에게 이렇게 답했다.

그러자 야지마는 조금 놀란 듯 유키를 보았다.

"뭐야."

"아니……유키, 지금 네 말투, 야마가 과장님이랑 좀 비슷했어."

"소름 끼쳐?"

"아니."

계속해서 모니터를 지켜보는데 신자들의 표정이 점점 격앙되는 것 같았다. 여전히 소리는 들리지 않지만 표정만으로 비난이나 모멸의 소리가 들려오는 것 같다.

유키 측에 잘못은 없다. 법을 준수하는 범위에서 정해진 권리를 주장한다. 이게 인류에 반하는 것이라면 인류의 범위가 지나치게 편협하다는 말이 된다. 애초에 계약서를 무시해도 상관없다는 등의 가르침이 사이비이지 않은가. 가령 이슬람권에서도 계약서에 서명을 하기 전에 '비스밀라(알라의 이름으로)'라고 외는 관습이 있다. 믿고 있는 신과의 약속과 계약을 동일시하는 것이다.

다른 업계는 어떤지 전혀 모르겠지만 금융을 생업으로 하는 자의 세계에서는 계약서가 신이다. 계약서에 기재된 한 문장 한 문장이 신의 말씀이며 때에 따라서는 현금보다도 우선 순위가 높다. 그렇기 때문에 금융업계에 몸담은 유키는 어떤 세계의 신보다도 계약서의 약관을 신봉한다.

거꾸로 쇼도관이 신봉하는 신에 도대체 얼만큼의 정당성이 있단 말인가. 말하자면 이는 유키가 믿는 신과 쇼도관이 주창하는 신의 싸움이기도 하다.

여기서 지켜보고 있을 테니 얼마든지 주장해보라고.

위협이나 파괴에 이르게 된 순간 신자들의 행동은 폭력요건을 갖추게 된다. 그렇게 되면 세간을 신경 쓰지 않고 경찰에 신고할 수 있다.

자, 덤벼라.

손을 올려.

물건을 부숴.

기대를 하며 모니터를 들여다봤지만 좀처럼 결정적인

장면은 발생하지 않는다. 초조해하는데 이윽고 다른 행원이 아, 하고 짧은 비명을 지르는 것이 들렸다.

그 행원은 창밖을 내려다보고 있었다. 섭외부는 빌딩의 4층. 창문은 큰길 쪽으로 나 있다.

"무슨 일이야?"

유키는 창문으로 다가가 바깥을 내려다보고는 역시 작게 소리 질렀다.

지점 밖이 흰 소복 사람들로 넘쳐나고 있었다.

지점 앞뿐만 아니라 큰길을 점거해 끝이 보이지 않는다. 창문에서 파악할 수 있는 것만으로도 2백 명 이상은 될 것이다.

유키는 자신의 안일함을 저주했다. 창구에 쇄도한 50명은 극히 일부일 뿐이다. 이나오는 지점 주변을 가득 메울 정도의 신자를 동원한 것이다.

신주쿠 경찰서에 신고한다 해도 그들이 이 인원을 전부 단속할 수 있을까. 신주쿠 경찰서가 몇 명의 직원을 거느리고 있는지 몰라 불안하다. 양은 허용 범위를 넘어서면 질의 문제가 된다. 이 정도 인원으로 늘어나면 단지 흰 소복도 꽤 불길한 것으로 보이게 된다.

어떻게 된 걸까. 유키가 어찌할 바를 모르고 있는데 가시야마가 다시 사무실로 날아들어왔다.

"유키 군, 긴급상황이에요. 같이 가줘요."

무슨 상황인지 알지도 못한 채 유키는 복도로 끌려나
갔다.

"도대체 무슨 일입니까?"

복도에는 두 사람 말고는 아무도 없다. 가시야마는 주위
를 살핀 다음 천천히 입을 열었다.

"역시 쇼도관 신자들이었어요. 담당자 나오라고 난리도
아니에요."

"저, 말입니까?"

겁을 먹기 전에 의문이 먼저 떠올랐다. 이런 항의를 하
러 올 경우, 보통은 책임자를 나오라고 하지 않나.

"아무 권한도 없는 담당자를 불러내서 뭘 하겠다는 겁
니까."

"모르겠어요. 하여튼 엄청 살기등등해요."

가시야마의 당황한 모습은 숨길 수도 없다.

"방금 막 지점장님께서 요청하셨어요. 일단 유키 군을
설득 창구로 내보내라고요."

순간 귀를 의심했다.

"저보고 최전선에 서라는 말씀이십니까?"

"쇼도관의 사정은 담당자가 가장 잘 알 테니까요."

"아까도 말씀드렸지만 제게는 어떤 권한도 없습니다."

"권한은 없어도 책임은 있잖아요."

손바닥을 뒤집는다는 게 이런 건가.

"아까 제가 나서면 불에 기름을 붓는 격이라고 말씀하셨
잖습니까."

"기름이 될지 소화제가 될지는 유키 군에게 달린 거예요."

"인원수로 밀립니다."

"설득 창구가 많으면 더 혼란스러워져요. 더는 통상 업
무에 지장을 줄 수도 없고요."

말을 주고받는 동안 피로가 몰려왔다.

무사안일주의 정도의 이야기가 아니다.

이 상사는 부하 직원을 제물로 바치는 것을 부끄럽게 생
각하지도 않는다. 업무 우선이라고 떠들지만 사실은 자신
의 안위만 생각할 뿐이다. 이렇게 가시야마의 표정을 쳐다
보고 있자 그녀와 지점장 사이에서 오간 이야기까지 들리
는 것 같다.

지점장이 섭외부 창구가 되라고 요청했던 것은 사실일
것이다. 하지만 일개 담당자 개인에게 중책을 떠맡으라고
제안하지는 않았을 것이다. 유키를 제물로 바치려는 건 분
명 가시야마 개인의 판단일 것이다. 섣불리 교섭 창구가
되어 자칫 교단 측에 꼬투리를 잡히면 섭외부 부장인 가
시야마야말로 이러지도 저러지도 못하게 된다. 최악의 경
우에는 채권의 일부 폐기마저 약속하게 될 수도 있다.

최후의 영상이 머릿속에 되살아난다. 2백 명, 아니 그 이
상의 흰 소복 집단에 맞서 혼자 서 있는 모습은 용맹이라

고 하기보다는 만용, 만용이라고 하기보다는 우스꽝스러움에 가깝다.

그래도 설마 오전 중에 신주쿠 한복판에서 집단 린치를 당하지는 않을 것이다. 온갖 욕설을 견뎌내고 묘한 언질까지 잡히지 않으면 유키의 승리다.

각오를 다졌다.

"쇼도관의 이야기를 듣고 철수시키는 것. 일단 목표는 그거겠죠?"

가시야마의 얼굴에 안도감이 서렸다.

"네. 그걸로 괜찮아요."

뼈를 주워 달라*, 고는 입이 찢어져도 말하고 싶지 않았다. 이 여자가 뼈를 주웠다가는 그 뼈가 어디서 어떻게 처분될지 알 수 없다.

"중간까지 동행하도록 하죠."

그게 도대체 무슨 의미가 있는 걸까. 뼈가 되기 전에 내 등을 활로 쏠 생각인가.

유키는 정중히 거절한 다음 혼자서 엘리베이터로 향했다.

1층 지점에 가까워질수록 신자들의 노성이 크게 들린다. 영상에서 느껴지던 것과는 현저히 다른 위압감이 피부

---

* 뒤를 봐달라는 뜻의 일본 관용어.

를 파고든다.

노성과 증오가 소용돌이치고 있었다. 카운터 반대편에는 여자 행원들이 창백한 얼굴로 앉아 있다. 이럴 때 앞에 나서야 할 남자 행원들도 엉거주춤 도망치려 한다.

"너희들은 물신만능주의의 사도다."

"믿을 수 있는 게 돈밖에 없나. 불쌍한 인간들아."

"교주님을 모욕하다니. 신이 용서할 줄 아냐."

지금부터 저 속으로 뛰어드는 건가.

아랫배가 묵직해졌지만 여기까지 와서 물러설 수는 없다. 유키는 숨을 한번 크게 쉬고 외쳤다.

"제가 담당자입니다."

그 한마디에 신자들이 조용해졌다.

"너냐."

아무래도 이 집단의 리더인 듯한 남자가 다른 신자들을 밀어젖히며 유키 앞으로 다가왔다. 스킨헤드인 대장부로 독실한 신자라기보다는 흉포한 레슬러 같다.

"어제 교주님과 관장님에게 난동을 부렸다고?"

"난동을 부린 적은 없습니다. 계약 조항을 다시 설명한 것뿐입니다."

"상당히 거슬려. 전혀 개심하고 있지 않는 듯한 말투야."

"개심이고 뭐고 저는 쇼도관 담당자로서 최악의 사태를 피하려고—"

"최악의 사태를 피하는 유일한 방법은 채권 폐기야."

역시 이나오 관장의 지시를 받고 온 것 같다. 애매하게 돼서는 안 될 부분이다.

"그건 불가능합니다. 그럼 이해를 돕기 위해 계약 내용을 다시 설명드리겠습니다. 여러분 전원을 모실 수는 없고 대표자분만 응접실로……."

"핫!"

말을 마치기도 전에 스킨헤드 남자가 말을 끊는다. 아무래도 제대로 된 이야기를 듣는 것이 싫은 듯하다.

"입만 열면 계약, 계약. 넌 사람의 마음보다도 종이에 적힌 문구를 더 중시하는 것 같아. 관장님이 말씀하신 대로 넌 마음이 피폐해져 있어. 돈이라는 악귀에 몸도 마음도 더럽혀져서 그렇다. 불설성부동경!"

스킨헤드의 신호로 다른 신자들이 일제히 경을 외우기 시작했다.

─이때 대회에 한 명의 명왕이 있어, 이 명왕에게는 큰 위력이 있고, 대비의 덕으로 청흑의 형상을 나타내고 대정의 덕 때문에 금강석에 앉고 크나큰 지혜 때문에 큰 화염을 일으켰나이다.

─지혜의 칼을 들어 가난함을 없애고 세 포승으로 난복한 자를 결박하고 무상한 법신은 허공과 같으니 그 거처 없이 그저 중생의 심상 속에 거처하시니.

"불설성부동경!"

스킨헤드를 선두로 해 다른 신자들이 그 뒤를 따른다. 그들의 눈은 한결같이 무언가에 홀린 것처럼 기괴한 빛을 띤 채 유키를 죽이려고 하고 있다.

이 지경이 되어서야 유키는 자신이 큰 착각을 하고 있었다는 것을 알아차렸다. 교주나 이나오는 그렇다 치고, 신자 한 명 한 명은 멀쩡한 인간이라고 생각했는데 아무래도 생각을 고쳐먹을 필요가 있어 보였다. 교주와 교단을 협박하는 자는 그들에게 부모의 원수와 다름없을 것이다. 한 명도 빠짐없이 전부 유키를 노려보고 있다.

광신도는 이런 사람들을 가리키는 것일 테다. 믿는 신을 위해서라면 상식도 이성도 팽개쳐버린다. 상급자의 명령을 신의 말씀이라고 믿고 낯선 타인에게 적의를 드러낸다.

도대체 어느 쪽이 악귀냐.

평소 수행을 해서 그런지 쉰 명 정도의 사람이 외우는 독경은 조금도 흐트러짐이 없다. 독특한 억양의 울림이 유키의 몸을 감싼다. 열락과는 거리가 먼, 뱃멀미와 비슷한 불쾌한 현기증이 일기 시작했다.

이것은 소리의 폭력이다.

저주에 둘러싸여 귀가 아프다. 뇌에까지 영향이 도달한다.

유키는 도저히 서 있을 수 없어 허리를 숙인다.

신자들은 점점 사이를 좁혀 이윽고 유키를 둘러싼다. 독경 소리가 점점 신경을 갉아 먹는다. 유키가 약해진 것을 눈치챈 듯이 스킨헤드가 가까이 다가와 더욱 소리를 높인다.

스킨헤드의 얼굴이 벌써 눈앞으로 다가와 있다. 반수면 상태인 유키는 시선을 떼지도 못한다.

신자들은 유키에게 손가락 하나 대지 않는다. 하지만 이것은 린치와 마찬가지다.

—고난과 재액, 저주와 병환에 걸린 자들은 동자의 호를 불러야 하느니 길상을 얻으리라. 공경 예배하는 자의 좌우를 떠나지 않고 그림자의 형태로 수행을 보호하니 장수의 이익을 얻느니라.

귓가에서 소리를 지르고 옆머리가 비명을 지른다. 반고리관도 어떻게 될 것 같다.

슬슬 한계다.

한계가 무엇을 의미하는지는 알 수 없지만 의식이 몽롱해지는 건 알 수 있다. 기절하는 건 1분 후일까, 아니면 지금 당장일까.

"잠깐, 거기 비켜."

그때 어울리지 않을 정도로 침착한 목소리가 들렸다. 독경 소용돌이 안에서도 이질적이어서 그런지 경을 외우고 있던 신자는 압도된 듯 입을 다물기 시작한다.

혼미한 열기가 급속히 식기 시작한다. 유키의 의식도 되돌아오기 시작했다.

선두에 있던 스킨헤드도 무슨 일인가 싶어 주변을 둘러본다. 그러자 신자들을 헤쳐 가르듯 경찰 몇 명과 여우 눈 남자가 나타났다.

스와다.

"신주쿠 경찰서입니다만 도대체 이게 무슨 소란입니까."

스킨헤드는 스와를 흘깃 보며 멋쩍은 듯이 억지 웃음을 자아냈다.

"아뇨. 딱히 아무 일도 없어요. 어제 이 행원분이 교단을 찾아와 난동을 부려서 항의하러 왔을 뿐입니다."

"항의 자체가 금지인 것은 아닙니다만 지점 안을 여러 명이 점거하고 고성을 내는 건 위협행위입니다."

"위협행위라뇨. 저희는 악귀를 퇴치하기 위해."

"목적은 상관없습니다. 음량과 상황이 문제인 거니까요. 가요도 가두 선전차가 틀면 시위 행동으로 붙잡힙니다. 아셨으면 즉각 철수하세요. 아니면 경찰서에서 좀 더 친절히 설명드릴까요?"

스킨헤드가 천천히 고개를 젓더니 신자들을 바라본다.

"우리의 독경으로 이곳은 정화되었습니다. 돌아갑시다."

흰 소복을 입은 사람들은 막말을 내뱉지도 않고 조용히 지점을 나가고 있었다.

유키는 창구 업무를 했을 당시 지점에서 소란을 피웠던 야쿠자를 몇 번이나 본 적이 있다. 요점은 트집을 잡으러 온 것이었지만 신자들에 비하면 야쿠자 쪽이 행동 원리가 명쾌하고 귀여운 구석이 있다.

덕분에 살았습니다, 라고 감사의 말을 전했지만 스와는 싸늘한 시선을 던질 뿐이다.

"당신을 구하려고 했던 건 아니야. 신고를 받고 간 것뿐이지. 뭐, 관점에 따라 반사회적 세력이라고 볼 수도 있기도 하고."

대낮에 소란이 있었다고 조기 퇴근을 시켜줄 만큼 데이토제일은행은 만만하지 않다. 그날도 채무자 자택 방문이 이어져 겨우 업무가 끝날 무렵에는 밤의 장막이 드리워져 있었다.

정보 유출에 엄격한 요즘, 거래처를 돌고 나서는 반드시 먼저 회사로 돌아와 보고서를 작성해야 한다. 보고서를 작성하고 지점을 나오자 벌써 자정이 넘었다. 동료 중에는 귀찮다는 이유로 캡슐 호텔에 투숙하는 사람도 있지만 유키는 집으로 돌아가야 마음이 편하다.

겨우 막차를 타 가장 가까운 역에서 내려 맨션으로 향한다. 이미 새벽 1시. 지금부터 집으로 돌아가 야식을 먹고 샤워를 하면 새벽 2시. 수면 시간은 고작 다섯 시간 정도일까.

은행원이라고 하면 안정적인 직장과 높은 연봉 때문에

엘리트 대접을 받는 경우도 많지만 실제 근무형태는 악덕 기업 못지않다.

평일에는 마차를 끄는 말처럼 일하고 휴일에는 그동안 부족했던 수면을 보충하기 위해 잠에 빠져든다. 이런 식이 니 결혼해도 가족과 얼굴을 마주칠 시간이 무척 적다. 은행원들이 사내연애와 결혼을 많이 하는 것은 주로 이런 이유에서다. 남편의 워커홀릭 기질을 진정으로 이해할 수 있는 것은 은행 사정을 잘 아는 여자 행원밖에 없기 때문이다. 그러니 장래의 회사 임원으로서 촉망받는 남자 행원은 서른이 넘을 무렵에는 주위에서 결혼 압력이 강하다. 그 무렵까지 가정을 꾸리지 못하면 평생 독신으로 남을 수 있기 때문이다. 실제로 유키의 주위에도 30대 중반을 지난 독신남이 발에 채일 정도로 많다. 야마가도 그중 한 명이었다.

도마는 은행원의 아내가 되는 것에 반감을 느끼진 않을까. 직접적으로 물어본 적은 없다. 그녀의 답변이 왜인지 두려운 탓도 있지만 그 이상으로 오늘 아침 같은 일이 있기 때문이다. 섭외부는 채무자에게서 이유 없이 원한을 사는 일이 허다하다. 유키와 함께 사는 것은 그녀에게도 간접적인 피해를 끼칠 가능성을 품고 있다. 그걸 생각하면 마음이 사그라든다. 야마가가 이혼남이 된 것도 지금에 와서는 무척 납득이 간다.

그런 생각을 하면서 맨션 앞에 도착할 때였다.

갑자기 양쪽에서 사람 그림자가 나타나 유키의 팔을 붙잡았다.

"누구얏."

대답 대신 옆구리에 발길질이 들어왔다. 유키는 견디지 못하고 무릎을 꿇는다.

희미한 가로등 불빛 아래서는 인상도 옷차림도 뚜렷하게 보이지 않지만 사람 다섯 명의 그림자라는 것 정도는 확인할 수 있었다.

공격은 한 방으로 끝나지 않는다. 그림자들이 무릎을 꿇은 유키를 둘러싸 구타하기 시작한다.

"천벌!"

"천벌!"

공격할 때마다 남자가 외친다. 그것만으로 그들이 누구인지 짐작 간다.

근무처만으로는 성에 안 차서 자택까지 노린 건가.

"이건 정화다."

잘못 들을 리 없다. 다섯 명 중에서 지시를 내린 사람은 그 스킨헤드 남자였다.

"몸 안에 있는 악한 기운을 깨끗한 손과 발로 배출해주는 것이다. 감사해라."

엉터리 논리이지만 목소리 상태는 성실 그 자체로 어쩌

면 진심으로 그렇게 생각하는지도 모른다. 만약 그렇다면 내찌르는 주먹보다도 사고회로 쪽이 더 무섭다.

"천벌!"

"천벌!"

마침내 유키는 아스팔트에 웅크린다. 그래도 등, 허리, 옆구리에 그들의 공격이 멈추지 않고 계속된다. 마치 치료를 하는 듯한 열정으로 유키의 육체를 아프게 공격한다.

통증을 명확히 기억하는 것은 열 발까지로, 그 후로는 몽롱해 통증도 별로 느껴지지 않았다. 상대도 유키를 죽이려고까지는 생각하지 않는 듯, 유키가 움직이지 않자 구타를 멈췄다.

"별로 통증을 느끼지 않게 된 것은 마음이 평온해졌기 때문이다. 집으로 돌아가면 남무묘법연화경을 3천 번 외워라. 그러면 마음의 평온이 육체에도 미칠 것이다."

남자의 목소리에는 악랄함도 정복욕도 없다. 단지 사명을 수행했다는 희미한 긍지만 보일 뿐이다. 생각해보면 스킨헤드 남자는 대장부로 풍채는 늠름했지만 폭력을 즐기는 타입으로는 보이지 않았다. 다른 신자들도 대체로 그랬다.

"하지만 이걸로 네 안의 악한 기운이 근절된 건 아니고 잠시 후면 다시 마음속에 쌓이게 될 것이다. 또 그렇게 되면 우리가 물리쳐주지."

유키를 향한 욕설과 폭력. 그게 각 개인의 의지에 의한 것이 아니라고 한다면 이 모든 원흉은 신흥교주의 가르침과 이나오 관장의 지도에 있다고 생각해도 좋을 것이다.

극히 보통의 상식과 감성을 갖추고 있을 인간이 보이지 않는 광기에 사로잡힌다. 옆에서 보면 피해자로밖에 보이지 않지만 본인들은 자신들만큼 행복한 사람도 없다고 믿는다. 그게 그들 종교의 정체다.

마침내 다섯 명의 그림자가 그 자리를 떠났다.

잠시 누워 있자 마침내 통각이 되살아나 몸 여기저기가 비명을 지르기 시작했다. 통증은 살아 있다는 증거다.

천천히 일어나 온몸을 끌다시피 해 맨션 입구로 향한다. 막 입구에서 나온 젊은 여자가 이쪽을 보고 깜짝 놀라고 있었다.

3

"도대체 얼마나 높은 계단에서 구른 거야."

병문안을 온 도마는 병상에 누워 있는 유키를 보자마자 어이없다는 듯 목소리를 높였다.

쇼도관 신자들에게 폭행당한 직후 스스로 택시를 잡고

근처 병원으로 뛰어들었다. 의사는 상해 사건인가 하고 당황했지만 그 순간 갑자기 거짓말이 떠올랐다. 전문가가 보면 거짓말이라는 것은 금세 알 수 있겠지만 사정을 짐작했는지 의사가 모르는 척을 해줘서 유키도 시치미를 떼고 있다.

일방적으로 폭력을 당했으나 경찰에 피해 신고를 할 생각은 없다. 상해 사건으로 입건해도 쇼도관에는 유명한 고문 변호사가 있다. 잘하면 합의, 아니면 소송이지만 소송한다고 해도 상대측에 형벌을 받게 할 뿐이다. 20억 엔은 더더욱 회수가 곤란해지고 유키 자신은 헛고생한 결과가 되기 쉽다.

"꽤 취했거든. 육교 위에서 미끄러지는 바람에."

"흠."

도마는 가져온 병문안용 꽃다발을 옆에 두고, 침대 옆에서 지그시 유키를 내려다본다.

오래 사귀어서 잘 안다. 이 눈은 유키의 말을 믿지 않는 눈이다.

"나, 은행원이라는 직업, 오해하고 있었어."

"어떻게 오해하고 있었는데?"

"늘 구김 없는 빳빳한 셔츠를 입고 있다고 생각했는데, 하루가 끝날 때쯤엔 그 셔츠도 꽤 구겨지네."

"나름대로 바쁘게 뛰어다니니까."

"쉬는 날에는 우아한 생활을 하는 줄 알았어."

"아니, 대개 잠을 자."

"숫자를 다루니까 폭력 사건과는 거리가 멀다고도 생각했고."

갑자기 목소리가 비난조로 변한다.

"정신적으로 힘들어도 병원 침대 위에서 붕대투성이가될 줄이야 상상도 못 했어."

말끝에서는 잔뜩 화가 묻어났다.

"있잖아, 그거 야마가 씨한테서 인계받은 일 때문이지?그렇다면 그 일 맡게 되어서 영광이라고 했던 말 취소할게."

"새로운 일에는 새로운 어려움이 있어. 그 사람의 뒤를잇는 것이 영광이라고 한 말, 취소 안 해도 돼."

"목숨까지 걸어야 하는 일이야?"

"어떤 일을 하든 돌발 사건은 있잖아."

"병원에 실려 갈 정도의 돌발 사건은 별로 없거든요."

도마는 선 채로 주먹을 휘두르기 시작했다. 그녀가 신경질을 내기 직전 보이는 버릇이다. 우선 진정시키려 했다.

"일단 앉아. 그렇게 서 있으면 불안해."

마지못해 앉으며 도마는 계속 말한다.

"고객정보라든지 기밀이라든지 그런 거 물어볼 생각은없으니까. 왜 그렇게 다쳤는지 대강이라도 좋으니 말해줘."

"말해달라니, 은행 업무의 일환일 뿐이야."

"남자 친구가 지금 어떤 위험한 일을 하고 있는지 몰라서 조마조마 지내고 싶진 않아. 상황 설명 정도는 해줘. 안 해주면."

"안 해주면?"

"데이토제일은행은 악덕 기업이라고 인터넷에 퍼뜨릴 거야."

도마라면 정말 할 법도 하다.

겁에 질린 유키는 짧은 한숨을 내뱉는다.

"지금 담당하고 있는 게 어느 신흥종교단체라서."

쇼도관의 이름과 채무 내용을 제외하고 지금까지의 경위를 설명한다. 신자들이 지점 창구까지 몰려온 일, 퇴근 길에 습격당한 일을 들을 때마다 도마의 표정이 일그러진다. 스스로는 고객에게 미움받는 것이 당연한 회수 업무라고 생각해서 별로 중요하게 생각하지 않았는데, 아무래도 일반인들이 보기에는 터무니없는 사건인 듯하다.

"그거 완전히 범죄 아냐? 경찰도 달려왔겠지? 상식을 좀 벗어나는데?"

"상식을 벗어난다는 건 맞는 말일지도 몰라. 나를 둘러싸고 경을 외울 때는 솔직히 살아 있는 기분이 아니었어."

"나 말이야, 본가는 불교인데, 크리스마스는 기념하고 설날에는 꼭 새해 첫 참배를 하러 가."

"평범한 일본인이네."

"그러니 특정 종교에는 편견이 없어. 그런데도 유키가 담당하는 종교단체는 정말 이상해. 빚을 안 갚으려고 하는 거잖아."

"빚을 안 갚는 건 교의에 어긋나지 않나 보지. 그놈들은 교주와 교단의 가르침이라면 뭘 하든 정당화될 거라 생각해."

잠시 생각에 빠진 듯하던 도마가 천천히 입을 연다.

"유키는 은행원이잖아."

"말할 것도 없지."

"은행원에게 가장 소중한 건 뭐야?"

"첫 번째로 계약서, 그다음은 현금. 목숨은 세 번째나 네 번째려나."

"계약서가 신이라는 말이네."

"응. 상거래, 금전 수수, 권리관계는 전부 계약서에 명시되어 있어. 금품이나 권리를 주고받는 사람들은 계약서에 기재된 문구에 얽매이지. 달리 말하면 계약서에 적힌 조항은 신의 말씀이란 뜻이야."

"신자들은 살아 있는 교주를 신이라고 숭배하고, 유키는 계약서야말로 신이라고 믿고 있네. 서로 다른 신을 신봉하니 뜻이 맞지 않는 것도 당연하고."

자신과 쇼도관은 종교 전쟁을 벌이고 있다. 그렇다면 신자들의 광신적인 행동도 이해가 간다. 전쟁이라면 한쪽이 상대를 쓰러뜨리기 전에 끝나지 않는다. 그리고 패배하면 결국 모든 것을 적에게 바치고 포로가 되어야 한다. 이 경우라면 유키가 채권 회수를 포기하거나 스스로 쇼도관에 들어가야 한다는 것을 의미한다.

농담이 아니다.

"뜻이 안 맞는다는 이유로 때리거나 차는 건 좀 참아줬으면 해."

"그런데 신앙심이 강할수록 다른 종교를 향한 적대심도 강해지지 않아? 유키 말만 들으면 그 종교단체는 진짜 미쳤다니까."

"미쳤다는 건 인정해. 그러니 그렇게 굴겠지."

"지금이라도 담당 바꿔달라고 해."

"그 유명한 야마가 과장님 안건이잖아. 조금이라도 계산이 빠른 사람이라면 분명 도망쳐다닐걸."

"바꿔달라고 할 생각은 조금도 없어 보이네."

자신에게 맞지 않는다든가 서투르다고 피하기만 하면 설 자리도 점점 좁아진다. 스페셜리스트로서의 길을 걷는 선택지가 없는 것도 아니지만 이 타이밍에 그런 말을 꺼내면 전장에서 도망치는 거나 마찬가지다.

도망치는 것이 비겁하다고는 생각하지 않는다. 스포츠나 격투기 세계라면 몰라도 이 분야에서 목숨을 주고받을 필요는 없다. 중요한 것은 이기는 것보다 살아남는 것이다. 쇼도관과의 교섭에 실패해도 다른 안건으로 회수 실적을 올리면 되는 일 아닌가.

하지만 그것은 어쩐지 속임수 같은 기분이 든다. 자신의 능력 부족을 허울 좋은 논리로 호도하고 있을 뿐이다. 적어도 야마가의 후계자가 되겠다고 결심한 유키가 받아들일 논리는 아니다.

"이런 말 하면 애송이라고 생각할지도 모르겠지만 누구에게든 중요한 고비가 있지 않아? 그건 도마한테도 마찬가지고."

도마는 마지못해 고개를 끄덕인다.

"나한테 지금이 그 고비 같아. 다 던져버리고 싶은 기분도 들고 위험한 예감도 들지만, 여기서 도망치면 평생 과장님을 못 따라잡을 것 같거든."

만약 유키가 위험한 다리를 건너기로 결심한 걸로 도마가 헤어지자고 하면 그건 그때 가서 생각하자. 자신은 그렇게 요령 있는 사람이 아니라 동시에 여러 개를 짊어질 수 없다.

도마의 입이 열리기를 기다리며 초조해하는데 머지않아 그녀가 한 말은 의외였다.

"은행원들이 사내결혼을 왜 많이 하는지 알 것 같아."

"그게 뭔데?"

"근무시간이 길어서 직장에서밖에 만날 곳이 없는 것도 그렇지만, 매일 야근한다든가, 유키 같은 일을 겪는다든가, 그런 건 같은 은행원이 아니면 좀처럼 이해하기 어려우니까."

싫은 방향으로 흘러갔지만 어쩔 수 없다. 선택은 그녀의 권리다.

"내가 아니라면 분명 못 견딜 거야."

"응?"

"응, 은 무슨 응이야. 이런 일로 차버릴 줄 알았어?"

도마는 조금 토라진 표정을 짓는다.

"보는 것만으로도 조금 힘들긴 하지만 그래도 응원할게."

"그걸로 충분해."

"지금 단계에서 도망치라는 말 안 해. 약간 무리하는 것도 용서할게. 그 대신 엉뚱한 짓은 하지 마. 약속이야."

젊음은 그 자체로 위대해 유키는 일부 붕대만 남긴 채 출근했다.

사전에 부상 사실과 함께 며칠간의 유급휴가를 신청했지만 예정보다 빨리 직장에 복귀하자 가시야마가 상태를 보러 왔다.

"이제 괜찮아요?"

반창고가 붙은 부분이 아직 부어올라 있다. 아무리 형식적인 말이라고 해도 도대체 이 여자는 눈이 어디에 달려 있는 건지.

"병원에서는 통상 업무에 지장은 없을 거라고 했습니다. 창구에 앉는 일이 아니면 상관없을 거예요."

"유키 군이 그렇게 말한다면……전화로는 쇼도관의 채권 회수와 관련한 트러블이라고 했는데."

입원 직후 가시야마에게 연락해서인지 자세한 설명은 하지 못했다.

재차 자세히 경위를 말한다. 이 건으로 정식 보고서를 제출할지 말지는 가시야마의 판단에 달려 있다.

설명을 다 들은 가시야마는 지금까지 본 적이 없을 정도로 깊이 미간을 찌푸렸다.

"피해신고서, 제출할 생각인가요?"

이에 대해선 유키도 아직 고민 중이라 잠자코 있었다.

"미리 말해두는데, 피해신고서를 제출해도 데이토제일 은행은 어떤 협력도 할 수 없어요. 퇴근길에 발생한 일인데다가 업무상 사고로 보기에도 어려움이 많으니까요."

"상대는 채무자입니다."

"아뇨, 채무자는 쇼도관이라는 종교 법인이지 신자 개인 이 아니에요. 그러니 유키 군이 습격당했다고 해도 그건 채권과는 아무 상관이 없는, 개인적인 원한 때문이고요. 또 은행으로서도 현재 거래 중인 고객을 상대로 다른 소송을 제기할 수는 없으니 소송을 할 거면 유키 군 개인이 하세요."

냉랭한 말투에 잠시 아연실색했다.

"게다가 이야기만 들으면 목격자도 없는 장소에서 벌어진 난투극이네요."

난투는 아니다.

그건 린치란 말이다.

"목격자가 없으면 그 신자들이 유키 군을 폭행했다는 증거가 필요하겠죠. 그런 게 있나요?"

"아뇨. 아마 없을 것 같습니다."

"그렇다면 소용없겠네요."

"저보고 참고 넘어가라는 말씀이십니까?"

"아뇨. 소용없는 짓은 하지 않는 게 현명하다고 말하는 거죠. 은행이 무슨 괴물도 아니고요. 근무시간 외에 입은 부상이지만 상병 수당 외의 보상도 고려 중이에요."

듣고 있는 동안 유키는 기분이 상했다.

근무 중이든 아니든 건강보험에 가입되어 있으면 수당이 나오는 것은 당연하다. 가시야마는 그 당연한 것을 생색낼 뿐만 아니라 은행 측 지시에 따라 보상도 고려 중이라고 말한다. 몹시 고마워서 눈물이 나올 정도다.

새삼스럽게 도마의 총명함에 혀를 내둘렀다. 그녀의 말대로 데이토제일은행은 말도 안 되는 악덕 기업이지 않은가.

"그러니까 일반적인 부상으로 신고하면 은행에서 이것저것 봐준다는 말씀이십니까?"

"그렇죠. 우리 은행은 행원을 소중히 여기니까요."

이번에는 너무 가소로워서 눈물이 나올 지경이다.

"부장님은 그렇게 쇼도관이 무서우십니까?"

"아니, 나는 아무것도……."

"부장님."

유키는 일어나서 가시야마를 똑바로 쳐다본다. 이렇게 나란히 서니 가시야마의 키가 5센티미터 더 작아서 유키가 조금 내려다보게 된다.

"부장님. 하반신을 못 쓰게 될 때까지 맞아본 적 있으십니까? 일어설 수 없을 정도로 옆구리를 걷어차인 적 있으십니까?"

"뜬금없이 그게 무슨 말이죠?"

"뭐, 여자분이시니까 어릴 때도 학생 때도 입행 후에도 그런 경험은 없으시겠네요. 꽤 아프단 말이에요. 웃으려고 할 때마다 볼과 횡격막이 비명을 지르는 것 같습니다."

유키는 오른뺨에 붙어 있는 반창고를 천천히 떼어낸다. 그것으로 시선을 향하는 가시야마는 곧 눈을 피한다. 상처가 아직 아물지 않은 상태일 것이다.

"데이토제일은행과 부장님이 어떻게 판단하든 채무가 없었다면 그들도 저를 덮치거나 하지 않았겠죠. 명예로운 부상이라는 둥 저를 위하는 척하지 말아주세요. 이건 엄연한 업무상 재해입니다."

가시야마는 여전히 유키의 시선을 피하고 있다. 그 모습을 보자 유키의 가슴속에서 피어오르던 불씨가 단번에 타올랐다.

"부하 직원이 이런 상황인데 직속 상사인 부장님은 못 본 척만 하시네요. 그렇게 부하 직원보다도 회수 곤란에 빠진 고객이 중요하십니까? 그렇게 쇼도관이 무서우십니까?"

"그런 식으로 말하지 마세요."

"그럼 어떤 식으로 말해야 마음에 드십니까?"

"제가 섭외부 부장인 한, 전 유키 군 편입니다."

정말 웃긴다.

"아닌 것 같은데요."

"담당자로서 교섭 창구에 섰다면, 그리고 폭력을 맛봤다면 저런 종교 법인이 말도 안 되는 단체라는 것은 유키 군도 잘 알고 있잖아요!"

흠, 이제야 진심이 나왔다.

"형태는 종교 법인이지만 우리 은행은 쇼도관을 반사회적 세력과 별 차이가 없이 취급하고 있어요. 정상적인 교섭술이 통하는 상대가 아니죠. 그래서 야마가 과장의 안건이었던 겁니다. 저당권을 설정해 금소(금전 소비 대차)를 계약했을 당시에는 저렇게 변할 줄 아무도 몰랐어요."

"아무도, 라는 건 심사부를 말하는 것입니까?"

"네. 우리 은행의 고액 거래 고객의 대부분이 종교 법인인 건 유키 군도 알고 있겠죠. 종교는 어느 시대에나 수요가 있고, 현재에는 세금 혜택도 받기 때문에 종교 법인은 부실화 위험이 적은 우량고객이고요."

"그래서 쉽게 심사를 통과시키신 거네요."

"통과시킨 게 아니라 통과한 거예요. 심사부 사람들이 그 정도로 썩지는 않았어요. 각 신청서류는 전부 적정하고 누락도 없었으니까요. 전에 심사부에 있었던 내가 보증해요."

가시야마가 보증한다고 해서 누가 이득을 보는 것도 뭔가가 바뀌는 것도 아니다. 힘없는 말만 내뱉고는 본인만 비장감에 취해 있다.

"그런데 상환이 연체되기 시작하면서 쇼도관은 점점 정체를 드러내기 시작하더군요. 담당자를 절복折伏하려고 한다거나 갖은 수단으로 농락한다거나. 도저히 제대로 상환할 마음은 없어 보였어요."

"그래서 야마가 과장님 안건이 된 거군요."

"야마가 과장이라면 돌파구를 찾지 않을까. 분명 섭외부도 그렇게 기대했겠죠. 야마가 과장은 자신을 향한 기대치는 잘 알고 있었을 테고요. 그런데 그가 한창 애쓰는 와중에 사망하는 바람에."

요컨대 쇼도관에 대항할 수 있다고 기대하던 유일한 수호신이 사라지면서 섭외부뿐만 아니라 데이토제일은행 전체가 겁에 질렸다는 말인가.

"옴 진리교 정도는 아니어도 조사하면 조사할수록 사이비 교단의 냄새가 강하게 느껴져요. 신자 획득 수단이나 봉헌 증액 수법도 이미 범죄 수준이라는 정보도 있고요."

하지만 아무리 채무자의 신상에 문제가 있어도 현재 데이토제일은행의 수익을 생각하면 쉽사리 채권 포기도 채무 감축도 할 수 없다. 내버려두면 연체가 6개월을 경과해 부실채권으로 카운트하지 않을 수 없게 된다. 그야말로 데이토제일은행에게는 맹장 같은 채권인 셈이다.

가시야마가 부하 직원의 몸보다도 쇼도관의 태도를 걱정하는 것은 그런 이유에서였다. 무리하게 채권을 회수하거나 쓸데없이 소송 사건으로 얽히면 어떤 보복을 당할지 모른다. 야마가가 들으면 코웃음을 칠 만한 이야기였다.

"……나를 겁쟁이라고 생각하고 있죠?"

"적어도 아마조네스*로는 안 보입니다."

"은행 일엔 자부심을 가지고 있어요. 하지만 목숨을 걸어도 좋다고까지는 생각하지 않네요."

---

* amazones, 그리스 신화에 나오는 여성 무사족.

갑자기 기시감에 사로잡힌다. 병문안을 온 도마가 했던 말과 똑같다.

여자라서 하는 말인지 아니면 성별과는 상관없는 진리인 건지. 어쨌든 이것도 야마가가 들으면 웃음을 터뜨릴 만하다.

그런 말은 한 번이라도 목숨을 건 다음에 내뱉으라고. 분명 그 남자는 이렇게 말할 것이다.

갑자기 바보 같아졌다. 지금 이 자리에서 가시야마나 데이토제일은행의 저자세를 논해서 무엇을 얻는단 말인가. 일시적인 기분전환은 되겠지만 그렇다고 일이 순조롭게 되는 것도 아니다.

유키는 심호흡을 한 번 한 다음 침착성을 되찾았다.

"부장님. 하나 여쭤봐도 되겠습니까?"

"뭐죠?"

"부장님에게 채권 회수는 어떤 의미가 있습니까?"

"……갑자기 본질을 묻는군요."

"데이토제일은행의 이익이라든가, 자기달성이라든가, 사내문서나 연수 세미나 자료에 쓰여 있는 건 빼고요. 아무런 철학도 없는 관리직이 심사부에서 섭외부로 이동할 리는 없잖습니까."

"꼭 들어야겠나요?"

"일주일 동안이나 욕조에 몸도 못 담그는 부상을 입었습니다. 향후 업무를 하는 데 있어서 직속 상사의 신념을 확인해두는 것은 지금 저에게 정말 중요할 것 같습니다."

가시야마는 잠시 수상한 눈빛으로 이쪽을 보고 있었지만 곧 납득했다는 얼굴을 보였다.

"야마가 과장의 철학에 비하면 어린애 속임수 같은 것이에요."

"어린아이를 속이는 게 얼마나 어려운 일인지 알고 계십니까?"

"그렇다면 어린애 속임수보다 못한 것일지도 모르겠네요."

가시야마는 쓴웃음을 흘린다. 상사로 모시고 나서 처음으로 친근감이 느껴졌다.

"건방진 소리 같지만, 채권 회수는 채무 부담을 줄이는 것이라 무엇보다도 고객을 우선하는 일이라고 생각해요."

가시야마의 역설적인 설명에 구미가 당긴다.

"빚을 반기는 것은 적자 결산으로 납세를 피하려는 경영자, 아니면 특수한 사정을 가진 사람뿐이에요. 대부분의 사람에게 빚은 설령 그게 필요하다고 해도 인생의 짐이며, 생활을 불안하게 하는 요소일 뿐이죠. 그런 짐을 줄여주겠다는 것이 구제 그 자체이고요. 그리고 대출을 무사히 상환할 수 있으면 채무자는 스스로에게 자신감을 가질 수 있습니다. 자기의 상환능력을 증명했다는 것으로 뿌듯하죠. 지금 이 나라를 움직이고 있는 무수한 회사, 많은 경영자는 한 번이 아니라 몇 번이고 빚을 지다가도 마침내 이익을 내고 더욱 성장해 멋지게 갚아나갔고요."

조용하지만 열정적인 말투로, 유키는 의외라는 느낌을 받는다. 설마 가시야마의 입에서 이런 말이 나올 줄이야 상상도 못 했다.

"그 규모에 상관없이 기업에 자금은 동물의 혈액 같은 것이죠. 그리고 은행업은 이를 일시적으로 수혈하는 일이고요. 혈액은 언제까지나 한곳에 머무르는 게 아니라 끊임없이 흘러야 하죠. 대출과 회수의 양 축은 혈액 순환을 촉진하는 것. 그래서 은행에는 두 가지 업무가 있는 것이고요."

"놀랐습니다."

"상당히 이상론이어서요?"

"생전 야마가 과장님께서 비슷한 말을 하셨거든요."

이 말을 들은 가시야마의 표정이야말로 걸작이었다. 놀람과 납득, 긍지와 수치가 현란하게 뒤섞인 듯 꽤 복잡한 표정이 되었던 것이다.

하지만 유키도 답답함이 한층 해소되었다.

채무자의 행복을 위해 회수한다. 외부자가 들으면 엉터리 억지나 위선이라고 생각할지도 모르지만 어떤 직업에도 자기들만의 윤리가 있다. 이 윤리를 공유할 수 있다면 함께 일을 해도 스트레스를 최대한 줄일 수 있다.

"감사합니다, 부장님. 지금 해주신 말씀은 제 지침이 될 것입니다."

"놀리지 마세요."

"농담이 아니라 진심으로요. 그럼 부장님의 신념에 입각해 다시 이야기를 해보겠습니다. 채무자의 자기실현을 위한 대출과 회수. 쌍수를 들고 찬성합니다. 하지만 그건 채무자가 생산적인 일을 하거나, 혹은 진지한 태도로 채무 상환에 임하고 있다는 것을 전제로 해도 괜찮을까요?"

"네. 그래도 괜찮습니다."

"그럼 이번처럼 맹신도들을 늘리고, 폭력행위로 채권을 퉁 치려고 하는 자들에 대해서는 어떻습니까? 말씀하신 신념을 그대로 적용하시겠습니까?"

"쇼도관 교리가 사이비인지 아닌지 나는 몰라요. 하지만 채무자의 형태로 아웃이네요. 쇼도관 종교 활동이 생산적이라고는 생각할 수 없고, 사람을 행복하게 할 수 없는 일은 어떻게 보이든 반사회적 세력이죠."

좋아. 이걸로 의견 일치를 보았다.

"그럼 채무자의 행복을 고려하지 않은 방식으로 회수해도 괜찮은 거네요. 성공했다고 해도 뒷맛이 좋지 않은 결과가 될지도 몰라서요."

"무슨 뜻인가요?"

"이러쿵저러쿵 말씀드린 대로입니다. 일에 개인적인 분노를 담을 생각은 조금도 없지만 채무자에게 어울리는 회수 방식이란 명백히 존재합니다. 이 경우에는 우리 쪽은 무사히 채권을 회수할 수 있지만 채무자에게는 어떤 구원도 되지 않을 겁니다."

가시야마의 동공이 불안으로 흔들렸다.

4

다음 날, 유키는 쇼도관 본부의 문을 두드렸다. 방문 목적을 알리고 별실에서 기다리자 곧 이나오가 나타났다.

"유키 씨. 오늘은 약속도 없었는데, 급한 일이십니까?"

설마 습격을 당하고 불과 며칠 후, 그것도 부상을 당한 유키 본인이 직접 찾아올 거라고는 예상도 못 했을 것이다. 시퍼런 멍과 상처투성이 얼굴을 물끄러미 쳐다보며 반쯤 기가 막힌 것처럼 보인다.

"제 얼굴이 이상한가요?"

아뇨, 라고 답하며 이나오는 헛기침을 한 번 한다.

"심하게 다치신 것 같은데 그런 몸을 이끌고 오시다니

정말로 무슨 용건이시려나.”

불시에 항의하러 왔다고 생각했는지 이나오는 약간 방어 자세를 취하는 듯하다. 유키가 수상한 행동을 하면 바로 시종을 부를 셈일 것이다. 문 근처에서 대기하며 좀처럼 유키에게 다가오려고 하지 않는다.

“제가 여기 온 이유는 단 하나. 어떻게 현재의 채무불이행 상태에서 벗어나 상환을 완료하실 수 있을지에 대해 이야기하기 위해서입니다.”

“일에 열심인 건 알겠는데, 일주일 만에 사태가 호전될리가 없어요. 그렇게 쉽게 될 일이었으면 이미 한참 전에 곤경에서 벗어났겠죠.”

그건 그렇다고 유키는 속으로 맞장구를 친다. 이러지도 저러지도 못하니 궁여지책으로 유키를 폭력으로 위협한 것이다.

“상환 플랜을 고객에게 제공하는 것도 은행의 일이거든요.”

“상환 플랜이야 좋습니다만 쇼도관에는 이렇다 할 정기 수입도 없고 이익을 내는 운용 자산도 없습니다. 영리 기업과는 다르죠.”

협박 다음은 뻔뻔함인가. 참으로 훌륭한 근성이다. 이런 인간이 관장으로 있는 시점에서 쇼도관의 거품이 훤히 보인다.

새삼 유키는 신기했다. 채무자로서도 상종 못 할 인간을 관장으로 모시고 있는 신자들은 매일 무엇을 보고 듣고 있는 걸까. 아마 세간의 상식이나 제대로 된 논리 등과는 거리가 멀 것이다. 맹신이라는 단어의 의미대로 아무것도 보지 않는다. 보려고도 하지 않는다.

그리고 유키는 구세주도 아니다. 따라서 신자들을 그런 수렁에서 구해낼 의무도 없다.

"상환에 꼭 자산이 필요한 건 아닙니다. 조금만 관점을 바꾸고 약간만 수고로움을 더해도 될 때도 있거든요. 저희가 바로 그런 아이디어를 생각해내는 전문가고요."

"호오. 확실히 대출 프로에 회수 프로니 운용 노하우는 물론 상환 노하우도 있겠네요. 다만 그게 실행 가능할까요? 신자들의 노동력을 활용한다거나 교단의 법구들을 매각한다는 등 어리석은 이야기는 아니겠죠?"

"음, 그런 방법도 있었네요. 쇼도관 신자들은 전부 성실하시니 파견지에서도 좋아할 것 같고요."

"설마 진심으로 하는 말인가요."

유키는 농담이라고 딱 잘라 말했지만 사실은 아주 마음에 없는 말도 아니다. 수상한 종교단체가 신자들에게 음식점을 경영하게 한다거나 공사 현장에 파견시켜 일당을 벌게 하는 건 드문 광경도 아니다. 수상한 교주나 교리를 신봉하는 신자들은 대부분 사람을 의심할 줄 모르는 사람들이라 교주와 교단을 위해서라고 하면 어떤 위험하고 더러운 일도 아무렇지 않게 해낸다. 고통스러울수록 자신이 순교자가 되기 때문에 쓰러질 때까지 계속 일한다.

"쇼도관 측에 제안하는 것은 생산에 의한 수익 확보입니다. 물론 노동력 차출 같은 건 아니고 엄연한 종교 활동의 일환으로서 생산 활동입니다."

"구체적으로 말씀해주시겠습니까?"

"출판사업입니다. 진노 교주의 말씀을 더 넓은 세계에 전하는 것이죠."

"유키 씨. 사람 말을 듣긴 하는 겁니까?"

이나오는 분함을 숨기려고도 하지 않았다.

"예전에 출판사업에 뛰어들었다가 폭삭 망했어요. 분명히 말했었는데요. 교단 내 배신자 때문에 결함 서적을 80만 부나 찍어 1억 엔 넘는 돈을 허공에 날렸다고요. 그런 짓을 또 하라는 건가요? 바보 같은 소리는 작작 좀 하쇼."

"제대로 들었는데요. 문제의 본질은 서적이 수익을 못 낸다는 겁니다. 집필에 퇴고, 레이아웃, 인쇄, 제본. 예산과 수고로움에 비해 얻는 게 적죠. 그러니 한번 삐끗하면 막대한 경비만 남게 되고요. 현재 독서 인구는 감소하는 추세입니다. 80만 부를 출판해봤자 쇼도관 신자 외의 다른 사람들이 책을 펼쳐볼지나 모르겠네요."

"……대안이 있는 것처럼 말하는군요."

"그럼요. 있고말고요."

유키는 이렇게 말하며 가방에서 디스크 한 장을 꺼냈다.

"이게 뭔지 아십니까? 관장님."

"CD 아닌가요?"

"CD-R. 즉 저장이 가능한 기록 매체입니다. 최근에는 대용량 하드디스크나 인터넷이 보급되면서 전보다는 존재감이 사라졌지만 한때는 주류였죠. 지금도 오래되었다는 점에서는 존재감이 있고요. 이에 어울리는 패키지를 만들어 상품이나 배포물로 나눠주면 받는 사람도 기분이 꽤 좋아서요."

"거기에 노래라도 넣자는 건가요?"

"노래가 아니라 경이요. 그것도 진노 교주 본인의 독경을 해설과 함께 녹음하는 겁니다."

갑자기 흥미를 느낀 듯 이나오가 살짝 몸을 내밀었다.

"좀 더 자세히 말해주시죠."

"요즘 사람들은 책을 잘 읽지 않습니다. 하지만 음악은 계속 듣죠. 책을 읽으려면 능동적이어야 하는데 음악은 수동적이어도 들을 수 있거든요. 플레이어와 이어폰만 있으면 길을 걸을 때나 밥을 먹을 때도 언제든 들을 수 있고요. 노 뮤직 노 라이프. 남녀노소 관계없어요. 길을 걸어도 전철을 타도 사람들은 죄다 이어폰을 꽂고 음악을 듣고 있죠. 그 음악을 진노 교주의 말씀이라고 생각하면 됩니다. 번거롭게 경당에 찾아올 필요도 없고 귀찮게 경본을 읽지 않아도 되죠. 신자들과 입신을 희망하는 사람들은 이 CD-R 한 장으로 수행의 한 단면을 경험할 수 있을 거예요."

"CD-R이라. 확실히 그 자체는 오래됐죠. 지금은 더 성능이 좋은 매체도 많고요."

"네, 맞습니다. 쇼도관 홈페이지에서 다운로드할 수 있도록 어플을 만들면 더 간단하고, 스마트폰이 있는 사람은 바로 이용할 수도 있죠."

"그렇게 하는 게 더 쉽게 퍼뜨릴 수 있지 않습니까?"

"그건 그렇습니다만 어플 하나 다운받는 데 몇만 엔이나 되는 돈을 받을 수는 없잖습니까. 구입했다는 실감도 별로 안 나고요. 하지만 이런 디스크라면 한 장당 적정 가격을 설정할 수 있고, 한 사람이 여러 장을 구입할 수도 있습니다."

"가격을 얼마로 설정할 계획입니까?"

"한 장당 2천 5백 엔. 신자 한 명이 열 장을 산다고 하면 한 명당 2만 5천 엔씩 지출하게 되지만 이 정도는 보시로서도 적정한 가격일 테죠. 쇼도관의 신자는 약 8만 명 정도 됩니까?"

"2만 5천 엔 곱하기 8만 명……."

"20억 엔. 쇼도관의 채무를 대번에 갚을 수 있는 금액이군요."

"20억 엔……그럼 생산 비용은 얼만가요? 음악 CD도 어느 정도 경비는 들 텐데."

"먼저 CD-R 한 장의 원가는 5엔 정도고요. 다음으로 제작입니다만 오래전부터 인디 밴드 수요가 있어서 제작업체가 꽤 존재합니다. 저렴한 가격이라면 만 장당 18만 엔 정도 되려나요."

"80만 장에 1,440만 엔인가."

이나오는 놀랄 정도로 계산이 빠르다. 종교단체의 관장이라기보다는 자금관리책이라는 인상이 강하다. 아니, 원래 그런 재능을 가진 남자가 어울리는 자리에 앉았다고 해야 할 것이다.

"1,440만 엔이라는 건 본체 디스크만의 가격이고요, 초기비용으로는 금형 원반과 레이블 제작에 4만 엔 정도가 듭니다. 그 외에 케이스나 패키지에 공을 들일수록 비용은 발생하지만 원래 포교용 배포물이라는 성격을 생각하면 살짝 심플하게 만들어도 괜찮지 않을까요? 옵션 관련 비용은 무시해도 상관없을 것 같은데요."

"1,440만 엔을 투자해서 20억 엔의 이익을 남기는 건가."

그리고 교주의 음성을 기록하는 것은 실질적으로는 무료나 마찬가지다. 레코딩은 거창한 게 아니다. 마이크 하나만 있으면 충분하다.

"순수히 포교용이라고만 생각해도 책 한 권보다 CD 한 장이 훨씬 효과가 좋습니다. 가령 신자가 아닌 사람이라

하더라도 받는 데 별 거부감이 없을 거예요. 공간을 차지하지도 않고요. 스마트폰으로 어플을 여는 것보다는 번거롭지만 요새 웬만한 컴퓨터에서는 다 재생되기 때문에 그리 큰 핸디캡도 아닙니다."

그리고 이건 말할 것도 없지만 쉽게 받은 것은 버리기도 쉽다. 포교용 CD를 억지로 받은 사람은 가벼운 마음으로 이를 쓰레기통에 던져버릴 것이다.

"들으면 들을수록 좋은 점만 있는데요, 다른 나쁜 점은 없나요?"

"곧장 떠오르는 것으로는 간편히 교주님의 경을 들을 수 있다는 게, 신자 확보로 직결될까, 하는 문제입니다. 하지만 오히려 효과적일 수도 있어요. 가볍게 쇼도관과 교주의 존재를 알게 되어 흥미를 갖게 된 사람들이 본부의 문을 두드리겠죠."

"흠, 가볍게 접근한다, 라 꽤 재밌네요."

이나오는 히죽히죽 웃으며 턱을 매만진다.

"천 5백만 엔 정도라면 당장에라도 마련할 수 있어요. 녹음 파일은 제가 직접 업체에 전달하면 중간에 바꿔치기 당할 위험도 적겠고요."

"참고로 납기는 발주 후 9일을 예상하면 좋을 것 같습니다."

"9일. 그것도 참 간편하네요."

이나오는 마음이 내키는 듯 한껏 들떠 있다. 저 상태라면 한번은 가라앉혀 주는 것도 괜찮다.

"관장님. 이건 테스트 판매라고 생각해도 되지 않을까요? 첫 80만 장은 분명히 잘 팔릴 거예요. 그 반응과 성과를 확인한 다음에 제2, 제3의 포교 CD를 제작하는 게 어떻습니까? 그때부터 발생하는 20억 엔은 전부 교단의 이익이 될 테고, 물론 신자를 확보하는 큰 채널로서도 점점 자리 잡을지도 모르고요."

이나오는 볼을 크게 부풀린다. 파안일소란 건 이런 거다.

"이야, 역시 대단하시네요. 야마가 씨는 야마가 씨대로 훌륭한 사람이었는데 유키 씨도 아이디어맨이군요. 데이토제일은행에는 인재가 참 많네요."

"감사합니다."

"신속히 CD 제작에 착수합시다. 그런데 유키 씨."

"네?"

"그 상처에 관해, 하고 싶은 말이 있지 않으세요?"

할 말이 있으면 기분이 좋은 지금 들어주겠다는 의미일 것이다.

"그런 거 없습니다. 천재지변 외의 사고는 8할이 본인의 책임이에요. 신경 쓰지 마세요."

"나이에 어울리지 않게 단단한 분이군요. 어떻습니까. 혹시 현 직장에 불만이 있으시면 채권자 말고 다른 입장에서 쇼도관의 문을 두드리시는 건? 부관장이 부재한 지금, 마침 유키 씨 같은 인재를 찾고 있었거든요."

"말씀은 감사하지만 그거야말로 관장님께서 저를 과대 평가하시는 겁니다. 우선 저는 쇼도관에 입신하기에 치명적인 결함이 있거든요."

"호오, 그게 뭔가요?"

"저는 다른 신을 믿어요. 개종할 생각도 없고요."

말하고 나서 다시 생각했다.

만약 이나오가 물질만능주의자라면 유키와 크게 다른 것도 아니다. 의외로 자신과 이 남자가 서로 닮은 건 아닐까 하고 생각하기 시작하자 점점 마음이 불편해졌다.

그로부터 10일 후. 유키가 있는 지점으로 스와가 찾아왔다.

"이번에는 쇼도관을 담당하고 있는 것 같군. 변함없이 끔찍한 일을 하고."

회수 대상이 끔찍하다는 건지, 아니면 유키의 방식이 끔찍하다는 건지 궁금하지도 않다.

"쇼도관을 감시하고 있던 사람에게 연락이 왔어. 엊그제 10톤 트럭이 대량 물품을 쇼도관 본부 부지 내로 운반했다고. 내용물은 독경을 수록한 디스크로 신자 한 명당 열장에 2만 5천 엔으로 배부한 것 같네. 그건 대출 상환 수단이었나?"

밖에서 보고 있던 것치고는 정보가 정확하다. 분명 신자 중에 정보를 흘린 사람이 있을 것이다.

"상환 플랜으로 조금 힌트를 준 것뿐입니다."

"힌트 말인가. 효과는 있었나?"

"덕분에요. 오늘 남은 채무를 일괄 상환할 예정입니다."

"싸구려 디스크를 고가에 신자들에게 떠맡길 셈인가?"

"우리 은행이 떠맡기는 건 아닙니다."

"흠, 책임을 쇼도관에 넘기는군. 확인은 했나? 관계자의 5월 28일 알리바이."

"물론이죠. 잊으면 안 되죠."

남은 채무를 전부 상환했을 때 유키는 이나오에게 물어 보았다. 한 번이라도 야마가를 제거하려고 꾸민 적은 없는지. 그리고 사건 당일 어디서 무엇을 했는지.

"결론부터 말하면 관장을 포함해 간부들은 전부 쇼도관 본부에 묵고 있었습니다. 한 달에 한 번 있는 수련 자리에서 28일 저녁부터 꼬박 반나절 동안 출가 신자들이 독경을 외웠다고 하네요. 간부들도 그 자리에 함께했다고 합니다. 즉 관계자 전부, 그날 밤에는 외출하지 않은 거고요."

"간부나 신자들을 일일이 확인한 건 아니겠지?"

"그건 무리입니다. 게다가 그렇게 위계가 철저한 조직이라면 수긍이 가잖아요. 관장은 야마가 과장님을 위험한 교

섭 상대라고는 생각하고 있던 듯하지만 살해할 생각까지
는 하지 않았을 거예요."

"어떻게 그렇게 단언할 수 있나?"

"회수 기록만 보면 야마가 과장님은 진중했습니다. 분명
교단의 위험성을 눈치채고 있었을 거예요. 과격한 추심보
다는 부드러운 해결을 모색하셨던 듯합니다."

이는 사실이었다. 야마가가 남긴 회수 기록에는 쇼도관
이 전에 실패한 출판사업의 전말이 세세히 기재되어 있었
다. 이를 보지 않았다면 유키는 포교용 CD 제작을 생각해
내지도 못했을 것이다.

"저를 습격했을 때도 죽여버려야겠다는 것보다도 공포
심을 자극하는 게 목적이었죠. 정말 제가 방해가 된다고
판단했다면 구타만으로 끝났을 리가 없습니다. 교활하죠.
채권자까지 이용하려고 하다니."

"그 교활한 상대에게 활력소를 투여한 게 도대체 누군가?"

갑자기 스와의 말투가 질책조로 변한다.

"뭔가 거슬리셨습니까?"

"쇼도관은 이미 공안의 감시대상에 올라 있어. 신자를
확보하는 방법과 의도에서 구린 냄새가 나. 언제 반사회
적 세력으로 변해도 이상하지 않고. 공안으로서는 자금 부
족으로 쇼도관이 자멸하는 것을 기대하고 있던 듯한데, 그
기대를 회수 담당자 한 명이 산산조각 냈네. 대출에 쩔쩔

매고 있던 걸 구해내 새로운 자금 조달 방법까지 전수했으니."

여우처럼 가는 눈이 유키를 관통한다.

"나중에 만일 쇼도관이 반사회적 세력이라도 되면, 그 책임의 일부는 당신에게도 있어. 그뿐만이 아니야. 신자한 명당 2만 5천 엔이라는 비용이 적당하다고 생각했나? 신자들 중에는 아끼고 아껴서 보시를 마련하는 사람도 적지 않아. 사기 교단의 상투적인 수단이지. 당신이 한 일은 그런 신자들의 목을 조른 것이나 마찬가지란 말이야."

"그거야말로 생각의 차이 아닌가요?"

"무슨 말이지?"

"저를 습격한 신자들은 조금도 주저하지 않았습니다. 자신들이 제게 폭력을 행사하는 게 정말 옳은 행동이라고 믿고 있었죠. 포교용 CD를 구입하는 것도 똑같습니다. 2만 5천 엔이 부담스러운 신자도 있겠지만 분명 기뻐하며 돈을 낼 거예요. 생활이 어려운 사람일수록 이건 포교의 일부구나, 라고 감격하며 돈을 마련하느라 분주하겠죠. 당신처럼 옆에서 보면 비극이겠지만 당사자들 입장에서는 설법의 순간이라고요. 다른 사람에게 피해를 주는 게 아니라면 그들의 행동에 물을 끼얹는 게 오히려 민폐일 테고요."

스와는 입술 끝을 일그러뜨리며 이쪽을 노려본다. 아무

래도 지금의 발언이 무척 마음에 들지 않는 듯하다.

"억지 논리로 속이려 하지만 결국은 자기 은행의 이익을 우선하는 것뿐. 입장만 달랐지 하는 짓은 쇼도관과 똑같지 않나?"

그렇다면 스와도 마찬가지라고 생각했다.

"경찰도 그렇잖아요."

"무슨 말이지?"

"귀속처의 이익을 제일로 생각하죠. 조직에서 움직이는 사람이라면 누구라도 그럴 거예요. 어쩌면 정말 사소한 부분만 다르다는 생각이 드는군요."

"흠, 뭐가 다르다는 거지?"

"저와 쇼도관 신자, 그리고 당신 경찰관이 각각 믿는 신이요."

그러자 스와는 여우 눈을 한층 가늘게 떴다.

4장

보통 사람

1

"유키 군, 보관실에 처음 들어가 본다고요?"

"하아, 면목이 없습니다."

가시야마가 의외라는 듯이 묻자 유키는 머리를 긁적이며 멋쩍은 척을 했다. 데이토제일은행 신주쿠 지점의 사무실 하나는 보관실로 사용하고 있으며 그곳에는 금고실에 들어가지 않는 크기의 물품이 보관되어 있다. 대출받은 고객의 담보물도 그중 일부다.

"딱히 신경 쓰지 않아도 돼요. 임원이라도 다 보관실 안에 들어갈 수 있는 건 아니니까요. 평소에는 일단 사용할 일도 없으니. 나도 섭외부에 오고 나서 처음 들어가봤어요."

섭외부에 몸담고 보관실에 한 번도 들어가 본 적이 없는 것은 확실히 부끄럽다. 하지만 유키에게는 유키만의 이유가 있다.

고객의 담보는 대부분 부동산이나 유가증권이다. 부동산의 경우는 저당권을 설정해두면 되고, 유가증권 종류는 권면*이나 종목만 기록해두면 일일이 현물을 확인할 필요는 없다. 보관실의 보안은 금고실의 그것과 같아서 회수 담당자가 담보물의 관리 상태를 체크할 필요도 없다.

하지만 고객 중에는 부동산이나 유가증권 이외의 것을 담보로 잡는 사람도 있다. 이번에 회수하러 갈 고객이 이런 경우였다.

본인과 면담하기 전에 담보물을 다시 한번 확인해둘 필요가 있다. 그러기 위해 보관실 관리 책임자인 가시야마와 함께 보관실로 향하고 있다.

보관실은 지점의 지하 2층, 대금고실과 같은 층에 있다. 엘리베이터로 내려가야 하는데, 엘리베이터는 물품의 반입과 반출을 고려해 바닥 면적이 다다미 열 장 정도나 된다. 이렇게나 넓은 사각 공간에 가시야마와 단둘이 있으니 왠지 서늘함이 느껴진다. 햇볕은 차단당하고 지하로 들어

---

* 증권의 금액이나 번호가 적혀 있는 겉면.

갈수록 체온이 내려가는 듯한 착각이 덮쳐온다.

"어찌 보면 참 얄궂네요."

"뭐가 말입니까?"

"금고실과 보관실이 같은 지하 2층에 있는 거요. 한쪽에는 현금이라는 은행의 자금이 들어 있고, 다른 한쪽에는 담보물이라는 고객의 자산이 들어 있잖아요. 둘 다 가치는 있지만 담보물은 자칫하면 고객의 목숨을 빼앗을 수도 있죠."

엘리베이터가 지하에 도착한다. 건물 자체도 낡은 데다가 엘리베이터까지 무거워 멈출 때 살짝 삐걱거리는 것이 느껴진다.

지하 2층의 구조는 매우 단순했다. 엘리베이터에서 내려서 우측이 대금고실, 그리고 좌측이 문제의 보관실.

가시야마는 문 옆 리더기에 IC 칩이 내장된 행원증을 비춘다. 지점 안에도 제한된 행원만 들어갈 수 있는 공간이 존재한다. 보관실은 그런 공간 중 하나였다.

보안의 철저함을 자랑이라도 하듯이 문의 두께가 30센티미터 이상으로 가시야마 혼자서는 열 수도 없어 유키가 거들었다.

보관실은 일정한 온도와 습도가 유지되도록 관리한다고 예전에 들은 적이 있다. 그 말을 들었을 때는 아무 생각도 없었는데 막상 안에 들어가보니 납득했다.

마치 미술관의 창고 같았다.

한 아름이나 되는 도자기에 칠기, 족자에 조각상. 그중에는 미술에는 문외한인 유키도 알 만한 유명 작품도 보인다. 기분 탓인지 왜인지 종교 느낌이 난다.

"이렇게 보니 정말 장관이네요."

가시야마가 감개무량하다는 듯이 중얼거린다.

"여기 있는 걸 전부 유리 케이스에 진열하면 미술관이라고 착각할 정도는 되겠네요. 위작은 하나도 없을 테니."

유키도 동감했다.

제대로 된 금융기관이라면 어디나 마찬가지겠지만 원래는 미술품을 담보로 대출해주지 않는다. 다만 부동산이나 유가증권의 가치가 하락해 담보율이 떨어질 경우, 추가 담보로서 이렇게 미술품을 차입하는 경우가 있다. 그런 채권은 원금이 몇십억 엔 단위라 추가 담보로 잡힌 미술품도 자연스럽게 시가가 억 단위를 초과하는 명품이 즐비하다. 즉 이 보관실에 뒹굴고 있는 것들도 제대로 전시하면 웬만한 미술관에도 뒤지지 않는다는 이야기다.

솔직히 문외한인 유키가 보기에도 미술품들이 담보로 잡혀 방치되어 있는 광경은 조금 안타까웠다. 마치 자신이 미술이라는 분야를 더럽히고 있는 듯한 기분도 든다.

하지만 한편으로는 어차피 미술도 돈으로 환산할 수 있다는 점에 실망한다. 돈을 다루는 일을 하면서도 가치 기준의 정점에 서 있는 돈에 근친 혐오 같은 감정을 느낀다.

"여기 있는 미술품, 언젠가는 주인에게 돌아갔으면 좋겠습니다."

"희망적인 얘기네요. 상황이 그렇지 않다는 건 야마가 과장의 가르침을 받은 유키 군이 가장 잘 알지 않을까."

가시야마의 말투가 어딘가 나른한 건 그녀 자신이 가장 절망하고 있기 때문일 것이다. 그리고 현재 가시야마가 파악하고 있는 채권은 이미 부실채권이거나 부실채권이 되기 직전의 상태. 담보물의 소유주인 고객의 채무 내용을 샅샅이 알고 있는 사람이라면 이 미술품의 시가가 차입했을 때보다 하락했다는 것도 안다.

추가 담보라고는 하지만 사실 단지 고객의 요청으로 맡아주고 있는 것에 불과하다. 요약하자면 인질 같은 것이다. 소유권도 이전하지 않았으므로 데이토제일은행이 담보물을 매각하면 절도나 횡령이 된다.

이상적인 것은 이때다 싶을 때 채무자인 소유주가 매각 의사를 밝히는 것이다. 은행의 네트워크는 넓고 조밀해 미술품 매각처나 브로커 정보도 풍부하다.

하지만 추가 담보를 잡힐 정도로 궁지에 몰린 채무자의 심리는 누구라도 똑같다. 부동산이나 유가증권이 고가였을 때의 기억이 강렬한 만큼 손절하지 못하는 것이다. 미술품도 비싼 가격에 구입했다는 생각 때문에 좀처럼 부르는 값에 내놓지 못하고 결국은 매각 시기를 놓치고 만다. 보관실에서 먼지를 뒤집어쓰고 있는 이 명작들은 전부 그런 물품들이었다.

따라서 기적이 일어나지 않는 한 여기에 있는 작품들이 햇빛을 보게 될 가능성은 거의 없다. 가시야마가 절망하는 것도 이런 이유다.

"유키 군, 미술품 잘 알아요?"

"아뇨. 전혀 모릅니다."

겸손도 뭐도 아니다. 하지만 담보물이라고 하면 이야기가 다르다. 어쩔 수 없이 벼락치기를 시작했고, 전문서를 사들이고, 미술품에 정통한 지인에게서 이야기를 듣고, 야마가의 노트를 탐독해, 겨우 보관실에 잠든 미술품의 정체를 알게 되었다.

"그래도 이 그림이나 도자기들이 애정을 담아 구입한 것이 아니라는 건 알겠죠."

"네."

여기 있는 것들은 미술품의 모습을 한 투기 대상에 지나지 않는다. 소유주인 채무자들은 유가증권을 보는 것과 똑같은 눈으로 이것들을 감상하고 있던 것이다.

일반적으로 미술품의 가격은 경기 변동에 크게 좌우된다. 호경기가 되면 시중에 돈이 남아 그 돈은 효율이 좋은 투자 대상으로 향한다. 수요가 많아지면 수요공급 관계에 따라 당연히 대상의 가치가 상승한다.

10여 년 전, 일본 경제는 미니 버블이라고 부를 정도로 호황이었다. 앞서 말한 대로 남은 돈은 투자처로서 미술품으로 향한다. 이는 언젠가 지났던 길로, 먼 옛날 버블 경제 때도 같은 일이 일어났었다. 전례 없는 돈 잔치 시대, 투자자들은 화상畫商이나 경매를 통해 해외 유명 그림을 사 모았다. 소더비, 크리스티 같은 무대에서 일본인들의 이름이 난무한 것도 그 무렵이다.

하지만 미니 버블기의 미술품 시장은 버블기의 그것과는 약간 분위기가 달랐다. 구입 대상이 해외 유명 아트에서 현대 아트로 옮겨간 것이다.

문외한인 유키에게 현대 아트야말로 이해 불가능한 것이었다. 구성이나 색채가 독특한 것은 대강 알겠는데, 이것을 얼마에 사겠느냐고 물으면 대답할 수가 없다. 이미 호평을 받는 작가의 작품을 봐도 그 가격과 자신의 가치관 사이에 메울 수 없는 괴리를 느끼고 만다.

가치가 정해지지 않았다는 것은 급등할 가능성을 내포하고 있다는 것이다. 이런 이유로 요 몇 년, 투자 자본은 현대 아트로 향했다. 시장의 수요공급 원리가 여기서도 작용해 한동안 현대 아트는 아트 버블이라고 부를 정도로 계속 급등했다. 몇 년 만에 시장 가격이 몇십 배, 몇백 배가 된 작가도 드물지 않다. 이러한 급등에 일부 갤러리에서는 구입 후 몇 년간은 경매 등에 출품하지 않는다는 계약서를 쓰게 하는 움직임마저 있었다. 게다가 대규모 투자가뿐만 아니라 현대 아트를 대상으로 하는 아트 펀드 등도 출현해 소액 투자가가 모이는 사태도 발생했다.

"대체로 일본 아트 시장은 해외 시장과는 약간 다르네요. 해외 경매에 출품되는 작품들은 몇 세대 전부터 소유하고 있던 것이라든가, 짧아도 10년 이상은 사랑받고 있었던 것들인데 일본 시장에서는 바로 소유자가 바뀌어버리네요."

유키는 고개를 끄덕인다. 이것이야말로 이 나라의 아트 시장의 특징이다. 장기적 관점을 가지고 작가와 작품의 성장을 지켜보겠다는 자세가 아니다. 그야말로 주식 거래처럼 시세 차익을 얻기 위해 매매를 반복하고 있을 뿐이다. 이런 거래는 투자가 아니라 투기라고 말할 수밖에 없다.

"동감입니다. 그러니 미니 버블이 터지자 아트 시장도 단번에 터졌죠."

계기는 말할 것도 없이 리먼 쇼크였다. 수중의 자산 가치가 곤두박질쳐 아트 시장으로 자금을 돌릴 여유가 사라졌다. 하지만 아트 버블에서 현대 아트라고 불리는 것들에는 아이들 낙서까지 나돌아 여기서 수요공급의 역전이 발생한다.

아트 버블의 붕괴인 것이다.

게다가 시장을 이끌고 있던 것이 평가가 정해지지 않은 작품군이었기 때문에 버블이 터지는 방법도 호쾌했다. 폭등할 때보다도 빠른 속도로 시세가 하락해 수십 분의 1, 수백 분의 1, 그중에는 문자 그대로 휴짓조각이 된 그림까지 나왔을 정도라 웃을 수 없다.

이번에 유키가 현물을 확인하고 싶다고 신청한 것이 바로 그런 작품이었다.

"문제의 작품은 이쪽에 있어요."

유키는 가시야마를 따라 구석으로 이동한다. 다른 미술품이 빼곡하게 진열되어 있어 구석으로 갈수록 그림자가 짙어져 간다.

찾는 작품은 보관실 한쪽에 아무렇게나 걸려 있었다.

"꽤 깊숙한 곳에 보관되어 있네요."

"그런 걸 보면 가치가 있는 것 같긴 한데 그렇다고 당장 처분할 수 있을 것 같지도 않고. 덩치가 이러니까."

가시야마는 작게 탄식을 뱉고 나서 캔버스를 덮고 있는 천을 벗겨낸다.

그림을 본 유키는 순간 말을 잃는다. 가시야마가 말한 대로 엄청난 크기다. 이른바 F 사이즈의 100호, 1,620mm ×1,300mm의 대작. 하지만 말을 잃은 것은 크기 때문만이 아니라 캔버스 한 장에 그려진 그림 그 자체 때문이다.

제목은 '갈등'. 눈이 아플 정도로 원색이 폭발해, 유키에게는 풍경화로도 추상화로도 판별이 어렵다. 한쪽에 히가시야마 도리라고 서명이 있지만 물론 유명 화가는 아니다. 유키가 미술 연감에서 검색해 겨우 찾아낸 이름이다.

"유키 군은 이 그림 어떻게 생각해요?"

"뭐랄까. 저는 초심자라서, 가치 같은 거 잘 모릅니다."

"나도 똑같아요. 아직 라센*만 알아요. 미술 세계는 왠지 잘 모르겠어요. 이 그림이 10억 엔이라니."

그렇다.

이 이해할 수 없는 그림은 담보로 차입했을 당시, 가치가 10억 엔이었다. 하지만 최근 미술 연감을 참조해보면 히가시야마 도리의 작품은 1호당 1만 엔으로, 즉 '갈등'의 시가는 백만 엔 언저리라는 말이 된다. 캔버스비에 물감 값, 그리고 관리비용을 고려하면 이 그림도 휴짓조각이나 마찬가지다.

10억 엔과 백만 엔, 꽤 나는 차액에 벌어진 입도 다물어지지 않는데, 이런 터무니없는 이야기에도 합당한 이유가 있다.

"부장님. 10억 엔이라는 건 장부상 숫자에 지나지 않습니다. 거래하던 관계자들이라고 해도 이런 그림에 그렇게

---

* 크리스천 라센(Christian Riese Lassen), 미국의 화가로 버블 시기에 일본에서 높이 평가받았다.

나 가치가 있다고는 생각하지 않았을 거예요."

"그럴지도 모르겠네요. 우리는 행원이잖아요. 수치화할 수 없는 것에는 아무래도 약해서."

가시야마는 분함을 감추려고도 하지 않는다. 말에서는 비꼬는 것 말고도 피해의식도 들린다. 무리도 아니다. 전임자에게서 업무를 인계받았을 뿐인 가시야마 입장에서는 억지로 손해를 떠맡은 셈이다. 게다가 이 채권의 문제는 담보물과 채무자 양쪽에 있다고 되어 있다.

"채무자한테 주변머리나 결단력이 있으면 조금은 나을 텐데요."

본인이 이런 말을 들으면 어떤 생각을 할지.

채무자는 여당의 간사장까지 지낸, 전 국회의원 시이나 다케오였다.

보관실을 나온 유키는 그길로 시이나의 개인 사무소로 향한다. 유키에게는 이것이 첫 면담이다. 담보물은 확인 완료, 이번에는 시이나라는 채무자의 성격과 상환 능력을 두 눈으로 확인해야만 한다.

어떤 경위로 데이토제일은행이 휴짓조각이 된 그림을 맡아야 했을까. 이에 관해서는 야마가의 파일에 전부 기록되어 있었다.

이야기는 3년 전으로 거슬러 올라간다. 잇따른 불상사로 인해 여당인 국민당은 선거에서 참패했으며 대신 영원한 야당이라고 야유받던 민생당이 정권을 획득했다.

기세 좋은 슬로건과 참신한 공약으로 선출된 새로운 정권이었지만 세상 물정에 어둡고 실무 경험 제로인 정부는 실력이 들통나는 것도 빨랐다. 실효성 없는 경제 정책에 임기응변적인 국회 운영, 소극 외교에 비판이 쏟아졌으며 이에 동요한 각료들은 실책과 실언을 반복하고 끝내는 분열을 일으켜 2년 뒤의 중의원 선거에서 차마 눈 뜨고 볼수 없을 정도로 역사적인 대패를 당했다.

그때 당의 간사장이었던 사람이 시이나 다케오다. 당의 간사장은 선거 대책의 책임자를 겸임한다. 정권을 빼앗긴 것에 대한 책임은 막중하지만 그것을 추궁당하기 전에 시이나 본인부터 대항마에 큰 차이로 패했다. 수권 정당으로 복귀한 국민당과 유권자들은 시이나를 가여워했지만 당황한 것은 데이토제일은행의 관리부였다. 사실 그 시점에서 시이나는 데이토제일은행에 대해 10억 엔의 채권을 안고 있었다. 분열 소동을 일으키기 직전, 국민당은 총재 선거를 단행했는데 시이나가 여기에 입후보해 선거 공작에 터무니없는 자금을 투입했던 것이다.

데이토제일은행이 10억 엔의 자금을 시이나에게 대출해준 경위 역시 야마가의 파일에 적혀 있었다. 다만 이것은 관리부에 남아 있던 기록이 아니라 오로지 야마가가 독자적으로 수집한 재료에 의한 추측이었다. 하지만 유키가 훑어본 결과 거의 사실에 가깝다는 느낌이 들었다.

원래 은행의 대출처로서 외부에 알려지지 않았으면 하는 것은 첫 번째가 야쿠자, 두 번째가 정치가다. 첫 번째는 반사회적 세력에 금전적인 편의를 도모한다고 세간에 추궁받으며 두 번째는 은행과 정치 권력의 유착에 대한 소문이 돈다. 다시 말해 은행에게 야쿠자와 정치가는 비슷한 존재라는 말이 된다.

이런 사정이 있어서인지, 시이나에게 해준 대출에 관해서는 불투명한 부분이 많다. 가장 눈에 띄는 것은 히가시야마 도리의 그림에 10억 엔이라는 감정을 내린 이유였다. 하지만 이에 대해서도 야마가는 납득할 만한 추리를 전개하고 있었다.

시이나에게 대출해준 10억 엔은 주로 같은 민생당 파벌의 수뇌부의 주머니로 들어갔다. 전형적인 실탄 공격인데 이는 전에 시이나가 철저하게 비판해왔던 국민당의 체질 그 자체였기 때문에 유키는 정계 사람들에게 실소가 새어 나왔다.

당선되었다면 모를까 패배한 것은 어쩔 수 없다. 그래도 데이토제일은행이 회수를 서두르지 않은 것은 차기 총재 선거가 있을 거라고 낙관했기 때문이다. 하지만 그런 안일한 전망도 국정 선거에서 낙선하면서 그림의 떡이 되었다. 의석이 대폭 감소한 것에 대한 간사장으로서의 책임과 더

불어 자신의 낙선을 생각하면 앞으로 시이나가 공식적으로 정치판에 서는 것은 매우 곤란하며 이는 동시에 채권 회수도 난항을 겪을 거라는 점을 의미하고 있었다.

시이나의 개인사무소는 이치카와시 교토쿠의 주택지에 있었다. 사무소라고 해도 자택 일부를 개조한 것으로 이것이 전직 간사장의 성이었다고 생각하니 어쩐지 덧없는 종소리가 들려오는 것 같다.

사전 약속 없이 급습했지만 본인은 안에 있었다. 야마가의 노트에 기재된 재택시간을 노린 것뿐으로 운이 좋았던 건 아니다.

"데이토제일은행? 아, 그럼 야마가라는 사람의 후임인가."

느릿느릿 나타난 시이나는 마치 길가의 똥을 보는 듯한 시선으로 쳐다봤다.

희끗희끗한 머리, 의심으로 가득 찬 눈, 불쾌한 듯 일그러진 입술. 고급 양복을 몸에 두르고 있지만 어찌나 입었는지 무릎 근처가 닳아 있다.

국회의원이라는 옷을 벗은 탓인지 TV에서 본 시이나 다케오인 것은 분명하지만 이렇게 본인을 직접 보자 딴사람이 아닌가 싶다.

"전임자가 사망했다는 소식은 들었는데, 한 달도 안 되어서 이렇게 찾아오다니 역시 은행꾼들은 못 말리는군."

방금 한 말 취소. 오만함과 비아냥거림은 간사장 시절과 조금도 변하지 않았다.

"전임자가 갑자기 사망해서 제대로 인수인계도 안 되어 있겠지."

"아뇨. 과장님은 워낙 꼼꼼하셔서 의원님과의 면담 기록도 하나도 빠짐없이 남겨두셨습니다. 그러니 계속 교섭할 수 있고요."

"지금부터 후원자들에게 인사 돌려 가야 해. 바쁘신 몸이라고."

"바쁘신데 죄송합니다만 온종일 외출하고 계실 때도 이자는 계속 늘어나기만 합니다."

"……서서 할 얘기는 아니군. 자, 여기 앉게."

소파는 진짜 가죽으로 과연 착석감이 좋다. 다만 자세히 보면 등받이 구석 부분이 닳아서 벗겨져 있다. 무심코 사무소를 둘러보니 벽에는 상장과 감사장 등이 잔뜩 붙어 있는데 그림 종류는 석판화 한 장도 보이지 않는다.

"원리금 상환이 벌써 다섯 달이나 밀려 있습니다."

"그런 건 충분히 알고 있어. 나도 신경은 쓰고 있다고."

변명조이긴 하지만 가슴을 뒤로 젖히고 거만하게 말해서 어이가 없다. 이게 변명하는 사람의 태도인가.

"그런데 말이야, 은행꾼들이니 벌써 조사했겠지만 지금 난 10억 엔은커녕 하루하루 식비를 의원연금으로 버티는 실정이야. 이 집도 빌린 거고 다른 의원처럼 은닉재산이 있는 것도 아니야. 뭐, 그런 재산이 있었다면 총재 선거 때 은행에 의지할 일도 없었겠지."

"실례지만 지금은 무슨 일을 하십니까?"

"아무것도 안 해. 내 프로필을 보면 알 텐데. 당선되기 전까지는 공무원이었는데 이제 이직도 못 해. 일흔 넘은 노인을 누가 써주겠나."

명색이 여당 간사장으로 있었던 남자가 할 말 같지는 않았다. 이런 세상을 한층 살기 좋게 만드는 것이 정치 아닌가.

금세 당시의 민생당 정치에 대한 불만이 다섯 가지 정도 떠올랐지만 물론 입 밖으로는 내지 않는다. 대신 이런 남자가 간사장으로 있는 정당에 한때라도 나라를 맡겼던 유권자 자신이 부끄러워졌다.

"관료는 그만둬도 낙하산으로 먹고살 수 있지만 의원은 낙선하면 보통 사람일 뿐이니."

아니다. 현재 당신은 10억 엔이나 되는 빚까지 지고 있다. 보통 사람보다 못하다.

"대체로 내 일은 누군가에게 고용 당하는 게 아니라 고용을 창출하는 일이네. 그러기 위해서는 이 시이나 다케오, 노구를 채찍질해서라도 싸울 준비가 되어 있네."

"그러고 보니 후원자들에게 인사 돌러 가신다고 하

셨죠."

"그렇네. 이미 다음 선거는 시작됐어. 유권자들은 모르겠지만 공시일 시점에 대강 결판이 난 상태야. 투표나 개표라는 건 그걸 확인하는 작업 같은 것이고."

저번 선거의 투표 결과로 시이나 본인과 민생당에 인기가 없다는 사실은 증명되었다. 그래도 이 남자는 출마할 의욕이 넘쳐 보인다.

이미 국회의원으로 복귀하는 것 외에 달리 여생을 보낼 방법은 생각하고 있지 않은 듯하다. 의원을 그만두면 보통 사람이 된다고 확실히 말한 걸로 보아 어지간히 보통 사람이 싫은 것 같다.

의원으로 복귀해 의원 수입으로 빚을 상환한다. 그런 취지라면 좋겠지만 아무래도 그런 기특한 생각은 하는 것 같지 않다. 짧은 대화만으로 알 수 있다.

"다음 선거까지 기다려드릴 수 없습니다. 정확히 말씀드리면 기한은 향후 한 달까지입니다."

"안 기다리면 어쩔 건데. 내 목이라도 들고 돌아갈 거야?"

시이나는 까불대면서 자기 목을 내민다.

"명심해. 지금 내 목에는 아무 가치가 없어. 이왕 가지고 돌아갈 거라면 내가 정계에 복귀한 다음에 하는 게 상사에게도 칭찬받을 거라고."

"상사한테 칭찬받으려고 하는 건 아닙니다."

"흠. 그런가. 자네 같은 세대는 다른 사람이 칭찬을 안 해주면 양치도 못 하던데. 젊은 의원 중에서도 그런 녀석들이 많거든. 그 녀석들은 윗사람이 시키지 않으면 아무것도 못 하지."

"의원님. 이제 슬슬 현재 이야기를 하는 게 어떻습니까?"

"현재 이야기엔 관심 없어. 미래에 대해 말해야지. 그렇지 않나?"

이렇게 당당하게 내빼는 채무자도 드물다. 양심에 털이라도 난 걸까, 아니면 오랫동안 정계에 있으면 누구든 후안무치가 되는 걸까.

그리고 시이나의 후안무치는 다음 대사로 극에 달했다.

"차라리 데이토제일은행이 채권을 포기하는 게 어떤가."

순간 잘못 들은 줄 알았다.

"데이토제일은행이 담보로 잡고 있는 건 그 싸구려 그림뿐이야. 팔아 봤자 백만 엔 정도 되려나. 그러니 채권을 포기하는 쪽이 서로 뒤탈도 없고 좋잖나."

"저희 은행도 10억 엔이 넘는 채권을 아무렇지 않게 손금 처리할 수 있을 만큼 상황이 좋지는 않아서요."

"이자 상환에 급급한 개인보다야 여유 있겠지."

이야기를 듣고 있는 도중에 떠올랐다. 시이나는 간사장 시절, 채무 초과에 빠진 정부계 금융기관의 문제를 해결하는 과정에서 채권 포기를 제안한 장본인이었다. 결국 그 제안은 국민의 반감이 너무 크다는 이유로 채택되지 않았는데, 나중에 가서 시이나와 그 금융기관에 유착관계가 있다는 소문이 돌았다. 매스컴이 더 이상 추적하지 않자 그를 향한 추궁도 흐지부지되었지만 그 후 시이나에게는 빚을 떼먹으려 한다는 이미지가 강하게 남게 되었다.

의원직을 내려놓아도 그 체질에는 추호도 변화가 없다는 말인가.

"덕정령德政令*을 연발한 정부는 대부분 오래가지 못합니다. 이런 말을 시이나 님께 하는 것도 힘듭니다만, 빌린 것은 갚는다는 게 일본인의 미덕이자 일본 경제를 지탱해온 원리 아니었을까요?"

"흠, 역시 은행꾼들의 논리는 말이 되는 것 같단 말이야. 그런데 그 싸구려 그림에 10억 엔이라는 가치가 어떻게 붙은 건지 자네는 알고 있나. 안다면 이제 와서 그런 말을 못 할 텐데."

"아뇨. 공교롭게도 저는 말단 행원이라."

"그렇군."

"하지만 말단이라도 추측은 할 수 있습니다."

시이나는 흥미롭다는 듯이 한쪽 눈썹을 치켜올렸다.

---

* 일본 막부 시대에 시행했던 부채 탕감책.

"그 '갈등'이라는 그림은 약속 어음 같은 것 아니었습니까? 어음 자체에는 가치가 없지만 약속한 내용에 가치가 있는 것처럼요."

"계속하게."

"시이나 님은 그 그림을 도내 갤러리에서 구입하셨었죠. 당시 구매가는 분명 2백 20만 엔."

"정확히 기억은 안 나지만 뭐 그 정도 했겠지."

"실례지만 시이나 님은 미술품 수집가이십니까?"

"아니. 하지만 딱히 애호가는 아니어도 인테리어용으로 그림 한 장 정도는 사지 않나?"

"크기가 1,620mm×1,300mm나 되는 그림을 이 집 어디에 걸어둘 생각이셨습니까?"

"자네랑은 상관없는 일이야."

"원래 어디에도 걸어둘 생각은 없으셨죠. 그 그림은 약속 어음이니까요. 어음은 갖고 있기만 하면 되지 굳이 걸어둘 필요는 없습니다."

차츰 시이나의 얼굴이 험악해졌다. 너무 말이 많았나 후회하기 시작할 때쯤 사무소 문을 열고 한 남자가 들어왔다.

"늦어서 죄송합니다."

손님이 있는데도 시이나를 향해 90도로 인사를 한다. 이것만으로 이 남자가 시이나의 개라는 것을 알 수 있다.

"마침 잘 왔어. 데이토제일은행의 회수 담당자인데 나 대신 상대 좀 해줘. 나는 후원자들한테 인사 좀 돌고 오겠네."

"네. 알겠습니다."

손님이면서 채권자 대표이기도 한 유키를 신경 쓸 필요가 없다고 판단한 듯하다. 시이나는 남자에게 뒤를 부탁하고는 그대로 사무소를 나가버렸다.

"소개가 늦었습니다."

조건반사처럼 명함을 교환하려는 것은 직장인의 습성이다. 남자가 내민 명함에는 '시이나 다케오 제1비서 다마키 고조'라고 쓰여 있다.

외모는 40대 초반, 머리를 싹 올렸고 셔츠나 재킷에는 주름이 하나도 없다. 살짝 배가 나온 것은 애교인가.

"비서 다마키입니다. 데이토제일은행에 관해서는 늘 시이나 님께 이야기를 듣고 있습니다."

"우리 은행에서 대출받은 건에 대해서도요?"

"비서는 의원의 그림자잖아요. 시이나 님이 존재하는 곳에는 반드시 제가 동석합니다."

"시이나 님의 대리이시군요."

"네. 그러니 시이나 님이 말하지 않은 것에 대해서는 저역시 말할 수 없고요."

처음부터 저렇게 포석을 까는 것은 교섭에 익숙한 인간

의 수법이다. 유키는 살짝 자세를 고쳐 앉는다.

"제1비서는 몇 분 더 계신가요?"

다마키는 파안대소하며 머리를 긁는다.

"간사장 시절에는 공무 비서 세 명 외에도 사설 비서가 다섯 명 있었는데 지금은 저 혼자예요."

의원직에서 물러나는 순간 비서의 급여는 나라에서 지급되지 않는다. 자연스럽게 자비로 사설 비서를 써야 하므로 그것도 시이나에게 부담이 되었을 것이다.

"시이나 님도 다마키 씨도 힘드시겠네요."

"고비에 선 거나 다름없죠. 하지만 시이나 님은 예전에도 몇 번이나 고비를 넘기셨으니까요. 이번에도 믿고 따라갈 뿐입니다. 등산가는 험한 산을 제패할 때마다 실력이 좋아지죠. 그것과 똑같습니다."

이번에는 골짜기 밑으로 미끄러진 것 아닌가. 야유의 말이 떠올랐지만 이를 다마키에게 말하는 것은 가혹할 것이다.

"아까는 보관 중인 히가시야마 도리의 '갈등'에 관해 말하고 있었습니다."

"아아, 그 그림."

"제가 보기에는 도저히 대출액만큼 가치가 있어 보이지 않습니다."

"글쎄요. 미술품의 가치에는 우리가 알 수 없는 구석이 있으니까요."

"미술 연감에는 작가별 시세가 기재되어 있습니다."

"부동산도 그렇지 않나요? 분명히 공시가격이 있는데도 실제 매매가 공시가격을 반영하지 않는 사례는 얼마든지 있고요. 무엇보다 이 그림의 가치를 10억 엔 상당으로 감정한 것은 데이토제일은행 측 아닙니까?"

"우리 은행에도 책임이 있다는 말인가요?"

"그렇게 말한 적은 없는데요."

"안 좋은 이야기는 종종 기록에서 새어 나오는 법입니다. 10억 엔을 부실채권으로 만드는 건 저희에게 큰 타격인데, 시이나 님은 차라리 채권을 포기하는 게 어떻냐고 제안하셨습니다."

"그건 죄송합니다. 의원님은 경리 관계에 어두운 면이 있고 가끔 실언할 때가 있으셔서요."

"실언으로는 안 들렸는데요."

"그럼 한번 진지하게 검토해주시지 않겠습니까?"

그 의원에 그 비서인가.

"검토고 뭐고 당시 일에 대해 전혀 모르는 말단 담당자로서는 어떻게 할 수가 없습니다."

"안 좋은 이야기는 기록에서 새어 나온다고 하셨잖아요. 데이토제일은행 측 기록에서 새어 나온 이야기라면 그건 그쪽에서 봉인해둬야 하지 않을까요?"

"그럼 다마키 씨는 사정을 알고 계신 건가요?"

"아까 말했습니다만 비서는 의원의 그림자입니다. 의원님과 같은 걸 보고 들었다고 해도 그림자가 멋대로 말을 해서는 안 되죠."

입이 꽤 가볍다. 채무자 측 사람이지만 유키는 이 남자가 호감이다.

"그러시군요. 그럼 움직임은 어떻습니까?"

"무슨 말씀이신지 모르겠는데요."

"그림자는 말을 하진 않지만 본체의 움직임에 따라 상하좌우로 움직이죠. 지금부터 제 추론을 말씀드릴 테니 다마키 씨는 여기에 시이나 님이 앉아 있다고 가정하시고 반응해주시지 않겠습니까?"

"……재밌는 분이시네요. 하지만 본인 허락 없이 할 수는 없잖아요?"

"판토마임을 어떻게 해석할지는 보는 사람 마음이죠. 게다가 아까 시이나 님은 우리 은행을 공범자라고 생각하시는 것 같던데요. 아닌가요?"

다마키는 조금 생각하는 듯하더니 이윽고 가볍게 웃으며 소파에 몸을 파묻었다. 일단 한번 말해보라는 뜻이다.

"그 '갈등'은 각서 같은 것입니까?"

다마키는 웃음을 잃지 않는다.

"아마 그럴 거라고 생각합니다. 민생당 총재 선거 때 당시 간사장이었던 시이나 님은 공작 자금으로 10억 엔이 필요하셨습니다. 하지만 야당 시절이 길었던 민생당 의원에게 자금을 쌓는 테크닉 따위 없었고, 10억 엔을 마련하기 위해서는 어디선가 빌릴 수밖에 없었죠. 게다가 총재 선거 정도 되면 현금이 오가는 것이 자명해 도쿄 지검 특수부가 계속 눈에 불을 켜고 있었고요. 섣불리 경솔한 짓을 할 수 없는 겁니다. 그래서 등장한 게 바로 현대 아트고요."

유키는 일단 말을 끊고 다마키의 반응을 살핀다. 표정에 변화가 없는 것으로 보아 여기까지 한 말은 크게 틀리지 않을 것이다.

"현대 아트는 투기 대상이 될 정도이며, 무명 신인 작가의 작품에는 가격이 매겨져 있지 않습니다. 그래서 누군가 영리한 사람이 이런 계획을 세웠을 겁니다. 우선 시이나 님이 갤러리에서 '갈등'을 구입하는 거죠. '갈등'을 선택한 이유는 작가인 히가시야마 도리가 아직 평가받지 않은 작가라는 점과 그림의 크기 때문입니다. F 사이즈 100호 정도 되면 억 단위의 금액이 붙어도 이상하지 않으니까요. 그렇게 구입한 '갈등' 말입니다만 실은 다음 구매자는 이미 정해져 있었죠. 시이나 님과 연이 있는 정부계 금융기관이요. 해당 금융기관이 채무 초과에 빠졌을 때 결과적으로 시이나 님이 큰 도움이 되진 못했지만 만약 시이나 님이 총리가 되셨다면 분명 사태는 다르게 흘러갔을 겁니다. 시이나 님만 총리가 되어준다면 제1라운드에서 쓰라림을 맛본 그 금융기관에게 10억 엔 정도는 푼돈이었을 겁니다. 그래서 시이나 님과 금융기관은 다음과 같은 결정을 하게 됩니다. 시이나 님이 '갈등'을 시장에 내놓으면 금융기관이 그걸 10억 엔에 사기로요. 2백 20만 엔에 매입한 것을 10억 엔에 매각. 차액은 그대로 시이나 님의 주머니로 들어갑니다. 가격이 매겨 있지 않은 그림이니 10억 엔에 거래했다고 장부상 처리해도 아무도 의심하지 않을 테죠."

무언가 떠오른 듯 다마키가 끼어들었다.

"죄송합니다. 꽤 흥미로운 이야기입니다만 그렇다면 그 정부계 금융기관이 시이나 님에게 직접 10억 엔을 건네주면 끝나는 거 아닙니까? 어째서 거기에 데이토제일은행 측이 얽히는 거죠?"

"집안 망신 같아서 찜찜합니다만 데이토제일은행이 불속의 밤을 주운 거랄까.* 같은 은행맨으로서 무슨 심리인지는 알겠는데 아무리 정부계 금융기관이라도 백 퍼센트 확실하지 않은 도박에 돈을 걸진 않을 겁니다. 만약 시이나 님이 낙선하면 10억 엔을 땅바닥에 버리는 거니까요. 그래서 사이사이에 데이토제일은행을 끼워서 우회 대출

---

* 자신에게 이익이 되지 않는데도 타인을 위해 위험을 무릅쓰는 것을 의미한다.

의 형태를 취하려고 했고요. 즉 우선 시이나 님이 '갈등'을 담보로 데이토제일은행에서 10억 엔을 빌리고, 무사히 총리가 된 후에 정부계 금융기관이 '갈등'을 10억 엔 플러스 이자분으로 사들여 시이나 님이 그 돈으로 데이토제일은행의 대출금을 상환한다는 구조입니다. '갈등'은 정부계 금융기관과 시이나 님, 그리고 데이토제일은행이 약속한 어음인 거죠."

"점점 흥미로워지는데요, 그렇다면 데이토제일은행 측만 리스크를 떠안는 거 아닌가요?"

"집안 망신이라는 건 이제부터입니다. 데이토제일은행에 해당 금융기관에서 내려온 낙하산 인사들이 있는 듯합니다. 임원 몇 명이 그쪽 출신이고요. 원래부터 거절할 수 있는 관계도 아닌 데다가 시이나 님이 총리가 되면 자금을 원조해준 데이토제일은행에도 뭔가 떡이라도 떨어질 거라 판단했겠죠. 데이토제일은행이 또 다른 약점을 잡혔을 가능성도 있지만요."

다마키는 다시 침묵에 잠긴다. 계속하라는 의미다.

"하지만 막상 뚜껑을 열어보니 시이나 님은 선거에서 참패. 게다가 직후 역풍이 불어 민생당이 여당 자리를 내주고 말았습니다. 거기서 정부계 금융기관은 도망칠 수밖에 없었죠. 정식 계약서가 있는 것도 아니고 그림의 형태를 한 약속 어음만 있을 뿐. 고작 10억 엔이니 이번에는 데이토제일은행이 뒤집어써 달라고 부채를 떠넘겼습니다. 한편 데이토제일은행 측에도 잘못 판단한 책임이 일부 있으니 은행도 마지못해 이 부당한 처사를 받아들인 거고요……제 추론은 여기까지입니다."

다시 한번 다마키의 반응을 기다린다. 지금 선보인 추리는 전부 야마가가 세운 것이었다. 확실한 증거는 없지만 당시 시이나와 정부계 금융기관, 그리고 데이토제일은행의 입장을 고려하면 '갈등'에 10억 엔이라는 감정 결과가 나온 이유도 납득이 간다.

다마키는 변함없이 웃고 있다가 천천히 입을 열었다.

"정말 재밌는 말씀이네요. 후에 의원님께도 전해드리겠습니다. 하지만 만약 그 가설이 맞는다고 해도 달라지는 건 아무것도 없어요. 의원님에게는 10억 엔을 상환할 능력이 없으시고, 그 대출에 다른 금융기관이 얽혀 있다고 해도 책임을 물을 수도 없고요. 책임을 추궁하기 시작하면 데이토제일은행 측에서도 피해를 입는 분이 나오실 테고요."

안타깝다는 듯이 말하고 있지만 그 눈은 극히 냉담한 색을 띠고 있었다.

"화내지 말고 들어주셨으면 합니다만 아까 의원님이 제안하셨던 채권 포기. 곰곰이 생각해보니 그렇게 말도 안 되는 제안은 아닌 것 같네요."

부드럽게, 그러나 상대를 덮치는 듯한 울림이 있었다.

"우리 같은 서민에게 10억 엔은 정말 큰돈입니다만 대기업인 은행 측에겐 어느 정도의 가치일까요. 집안 망신을 드러내거나 같은 업계 사람을 불쾌하게 만들면서까지 꼭 회수해야 하는 금액입니까? 만약 제가 유키 씨의 입장이라면 이런저런 편의를 10억 엔에 샀다고 생각할 것 같습니다. 그러면 관계자 모두가 행복해지겠죠."

"행복, 말입니까."

"네. 현 단계에서 그 10억 엔을 회수할 수 없게 된다고 누가 불행해지기라도 하나요? 누구에게도 폐를 끼치지 않잖습니까? 그렇다면 그냥 두는 게 가장 좋죠. 괜히 덤불을 찔렀다가 뱀 말고 더 무시무시한 게 나올 수도 있으니까요."

유키는 상대가 눈치채지 않도록 입술을 꽉 깨물었다.

2

지점에 돌아와서도 유키는 마음이 착잡했다. 아니, 시간이 지날수록 조절하기 힘든 분노가 몸을 덮친다.

시이나 본인도 약아빠진 남자지만 비서인 다마키는 그

보다 더했다. 분명 시이나가 자행해온 악행과 불상사를 계속 뒤처리해온 것임이 틀림없다. 그렇게라도 생각하지 않으면 그 뻔뻔함과 협박조의 태도를 이해할 수 없다.

특히 압권은 마지막 대사였다.

—10억 엔을 회수할 수 없게 된다고 누가 불행해지기라도 하나요?

이는 회수 업무를 담당하는 모든 행원에게 던진 물음이기도 하다.

이 채권을 회수하지 않는다고 곤란해지는 사람이 있나.

다마키가 교묘히 지적한 대로 10억 엔이라는 금액은 데이토제일은행에 치명상이 될 정도의 금액은 아니다. 예산에 계상된 임대 비용과의 균형을 고려해도 허용 범위로서 인정되는 금액이다.

섣불리 덤불을 찔렀다가 뱀 말고 더 무시무시한 게 나올 거라는 경고도 반드시 틀린 말은 아니다. 시이나의 안건은 부실채권 이전에 부정 대출이다. 표면상으로는 데이토제일은행이 피해자이지만 야마가의 추리가 맞는다면 애초에 무덤을 판 것은 데이토제일은행이다. 당시의 심사부 또는 대출 담당자가 무덤을 파는 줄 알면서도 '갈등'을 떠맡았다. 우스꽝스러운 것은 자신이 판 무덤에 묻힌 것으로, 시이나와 정부계 금융기관은 이를 곁눈질로 바라보고 있었다는 것이다.

얼마나 허술한 이야기인가. 이 안건을 담당한 야마가의 찡그린 얼굴이 눈에 선하다.

떠오른 김에 생각한다. 야마가는 이 안건을 어떻게 해결할 생각이었을까. 애초에 해결할 생각이었을까.

생전, 야마가는 이렇게 말했다.

─빌린 돈을 제대로 회수하고 그 돈을 다시 필요한 고객이 이용하도록 한다. 그게 금융의 본래 모습이다.

그리고 이렇게도 말했다.

─버블 붕괴의 책임의 일부는 그 당시 회수 담당자에게도 있다. 그 사람들이 자신의 일을 완수하고, 질질 끌지 않았다면 이런 붕괴는 없었을 거다. 금융에 발을 담근 자의 무책임과 타성이 일본 경제를 무너뜨렸어.

단물만 먹고 싶어 하고 쓴 약에는 손을 뻗으려고 하지 않는 행원들이 아직 남아 있다. 자신들의 안일한 태도에 조금이라도 죄책감을 품고 있다면 이런 부실채권은 신속히 손금 처리가 되었을 것이다. 그게 이루어지지 않은 것은 대출 관계자 전원이 쓴 약을 기피했기 때문이다.

생각하니 배알이 뒤틀린다. 본점 최고층에서 으스대며 앉아 있는 임원과 그 위세를 빌린 여우들이 싼 똥을 유키가 수습하는 꼴이다. 그런데도 한편에서는 도자이은행과의 합병을 앞둔 지금, 부실채권의 압축과 대손율의 극소화가 매우 중요한 과제라고 말한다. 은행이 톱다운 조직인 것은 아주 잘 알지만 그래도 이건 너무 제멋대로 아닌가.

젠장. 이런.

혼미한 감정으로 머릿속이 안개가 낀 듯 뿌옇다.

감정은 이성의 장애물이다. 그리고 이성이 훼손되면 제대로 된 판단을 할 수 없게 된다.

생각해.

자신이 데이토제일은행의 행원으로서, 또 회수 담당자로서 해야만 하는 행동은 무엇인가.

생각해.

그러기 위해서는 무엇을 완수해야 하는가.

책상에 앉아 필사적으로 감정을 억누르고 있자 어렴풋한 형태가 떠올랐다.

아아, 그거였다.

어째서 더 빨리 알아차리지 못했을까. 은행맨으로서가 아니라 제대로 된 사회인으로서 생각하면 저절로 보이게 되는 해답이었다.

좋아, 지침은 정했다. 다음은 방책이다. 이렇게 의기를 충전하고 있을 때 탁상전화가 울렸다.

―신주쿠 경찰서의 스와 님이 지점 앞에 오셨습니다.

그 이름을 들은 순간, 불길한 예감이 들었다. 스와가 찾아올 때는 대체로 안 좋은 일이 일어날 전조다.

무시할 수도 없어 홧김에 코를 킁킁 거리며 지점 앞으로 향한다.

"오랜만이군."

스와는 의외로 혼자였다.

"오늘은 도키자와 씨랑 같이 오지 않으셨네요?"

"수사와는 상관없어. 별실에서 이야기하지 않겠나?"

밀담을 나누기에 적합한 공간은 얼마든지 있다. 유키는 스와와 함께 1층에 있는 고객 상담실로 장소를 옮긴다.

"오늘은 도대체 무슨 용건이신가요?"

"살짝 경고하러 왔어. 아니 경고라기보다는 주의 환기 정도?"

싫은 예감이 증폭한다. 경고든 주의 환기든 스와 쪽에서 찾아오는 것은 유키의 동향을 일일이 감시하고 있다는 증거라고 생각했다.

"시이나 다케오의 사무소에 갔던 듯하던데, 그것도 야마가 안건 중 하나였나?"

역시 그 건이었나. 유키는 고개를 끄덕인다.

"그게 어쨌단 말입니까?"

"종전과 다름없이 수사 협력을 부탁해. 하지만 필요 이상으로 덤불은 찌르지 않는 게 좋을 듯해."

"스와 씨도 그렇게 생각하십니까?"

"나도 그렇다는 말은?"

"똑같은 충고를 해준 사람이 있었거든요. 그렇게나 무서운 덤불입니까?"

"우리와는 직접 관계는 없어. 신주쿠 경찰서도 이번에는 내부 사정에 관여할 수 없는 듯하고. 경시청, 그것도 수사2과 관할이라서."

경찰의 업무 분담에 대해 알지 못하는 유키도 수사2과의 업무 정도는 언뜻 들어 알고 있다. 지능범죄에 기업범죄, 정치자금에 뇌물, 끝내는 관제 담합까지 경제 관련 사건을 담당하는 부서라고 답하면 합격이려나.

"유키 씨가 시이나와 접촉하자마자 유키 신고의 신상을 알려달라는 문의가 들어왔어."

"잠시만요. 혹시 민생당 총재 선거에 관해 수사하고 계십니까? 그건 이미 1년도 더 전 일이고 그래서 민생당은 참패했잖아요? 이제 와서 뭐죠?"

"나도 자세한 사정은 못 들었어. 새삼스럽다는 의견도 있고. 민생당은 지금 죽은 거나 마찬가지니까. 그 와중에 과거에 저지른 짓을 폭로하면 더욱 타격을 받겠지."

"그래도 시이나 다케오는 낙선해서 지금은 보통 사람이에요. 그를 체포한다고 엄청난 타격을 받을 것 같지 않은데요?"

"약해졌으니 더욱 때린다. 싸움에서 이기기 위한 상투적인 수법 아닌가? 거기에 총재 선거의 이미지를 더럽히면 시이나 개인이 아니라 민생당 전체 이미지를 더럽힐 수도 있고."

"그래서 너무 깊이 파고들지 말라는 겁니까?"

"이상하게 찌르느니 상대를 방심하게 하는 편이 덮치기 쉽다는 말이야."

"채무는 시이나 개인의 명의예요. 굳이 민생당에 관여할 생각은 없습니다."

"그러겠다고 해도 시이나가 당에 울며 애원하면 싫어도 관여하게 되겠지. 우선 유키 씨가 우리한테 협력해주고 있다는 건 보고했는데도 2과 쪽은 불안해하는 것 같아서."

"듣고 있으니 2과 사람들은 정부의 의도대로 움직이고 있는 듯한 인상인데요."

"인상이 아니라 실제로도 그렇네."

스와는 주눅 들지도 않고 잘라 말했다.

"권력에 아첨하든 우고좌면하든 위법행위를 고발한다는 점에 있어서는 둘 다 이해관계가 일치하지. 상대의 의도를 따라서 나쁠 건 없어. 그 대신 다른 국면에서 정부 측에 뒤가 구린 면이 있으면 그것을 찌르지. 균형이 잡혀서 아주 좋아."

가끔은 이 여우 눈을 농락하고 싶다는 생각이 들었다.

"정말, 그런 공평한 수사가 이뤄질 수 있을까요? 결국은 권력이 강한 쪽에 순응하게 되겠죠."

"아첨만 할 뿐이라면 이런 일을 선택한 보람이 없어. 그렇다고 거역만 한다면 만약의 경우 연대를 할 수 없고. 관공서란 건 크든 작든 그런 식이지. 민간, 그것도 당신들 같은 은행의 세계는 어떨지 모르겠지만."

허를 찔렸다.

늘 흘려듣는 스와의 말이 이번에는 가슴에 와닿았다.

국가권력 간의 유착을 제멋대로 야유하고 있지만 실제로 유키 측도 비슷한 구도의 사회에서 꿈틀거리고 있다. 조직 논리 앞에서는 각 개인의 신념 등이 사라져버리는 것도 닮았다.

"딱히 노파심을 발휘할 생각은 아닌데 2과가 움직이면 시이나도 한동안 꼼짝할 수 없을 거야. 그런 채무자에게 돈을 회수하는 건 극히 어려운 일이지. 이번만은 손가락을 입에 물고 가만히 보고 있는 편이 좋을지도 모르겠네."

정치와 돈.

예부터 존재해온 진흙탕에 일개 회수 담당자가 깊이 관여하려는 것 자체가 금기라는 건가.

"수사2과는 어디까지 파악하고 있나요?"

"흠. 말끝마다 정책 금융 공고* 등등의 이름이 나오는 듯해. 데이토제일은행이 여기 임원의 낙하산 회사 정도지?"

---

* 일본 정부가 전액 출자한 정책 금융기관.

야마가의 정보 수집 능력이 꽤 우수하다 해도 경찰과 비견할 정도는 아니다. 야마가가 간파한 것은 당연히 2과도 눈치챘을 것이다.

수사2과가 본격적으로 착수하면 담보로 갖고 있는 '갈등'도 압수될 가능성이 크다. 뭐라고 해도 소유권이 이전된 것이 아니므로 시이나의 정계 공작 도구로 간주되어 압수당해도 데이토제일은행 측에 항변할 말은 없다. 게다가 채무자인 시이나가 구속되면 데이토제일은행은 더욱더 할 말이 없어지게 된다.

지금쯤이 적기인가.

그러나 포기하려던 그때 아까 찾은 해답을 떠올렸다.

이런. 또 놓칠 뻔했다.

"스와 씨, 충고 감사합니다."

"감사 인사를 들을 처지는 아닌데. 우리 수사에 협력을 해주는데 폐를 끼치면 곤란하지."

"그럼 이번에는 곤란해지실지도 모르겠네요."

"뭐지?"

"스와 씨에게 경찰관으로서의 긍지가 있듯이 제게도 회수맨으로서의 긍지가 있답니다."

3

긴자는 의외로 번잡한 거리로 고급 레스토랑과 클럽이 즐비한 반면 직장인들을 타깃으로 한 적당한 가격대의 음식점이나 각 지자체의 안테나숍*등도 줄지어 있다. 유키가 방문한 화랑 '갤러리 원'도 긴자 7번지, 수입시계점 옆에 있었다.

오후 1시 30분, 평일이라서 그런지 손님은 보이지 않는다. 벽에는 같은 작가의 작품인 듯한 인물화가 죽 걸려 있다. 요새 유행인지 피카소처럼 3차원적이지만 유키의 취향은 아니다.

잠시 바라보고 있는데 스태프로 보이는 여성이 다가왔다. 유키보다는 열두 살은 더 많을 것 같은데 살짝 진한 화장에도 천박하다는 인상은 전혀 없다.

"이 작가는 어떠신가요? 우리 갤러리가 강력 추천하는 화가분이십니다."

그냥 두면 이 여자의 페이스에 넘어갈 것 같아서 당황하며 명함을 건넸다.

"데이토제일은행의 유키라고 합니다. 사실은 여기 오너분을 뵙고 싶어서 찾아왔습니다."

---

* 상품의 판매 동향을 탐지하기 위해 메이커나 도매상이 직영하는 소매점포.

"제가 오너인데요."

여성도 명함을 내밀었다. 갤러리명과 '가마치 레이코'라는 이름, 그리고 메일 주소만 인쇄된 심플 그 자체인 명함이다.

"데이토제일은행에서 오셨다니 영광이네요. 저 같은 화랑 경영자에게 은행 분들은 꼭 친해지고 싶은 사람 중 한 명이니까요."

"저희 은행을 이용하실 때는 잘 부탁드립니다……그런데 제가 오늘 찾아온 이유는 예전에 이 갤러리에서 취급했던 작품 때문입니다. 히가시야마 도리의 '갈등'이라는 작품이요."

레이코는 히가시야마의 이름을 듣자 평판이 나쁜 아들 이야기를 하는 엄마 같은 표정을 지었다.

"공교롭게도 그 그림은 이미 팔려서 지금 어디에 있는지는 저희도 모릅니다."

"'갈등'은 저희 은행 보관실에 잠들어 있는데요."

시이나가 데이토제일은행에서 대출을 받았다는 사실은 비밀 엄수 의무상 말할 수 없다.

"다만 소유자는 여기서 구매하신 분 그대로 되어 있어서요."

"아, 그런 거였군요."

말 한마디에 사정을 파악한 것 같아 수고를 덜었다.

"정치가들은 여러 가지로 돈이 필요하니까요."

"네. 어쨌든 한때 총재 자리를 노린 분이시기도 하고요. 백만이나 천만 단위는 아니었습니다."

"그 그림을 담보로 도대체 얼마를 대출받았는데요?"

"10억 엔."

그러자 레이코는 깜짝 놀란 듯한 표정을 짓는다.

"10억 엔이라뇨. 그 그림의 최초 감정액을 알고 계시나요?"

"네, 알고 있습니다. 현대 아트 세계는 참 심오하더군요."

"현대 아트고 뭐고. 그 그림을 10억 엔에 감정하다니, 도대체 은행원들은 무슨 생각이에요?"

레이코가 아주 질렸다는 듯이 말하자 유키는 가만히 있을 수 없다. 자신이 제 식구를 욕할 순 있어도 제삼자가 지적하면 역시 아프다.

"그런 말을 들으니 행원 배지를 숨기고 싶어지네요. 그런데 작가인 히가시야마 씨와는 아직 연락하고 지내십니까?"

"연락이고 뭐고, 히가시야마 도리는 제가 발굴한 아티스트에요."

"패트런이라는 말씀이신가요?"

"그를 키우고 있다는 말은 아니지만 그의 작품을 우리가

263

취급하고 있으니 이 업계의 부모 같은 존재라고 하면 되겠네요."

"이 업계의 부모. 그렇다면 히가시야마 씨가 더 유명해지기를 바라시겠군요."

"화랑의 오너라면 모두가 가지고 있는 꿈이죠. 발굴한 신인 작가가 점점 높은 평가를 받아 마침내 화단画壇을 대표하는 거물로 커가는 것. 이보다 더 좋은 게 있을까요?"

"히가시야마 씨의 그림을 취급하시니 하나 묻겠습니다. 이 업계의 부모이신 레이코 씨가 보기에 '갈등'의 적정가는 얼마입니까?"

레이코는 조금 생각에 잠기는 듯하다.

"그걸 제 입으로 들어서 어쩔 생각이신가요? 설마 저보고 그 그림을 10억 엔에 다시 사라는 말씀은 아니시겠죠? 아무리 부모라고 해도 그건 너무 지나쳐요."

"다시 사라고 한 적 없습니다. 어디까지나 프로의 눈으로 본 적정가가 궁금할 뿐입니다."

"상품적인 가치라면 미술 연감을 참고하는 게 정확하겠죠. 그의 경우 1호당 1만 엔. '갈등'은 100호이니 백만 엔이 적정이라면 적정가겠네요."

"뭔가 애매하게 말씀하시네요."

"시장가라는 건 단지 기준일 뿐이니까요. 이거야말로 애매한 이야기인데요, 어떤 사람이 10만 엔의 가치가 있다고 말하면 10만 엔이고, 또 다른 사람이 백만 엔의 가치를 찾아내면 백만 엔의 가치가 되죠. 그림만 그런 게 아니라 미술품에는 어느 정도 다 그런 경향이 있습니다."

"그래도 10억은 심하잖습니까."

"그러니까 그렇게 감정한 사람의 얼굴 좀 보고 싶다는 말이에요."

데려올 수 있다면 지금 당장 데려오고 싶다.

"화단에서 히가시야마 씨의 포지션은 어느 수준입니까?"

"포지션이라는 게 서열을 말씀하시는 거라면 미술 연감에 나와 있는 대로예요. 1호당 백만 엔의 화가. 다만 언제까지나 그 자리에 만족할 화가는 아닙니다. 저는 그가 화단의 다음 세대를 짊어질 재능의 소유자라고 생각하고 있고요."

레이코는 이렇게 말하며 약간 가슴을 펴는 듯 보였다. 그 정도의 기개가 없으면 젊은 재능을 팔거나 할 수 없을 것이다.

"실은 저도 최신 미술 연감을 봤습니다. 히가시야마 씨의 작품은 1호당 백만 엔 그대로던데요."

"확실히 실력은 좋아지고 있는데 역시 팔리지 않으면 평가도 올라가지 않거든요."

"수요공급 관계라는 건가요?"

"안타깝게도 그렇습니다. 인기가 있으면 1호당 가격이

올라감과 동시에 평가도 올라가죠. 화단의 평가와는 별개라고 말하는 평론가도 있지만 실제로 팔리지 않으면 평가할 방법도 없어요."

약간 푸념조가 되는 건 레이코도 수요공급 관계에 휘둘리고 있는 탓일까.

"무엇이 인기를 결정짓습니까? 저 같은 미술에 문외한인 사람은 잘 모르겠어서요."

"그걸 알면 저 같은 화랑 경영자들도 고생하지 않죠."

"참고할 만한 과거 사례 같은 건 없나요?"

"속물적인 사례라면 있어요. 가령 연예인이 취미로 그린 그림이 이과전*에 입선하거나, 아니면 미술 말고 다른 분야에서 유명해진다든가……."

"실례지만 정말 속물스럽네요."

"우선은 인지도가 중요하죠. 슬프게도요."

레이코의 말투는 어딘가 냉담했다. 분명 이상과 현실의 괴리에 씁쓸함을 느낄 수밖에 없을 것이다.

"그림을 구매하시는 분들 중에는 미술 팬들이 많은데요, 그것만으로는 전체 파이가 너무 작아요. 미술 팬이 아닌 사람들의 관심을 끌어서 인기가 급부상하는 일이 결코

---

* 일본에서 매년 가을에 열리는 미술전. 회화, 조각, 디자인, 사진 분야에서 공모를 받는다.

드문 이야기도 아니고요. 요컨대 인지도를 얻는 것이 나쁜 게 아니라는 말이죠. 인지도가 생겼는데 작품이 별로라면 모를까, 작품까지 좋으면 인지도는 아주 좋은 추진력이 되고요."

"듣자 하니 꼭 미술에만 해당하는 이야기는 아닌 것 같네요."

"매스컴뿐만 아니라 인터넷 세계가 이렇게나 커지면 이런 경향은 더 심해지겠죠. 유명 연예인의 말 한마디에 어제까지 동네 빵집이었던 곳이 도내에서 가장 인기 많은 베이커리가 되는 시대니까요."

"현재 히가시야마 씨는 어디를 거점으로 창작활동을 하고 계신가요?"

"나가노현 이다시. 한계취락* 직전인 곳으로 자택을 작업실로 쓰고 있습니다."

"가족과도 함께 삽니까?"

"아뇨. 부모님은 돌아가셨고 독신이니 천애고아 신세죠. 그 고독감이 히가시야마 씨의 라이트모티프라는 관점도 있고요."

시골에서 혼자 생활. 이번 계획에 알맞은 조건이었다.

---

* 도시화, 고령화의 영향으로 인구의 절반 이상이 65세 이상 노인으로 구성되어 공동생활을 유지하기 힘든 마을.

"제가 오늘 여기 온 목적은 하나 더 있습니다. 그건 저희 은행이 맡고 있는 '갈등'의 담보가치를 올리는 것과 히가시야마 씨의 화단에서의 지위를 향상시키는 것, 이 두 가지를 성취하기 위해서입니다."

레이코는 약간 감탄하는 것처럼 말한다.

"우리 쪽 메리트뿐만 아니라 은행 측 메리트도 말해주시다니 호감이 가네요. 그런데 그 두 가지는 어차피 같은 것 아닌가요? 그림이 비싸게 팔리면 화단에서의 지위가 오르고, 그러면 그림도 비싸게 팔리겠죠."

"네, 맞습니다. 그러니 화단 측과 구매자 측이 협력하지 않으면 성공할 수 없는 시도이기도 합니다."

"윈윈 관계라는 둥 시시한 말씀 하시려는 건가."

"싫으십니까?"

"비즈니스 세계에서 유행하는 말들은 대체로 수상쩍은 것이니까요."

"그럼 이렇게 말하면 어떠실까요? 손해를 본다고 해도 그건 데이토제일은행과 여기 갤러리가 아니라고요."

"……정말 정직한 은행원이시네요."

"싫으십니까?"

"언매치는 황금비율과 똑같이 매력적이라고 생각해요. 어떤 시도인지 어디 한번 들어보죠."

"미리 말해두는데 반드시 정공법은 아닙니다."

"정공법은 미대 수업만큼이나 시시하다고 생각해서요."

공범자로서 나무랄 데 없는 사람이었군. 유키는 내심 싱글벙글하며 계획을 설명하기 시작했다.

유키가 레이코의 화랑을 나와 다음으로 향한 곳은 이치카와시 교토쿠에 있는 시이나 다케오의 사무소였다. 이번에는 사전에 약속을 잡아 면담 시간을 정했다.

오후 4시, 사무소를 방문하자 비서 다마키가 맞아주었다. 시이나 본인은 외출 중이고 그 대신 다마키가 대응하는 것은 이미 양해를 구한 상태였다.

"정말 의원님 본인이 아니더라도 괜찮나요? 10억 엔 상환에 관한 상담이겠죠?"

유키에게 소파를 권하며 다마키는 걱정스러운 듯 물었다. 낙선 의원의 비서로 전락했다고는 해도 상황에 어울리는 멘트를 잊지 않는 것은 역시 대단했다.

"오히려 다마키 씨가 응대해주시는 편이 좋습니다. 그러려고 사전에 약속을 잡은 것이기도 하고요."

"무슨 말입니까?"

"시이나 님은 돈 관계에는 좀 어두우시잖아요. 전에 다마키 씨가 그렇게 말씀하셨는데."

가볍게 날린 잽이라고 생각했는데 다마키에게는 조금 의외였던 듯하다. 뭐지? 라는 듯이 한쪽 눈썹을 치켜올린다.

"데이토제일은행이 괜찮다고 하면 다행이긴 한데요……10억 엔의 채권 포기는 검토해보셨습니까?"

"검토해보았습니다만 역시 무리입니다. 두 분께서 어떻게 생각하실지 모르겠지만 데이토제일은행에도 10억 엔은 결코 푼돈이 아니라서요."

"그럴 리가요. 뭐니뭐니해도 천하의 데이토제일은행 아닙니까."

"데이토제일은행한테 10억 엔은 손해에 들어가지도 않는다? 그건 간사장을 지낸 시이나 님의 금전 감각이라고 생각해도 괜찮겠습니까?"

공손하지만 실언이나 야유 등은 봐주지 않는다. 첫 면담에서는 다마키가 제멋대로 굴도록 내버려두었지만 두 번째 면담에서도 그렇게 할 생각은 없다. 상대가 이쪽 제안을 얼버무리려고 하는 이상, 방심해서도 안 되고 약점을 보여서도 안 된다.

"아뇨, 결코 그런 건 아니에요."

"잊으셨는지 모르겠지만 만족스러운 거래를 못 하게 된 지 벌써 5개월이 지나고 있습니다. 약관상 계약 해지이므로 우리 은행은 채권자, 시이나 님은 채무자라는 입장입니다. 내친김에 하나 더 말씀드리면 앞으로 한 달 안에 전액을 상환하지 못하거나 통상 거래로 돌아가지 못하면 KSC

에 6개월 연체 사고정보를 넘길 수밖에 없습니다."

정말 모르는 것일 테다. 다마키는 의아하다는 표정을 지으며 얼굴을 가까이 들이댔다.

"저, 그런데 KSC가 뭡니까?"

"전국 은행 개인 신용 정보 센터의 약자입니다. 이름대로 은행을 이용한 고객의 거래 내용 등 개인 신용 정보를 등록하고 있는 기관이죠. 거래 내용에는 당연히 연체나 법적 조치 등도 포함되고, 센터에 가입되어 있는 업자라면 언제라도 조회할 수 있고요. 물론 목적은 여신 판단의 정보를 조회하기 위해서고요."

"……그러니까 데이토제일은행에 연체 중인 고객은 다른 은행에서도 대출을 못 받고 문전박대당한다는 말입니까?"

"틀린 말은 아닌데 정확한 것도 아닙니다. 더 정확히 말하자면 은행은 물론이고 정상적인 금융기관에서는 전부 거절당하겠죠. 이 KSC는 다른 개인신용 정보기관과 제휴하고 있으니 한번 KSC에 사고정보가 등록되면 정보기관에 가맹하고 있는 카드 회사와 제2금융권에도 공유됩니다. 그쪽에서는 대출을 거절할 거고요, 받아주는 건 야쿠자 같은 사채업자뿐이겠죠."

"설마."

"제가 이런 걸 다마키 씨에게 왜 거짓말하겠어요. 심하게 들릴 수도 있지만 시이나 님은 다중채무자와 똑같은 취급을 받게 됩니다."

"채무자에 다중채무자. 오늘은 상당히 고압적으로 말씀하시네요. 저번에 제가 불쾌하게 응대했다면 사과하겠습니다만."

"고압적인 게 아니라 사실입니다. 모처럼 우리 은행을 이용하셨으니 고객에게 이익이 되는 것과 불이익이 되는 것 전부 정보를 드리는 것이고요."

언뜻 괴롭히고 싶은 마음이 떠올랐으나 간신히 억눌렀다. 상대방보다 정신적 우위에 서는 것은 어디까지나 유리한 입장에서 교섭을 진행하기 위함이며, 채무자를 괴롭히기 위해서가 아니다. 시이나가 어떤 의원이었는지는 채권 회수와는 전혀 관계가 없다. 자기 일을 빙자해 상대를 괴롭히면 하늘에 있는 야마가가 분명히 비웃을 것이다.

"다음 국정 선거에서 복귀할 생각이시겠지만 자금 조달에 어려움이 있으시겠죠. 시이나 님의 후원회도 예전만큼 활발한 것 같지 않고, 자금을 제공해줄 단체 중 대부분이 다른 후원자에게로 갔다고 들었습니다."

유키가 사전에 입수한 정보에 크게 틀린 점은 없는 듯하다. 다마키는 벌레를 씹은 듯한 얼굴이 된다.

"유키 씨. 화가 나신 것도 알겠지만 연못에 빠진 개에게 돌을 던지지는 말아주세요. 아무리 사실이라고 해도 막상 들으니 기분이 좋지 않아서요."

"그럼 꿈 같은 망상을 늘어놓고 시이나 님의 기분을 맞춰드리면 될까요? 10억 엔의 대출금은 상환하지 않아도 되고요, 저번 선거에서 참패한 것은 전부 운이 나빠서였죠. 시이나 님의 능력에는 아무 문제가 없습니다. 다음 선거에서는 분명 크게 이길 거고 민생당이 정권은 탈환해 이번에야말로 시이나 총리가 탄생할 겁니다."

"아뇨."

다마키가 쓴웃음을 지으며 그만하라는 듯 손을 내저었다.

"망상이라니 너무합니다만 그런 말은 들어도 괴롭습니다. 칭찬만 잔뜩 하면서 비꼬는 것 같은데 그게 가장 악랄한 짓이에요. 그런 말을 듣느니 차라리 괴로운 현실을 꼬집는 말을 듣는 게 낫겠네요."

"현실은 더 괴로울 수도 있습니다."

"지금보다 더 괴로운 현실이 있을 리가 없어요."

"아뇨. 대단히 마음이 무겁습니다만 우리 은행은 시이나 님에 대해 파산 신청을 검토 중입니다."

"뭐라구요?"

다마키의 안색이 싹 변한다. 설마 데이토제일은행이 이렇게까지 할 거라고는 예상도 못 했을 것이다.

데이토제일은행이 시이나의 파산 신청을 검토하고 있

다는 것은 거짓말이 아니다. 섭외부 부장인 가시야마와 그런 이야기를 한번 한 적이 있으므로 '검토했다'는 말에 거짓은 없다.

"알고 계신지 모르겠습니다만 원래 파산 신청은 채권자가 채무자의 재산을 확보하기 위해 진행하는 법적 절차입니다. 이 경우, 신청서에 기재된 자산과 부채의 균형을 보고 법원에서 파산 여부를 결정하겠지만 부채가 10억 엔이라면 뭐 분명 파산 결정이 나겠네요."

"도대체 무슨 생각이십니까?"

다마키의 목소리는 기분 탓인지 쉰 것처럼 들렸다.

"파산하면 이제 어떻게 할 수도 없게 돼요. 닭의 목을 비트는 짓이란 말입니다. 다시는 달걀을 손에 넣을 수도 없게 되고요."

"지금도 달걀은 낳고 있지 않잖습니까. 그렇다면 아직 건강할 때 닭가슴살로 만들어 먹어버리는 게 낫죠. 제대로 된 채권자라면 그렇게 생각할 겁니다. 하기야 10억 엔짜리 닭가슴살이라니 말도 안 되는 프리미엄인 느낌은 있지만."

살짝 농담하려고 한 말인데 다마키는 이제 웃을 여유도 없는 듯했다.

"그런데 파산을 하게 된다면."

"물론 파산 수속 중이어도 피선거권이나 정치 활동에 제한이 생기지는 않습니다. 그것만 봐도 일본은 정말 대단한 나라라는 생각이 드네요. 다만 이건 어디까지나 제도상의 이야기고 고시 시점에서 파산 경험이 있는 후보자를 유권 자들이 어떻게 볼지는 다른 문제죠. 다마키 씨는 오랫동안 시이나 님의 비서로 계셨는데, 이에 대해 어떻게 생각하십 니까?"

"……전에 같은 민생당 의원 중에 파산한 사실을 당 본 부에 보고하지 않고 당선된 의원이 있었습니다. 이래저래 결국은 탈당했지만 선거구 유권자나 당의 지지자들에게 서 상당히 반감을 샀죠. 그 후 민생당은 파산 전력이 있는 사람은 공천하지 않는다는 방침을 세웠고요."

"그런 것 같네요. 그러니 시이나 님이 파산하게 되면 공 천 없이 선거를 치러야 하군요."

무리다, 라고 다마키가 신음했다.

"가뜩이나 고비인데 공천까지 취소되면 어떻게 할 수도 없어요. 유키 씨. 그건 좀 기다려주실 순 없나요?"

마침내 다마키가 공손하게 나왔다. 지금까지 몰아붙여 서 퇴로를 하나씩 없앤 결과였다.

"다마키 씨. 저번에 10억 엔이 회수불능채권이 되어도 아무도 피해를 입지 않는다고 하셨죠. 확실히 겉으로는 그 렇습니다. 10억 엔을 못 받아낸다고 제가 즉시 회사에서 잘리는 것도 아니고 제 상사가 어떤 처분을 받는 것도 아니고요. 채권 포기된 10억 엔은 손금으로 계상되어 경비의 일부로 계산서에 기재될 뿐입니다. 하지만 그 생각은 역시 틀렸습니다."

유키는 다마키를 정면에서 쳐다본다.

"10억 엔의 채권 포기가 경비에 반영되면 당연히 데이토제일은행의 재무 내용이 악화합니다. 재무 내용이 악화하면 그만큼 대출로 돌릴 수 있는 자금이 줄어들겠죠. 즉 원래라면 대출이 가능했던 고객도 대출을 받을 수 없게 된다는 말입니다. 그게 다가 아니에요. 재무 내용 악화는 데이토제일은행의 신용 등급을 떨어뜨리는 요인이 될 수도 있습니다. 현재 주식이라는 것은 각 기업이 상호 보유하게 되어 있으므로 우리 은행의 주식을 가진 기업의 자산이 그만큼 줄어들게 되죠. 그렇게 되면 그 기업도 자산의 감소분을 어딘가에서 보충하지 않으면 안 될 거고요. 가장 손쉬운 방법은 인건비 삭감이겠죠. 직원 몇 명이 해고 대상이 되어 그 가족들까지 거리로 내앉을지도 모르고요. 그니까요, 다마키 씨. 아무도 피해를 안 입는 게 아니란 말입니다. 단지 피해를 입는 사람의 얼굴이 보이지 않는 것뿐이라고요."

다마키는 맥없이 고개를 떨군다.

"알겠어요……유키 씨, 당신 말이 옳아요. 하지만 파산 신청을 하면 정말로 시이나 님은 끝장이에요."

"은행의 의향과 담당자의 의향이 어긋나는 일은 자주 있습니다."

유키는 말투를 누그러뜨리고 말한다. 여기서 퇴로를 하나만 마련해두면 사냥감은 그쪽으로 달려온다.

"고객과 직접 만나냐, 그렇지 않냐의 차이죠. 결재권자는 데이터를 보지만 담당자는 사람을 보거든요. 시이나 님의 됨됨이를 아는 저로서는 파산 신청은 어떻게든 피하고 싶습니다. 하지만 이런 상황에서 시이나 님 측에서 채권 포기 등을 운운하시면 편을 들고 싶어도 그럴 수 없어요. 이건 좀 양해 바랍니다."

"그 건은 부디 잊어주세요."

다마키가 예의 바르게 사과한다.

"저는 비서로서 의원님의 말을 그대로 전했을 뿐이지 의원님도 악의가 있어서 그런 말을 하신 건 아닙니다."

"그러시겠죠. 그걸 확인해주셔서 감사합니다. 그럼 저도 상환 계획을 말씀드릴 수 있겠네요."

"상환 계획 말입니까?"

"머리를 짜내서 생각해봤습니다. 이거라면 10억 엔도 어떻게든 상환할 수 있지 않을까 싶습니다."

"감사한 말씀이긴 한데요, 현재 의원님에게 가능한 이야기입니까? 의원님도 말씀하셨겠지만 현재 의원님은 겨우 하루하루 생활하시는 형편이라, 억 단위나 백만 단위의 돈은 마련할 수 없는 상태……."

"돈을 마련할 필요는 없습니다. 필요한 건 이미 시이나 님이 갖고 계시니까요. 아니, 다마키 씨도 함께, 라고 말하는 게 적절하겠네요."

"저도요? 도대체 의원님과 저의 무엇이 필요하다는 거죠?"

"두 분의 교섭술이요. 역시 오랫동안 정계에 몸담은 분들이라 웬만해선 상대하기 어렵다고 느끼고 있던 참입니다. 그 교섭술을 쓰지 않을 도리가 없죠."

다마키는 더는 가만히 있기 어려운지 자꾸 엉덩이를 들썩인다.

"그것도 칭찬하면서 비꼬는 거예요. 그래서 저희가 도대체 뭘 하면 되죠?"

다마키가 넘어오면 시이나도 넘어온 거나 마찬가지다.

유키는 안도하며 계획을 설명하기 시작한다. 다마키의 얼굴은 점점 경악을 머금는다.

그로부터 4일 후, 유키가 섭외부실에서 보고서를 작성하고 있는데 가시야마가 달려왔다.

"유키 군, 봤어요? 그 실종 기사."

가시야마가 들고 있던 것은 은행이 나눠준 개인용 태블릿이다.

"여기 나온 히가시야마 도리, '갈등'의 작가인 히가시야마 도리 맞죠?"

거의 반강제적으로 태블릿 화면을 본다. 최신 인터넷 뉴스가 있었다.

나가노현 이다시에 사는 화가 히가시야마 도리 씨(37세)가 실종되었다고 지인이 이다 경찰서에 신고했다. 히가시야마 씨는 현대미술 화가. 제90회 이과전 입선. 지인의 말에 따르면 저번 달부터 연락이 끊겨 자택에 찾아갔더니 메모를 남긴 채 본인은 집을 나간 상태였다. 자택 주변은 자위대가 훈련에 사용하는 삼림이며, 메모 내용과 함께 히가시야마 씨의 신상이 염려되고 있다.

"이건 또 무슨 일입니까?"

가시야마는 곤혹스러운 듯 생각에 잠긴다.

"안 그래도 '갈등'은 은밀한 안건이에요. 이런 일로 사람들의 이목을 끌면 우리가 곤란해져요."

가시야마의 말이 맞다. 신주쿠 지점 지하에 잠들어 있는 10억 엔의 부실채권. 작가의 실종으로 이 존재가 드러나지 않으리란 법도 없다. 그렇게 되면 데이토제일은행의 안일한 여신 판단에 비난이 집중될지도 모른다.

"이제 더는 이야기가 안 복잡해졌으면 좋겠는데."

"부장님, 너무 소극적이십니다."

"무슨 뜻이죠?"

"내버려둬서 해결될 문제는 감정 문제 아닌가요? 돈이나 대출금은 내버려두면 악화하기만 할 테고요. 뭔가 액션을 취하지 않으면 사태는 바뀌지 않습니다."

"그건 그렇지만……작가가 행방불명인데, 그게 10억 엔 상환의 돌파구가 되기라도 해요? 미안하지만 난 이해가 안 되네요."

하지만 일주일 후 사태는 움직였다.

그날 발매된 전문지 '미술 매거진'에 실종된 히가시야마 도리에 관한 비평이 게재되었다. 필자는 도키타 히로마사. 유키는 몰랐지만 서양화 분야에서는 유명한 평론가였다.

신인 작가의 침체가 제기된 지 오래다. 최근 몇 년 동안 데뷔한 신인의 개인전은 전부 저조하며, 전시장의 임대료도 제대로 지불하지 못하는 경우도 있다고 한다.

생각해보면 10년 전에 화단은 활황이었다. 이과전에 입선한 젊은 작가들이 칼집에서 빼낸 칼 같은 개성으로 활동했기 때문이다. 특히 눈에 띄었던 것은 역시 히가시야마 도리였다. 그의 출세작 '과잉'은 그의 특색을 여지없이 전하는 야심작이었다.

그렇다. 히가시야마 도리는 어디까지나 과잉이다. 전통 회화의 수법을 수용하는 법, 일상 모티프와의 대조성, 주제의 부정, 이 모든 것이 기존의 테두리에서 벗어나 있다. 무겁게 가라앉은 색채는 현실 세계와의 유사성을 상기시키지만 그 안에도 다양한 현상이 원환적으로 그려져 있어 반드시 사실에의 접근을 시도한 것이 아님을 알 수 있다. 현실을 표현한 것처럼 보이는 필치는 무서울 정도로 느리며, 오히려 유동적인 현실을 부정하는 것으로도 해석할 수 있다.

과잉의 행위, 과잉의 작풍이 결국 도달하는 곳은 '자기붕괴'나 '정체'라는 것에는 이론의 여지가 없지만 필자는 히가시야마 도리가 어느 방향으로 향할지 숨죽이며 지켜본 기억이 있다.

그런데 바로 최근(마침 이 원고를 다 쓸 때쯤) 히가시야마 도리의 실종 소식을 들었다. 아틀리에에 남긴 메모에는 자신의 내면을 드러내는 것에 지쳤다는 내용이 쓰여 있었다고 한다. 그것도 당연하다. 그 정도로 과잉의 내면을 손쉽게 표출할 수 있을 리도 없고 3작, 4작을 계속 그려내는 게 오히려 위협이다.

히가시야마 도리의 작품 중 '갈등'이라는 100호 작품을 감상할 기회가 있었다. 그거야말로 그가 가진 감성의 전부를 캔버스에 칠한 필생의 대작이었다. 작품을 보고 구매를 망설였으나 지금 생각해보면 순간의 망설임이 후회스럽다. 구매를 결심했을 때는 이미 팔렸던 것이다. 지금 그 100호짜리 대작이 어느 호사가의 손에 넘어가 어떤 사랑을 받고 있을지 신경 쓰여 견딜 수가 없다.

작가와 함께 그림의 소식도 알 수 있기를 바란다.

4

　지요다구 마루노우치 2—1—1, 메이지 생명관 4층. 크리스티 재팬 옥션 회장.

　오후 1시, 개장과 동시에 유키는 회장을 찾았다. 채권 회수 관련해 다양한 현장에 나갔지만 경매 회장은 처음으로, 역시 어딘가 신기하다. 함께 온 가시야마도 마찬가지인 듯 평소에는 보여주지 않는 본모습을 무방비로 드러내고 있다.

　"경매라니 왜인지 상류층 느낌이 났었는데 정말 그렇네."

　가시야마는 경매 참가자들의 옷차림을 주시하고 있었다. 특별히 눈부시게 화려한 드레스나 격식을 갖춘 예복은 아니더라도 얼핏 봐도 고급 옷인 것을 알 수 있다.

　"몇백만 몇천만 단위의 물건을 경매에 부치려 하는 계층의 사람들이니까요. 매일매일 신발이 닳도록 회수 업무를 하는 우리들과는 사는 세계가 다릅니다."

　다른 참가자들과 위화감이 생기지 않도록 유키와 가시야마는 어울리는 옷차림을 하고 왔으나 평소에 안 입는 옷이라 어딘가 어색하다. 무심코 주변 사람들과 비교하게 된다.

　"뭐, 좋아. 우리는 참가자가 아니라 관찰자 입장이라고. 그렇다고 해도 의외네요. 설마 시이나 씨가 '갈등'을 경매에 출품할 줄이야."

유키는 덩달아 고개를 끄덕인다.

다마키를 통해 '갈등'을 출품하고 싶다고 제의를 받은 것은 일주일 전 일이었다. 연체 6개월째가 눈앞으로 다가왔기도 해서, 보고를 받은 가시야마는 놀라움을 숨기려고도 하지 않았다.

"농담하는 줄 알았다니까. 금융기관에 담보로 잡힌 그림을 경매에 내놓다니."

"그런데 부장님. 미술 연감에서 평가되고 있는 가격이란 건 부동산으로 치면 공시가격 같은 겁니다. 실세가격이 공시가격을 웃도는 일은 자주 있지 않습니까?"

"숨겨진 수요가 가격을 끌어올린다는 의미라면 이해해요. 하지만 그 그림에 그렇게 수요가 있을 것 같진 않아서……물론 가격이 상승할수록 우리한테 상환할 수 있는 금액이 커지니까 좋은 일이긴 하지만."

가시야마는 미적지근하게 말한다. '갈등'의 감정액은 현재 백만 엔. 경매에서 수요를 끌어올릴 수 있다고 해도 별반 달라질 게 없다고 소극적으로 생각하게 되는 이유다.

"이런 경매에 출품하면 매각 가격에서 수수료를 빼겠죠. 그럼 결과적으로 백만 엔 밑으로 떨어질 가능성도 있겠네요."

"부장님. 너무 약한 소리 하시는 거 아니에요?"

"섭외부에 적을 두다 보면 자연스레 신중해져서. 유키 군도 그렇지 않나요?"

확실히 신중해졌다. 하지만 한편으로 대담함도 겸비하게 되었다. 이전의 자신에게는 없었던 자질로 이는 분명 야마가의 영향이 업무 내용에 반영된 것일 테다.

"적어도 채권자인 우리라도 크게 기대해봐요. 안 그러면 '갈등'이 몹시 딱하잖습니까."

그것도 그렇네요, 라고 가시야마는 억지로 수긍한 것처럼 두세 번 고개를 끄덕여 보였다.

이윽고 갤러리가 꽉 차고 정각이 되자 진행을 맡은 경매인이 경매의 시작을 알린다. 능숙한 입담으로 인사말을 한다. 경매인은 경매 시스템과 주의사항을 막힘없이 설명한 후, 이렇게 덧붙이는 것을 잊지 않았다.

"이번 경매에는 히가시야마 도리의 작품 '갈등'이 출품되었습니다."

작가명이 발표되자 회장의 분위기가 달라졌다. 경매 첫 참가자도 회장에 긴장감이 감돌기 시작했다는 것을 피부로 느껴 알 수 있다.

"그럼 1번부터. 미얀마 비취 '사자화옥수족향로'. 40만 엔부터 시작합니다. 자, 그럼."

"50만."

"55만."

"60만."

"65만."

금액을 부르는 소리가 회장 여기저기에서 들린다. 전부 나긋한 목소리인데도 경매에서 이기려는 의지가 엿보이는 것이 흥미롭다.

이 회장에 몰려든 사람 중 몇 명이 아트 컬렉터일까. 분명 전부는 아닐 것이다. 그 안에는 전매를 목적으로 한 바이어도 섞여 있을 것이다. 다시 말해 경매 회장은 취미와 실익이 상극하는 장소이기도 하다.

"백만."

순간 목소리가 끊긴다.

"백만이 나왔습니다. 또 다른 분 계신가요?"

"105만."

"105만, 나왔습니다."

"115만."

다시 회장이 조용해진다.

"115만. 또 없으신가요? 없는 것 같네요. 그럼 이 작품은 115만 엔에 낙찰되었습니다. 다음 2번으로 넘어갑니다. 드가의 드로잉. 이건 850만 엔부터 시작합니다. 자, 그럼."

"900만."

"950만."

"960만."

"980만."

"천만."

"천 백만."

"천 2백만."

"천 5백만."

"2천만."

"2천 5백만."

"3천만."

뭔가 무섭네요, 라고 가시야마가 말한다.

"가끔 TV에서 경매 장면을 보긴 했지만 실시간으로 보니 긴장감이 정말 달라요. 참가하고 있지 않은데도 심장이 터질 것 같네요."

홍분하는 이유는 머리 위를 오가는 금액 때문이기도 하다. 역시 유키나 가시야마와 같은 문외한에게 단 한 장의 그림이 자신의 생애 임금을 가볍게 뛰어넘는다는 사실은 머리로는 이해해도 체감으로 와닿지 않는다.

"6천만."

"6천 5백만."

"7천만!"

"7천만까지 나왔습니다. 다른 분 또 계신가요?"

"7천 5백만!"

"7천 5백만입니다. 또 있으신가요? 없으신 것 같네요. 그럼 7천 5백만 엔에 낙찰입니다."

그 후에도 16세기 서양 접시, 위작 가능성을 버릴 수 없는 유명 작가의 소품, 작고한 록 스타의 의상 등이 경매에 나왔으며, 대략 유키 일행과는 인연이 없는 가격으로 낙찰되었다. 익숙함이란 건 무서운 것으로 경매도 후반이 될수록 금전 감각이 마비되기 시작해, 1억 엔이라는 금액마저 단지 숫자놀음으로만 보이게 된다.

그리고 경매인이 한층 더 큰 소리로 알렸다.

"그럼 오늘의 주목 작품입니다. 8번, 히가시야마 도리의 '갈등'."

안내 멘트와 함께 현물이 단상으로 옮겨 온다.

"2백만 엔부터 시작합니다."

갑자기 2백만 엔이라는 금액에 가시야마는 눈을 크게 뜬다. 수수료 포함 금액이라고 해도 꽤 큰 가격 설정임은 분명하다.

그러나 가시야마를 놀라게 한 것은 그 후의 전개였다.

"천만."

처음부터 큰 단위. 게다가 목소리는 한순간도 끊기지 않았다.

"2천만."

"3천만."

"1억."

"1억 5천만."

"잠깐. 이거 뭐야."

가시야마는 당황한 듯 주위를 둘러본다.

"2억!"

"2억 5천만!"

"분명 도키타 히로마사의 평론과 작가의 실종이 시너지 효과를 발휘한 거겠네요."

당황한 가시야마를 안정시키기 위해서 유키는 아마추어이면서도 해설을 시도한다.

"종적을 감춘 재능, 저명한 평론가가 필생의 대작이라고 칭찬한 100호 그림. 작가 본인이 사라지면 이 이상의 작품은 두 번 다시 나오지 않을 수도 있잖아요. 그런 충격적인 기대치가 반영된 경매 같아요."

"3억!"

"3억 5천만!"

"4억!"

"4억 5천만!"

"5억!"

"5억 5천만!"

경매가가 3억 엔을 넘었을 무렵부터 경매자는 두 명으로 좁혀졌다. 한 명은 40대로 보이는 중년 남성. 다른 한 명은 기품 있는 노부인이었다.

"6억 5천만!"

"7억!"

"7억 5천만!"

회장의 분위기가 순식간에 긴장되어 간다. 중년 남성과 노부인의 맞대결. 다른 참가자들은 숨을 죽이고 두 사람의 대결을 지켜본다.

확실히 이상한 분위기가 회장을 지배하고 있었다. 그림 한 장을 둘러싸고, 터무니없는 금액이 두 경매자 사이를 오간다. 경매에서 이기면 열락, 지면 실망이라는 단순한 구도가 아니라 이겼다고 해도 그게 적정 가격을 크게 벗어나면 승리감보다 더한 후회가 덮쳐 온다. 하지만 끝없이 올라가는 금액과 흥분이 적정 가격을 사고의 저편으로 쫓아버린다.

마치 치킨 게임*이라고 유키는 생각했다. 골인 지점도 보이지 않는 낙찰 금액을 향해 두 대의 자동차가 휘발유 대신 돈다발을 뿌리며 폭주한다. 벼랑에서 떨어지기 일보 직전에 멈추는 것은 어느 쪽일까. 골인한 것은 좋지만 그대로 계곡으로 떨어져버리는 건 아닐까.

"8억 5천!"

---

* 어느 한쪽이 양보하지 않을 경우 양쪽이 모두 파국으로 치닫게 되는 극단적인 게임이론.

"8억 7천!"

"이런. 기분이 별로네."

가시야마가 가슴을 쓸어내리며 앓는 소리를 한다.

"어째서 저런 그림에 8억 엔이라는 금액이 붙는 거야. 아무리 작가가 실종되었다고 해도 그렇지."

"부장님. 잘 봐주세요. 경매가가 우리 채권액에 접근하고 있습니다."

"9억!"

"9억 5천!"

"9억 7천!"

"······10억!"

중년 남성이 쥐어 짜내는 듯한 목소리를 냈다.

10억 대가 나오는 순간, 회장 안이 일제히 술렁거렸다.

"조용히 해주세요. 아직 경매 안 끝났습니다. 10억, 10억 나왔습니다. 거기 계신 부인, 더 없으신가요?"

질문을 받은 노부인은 잠시 경매 상대를 쳐다보더니 곧 굳은 표정으로 경매인 쪽으로 돌아선다.

"10억 5천."

이번에는 중년 남성이 다급해진 듯 얼굴을 찌푸린다. 두 사람의 데스매치. 참가자들은 이미 구경꾼이 되어 두 사람의 일거수일투족에서 눈을 뗄 수 없다.

"······12억!"

경매폭을 단숨에 넘는 12억. 과연 이게 한계일 것이다. 노부인은 분한 듯 경매 상대를 노려볼 뿐이었다.

"12억 나왔습니다. 부인, 더 있으십니까? 없으시네요? 그럼 히가시야마 도리의 '갈등', 이쪽 분께 12억 엔에 낙찰되었습니다."

그 순간 중년 남성은 기진맥진한 듯 고개를 떨구었다.

경매에서 이긴 그에게 축하 박수가 쏟아졌지만 중년 남성은 미소 하나 짓지 못하고 있었다.

"끝났습니다, 부장님."

유키가 말을 걸어도 가시야마는 아직 멍해 있다.

"박수 소리 안 들리세요? 이건 우리를 향한 칭찬의 박수예요."

경매 종료 후, 다마키를 통해 원금 10억 엔과 6개월분의 이자 전액을 상환받았다.

무사히 한 건을 마무리했으므로 다음 야마가 안건을 체크하고 있는데 책상의 내선전화가 울렸다.

—유키 주임, 신주쿠 경찰서의 스와 님께서 찾아오셨습니다. 사전에 약속은 안 하신 것 같네요.

역시 찾아온 건가. 이쪽도 이제 슬슬 올 거라고 예상하고 있었다.

"상관없습니다. 제가 뵈러 갈 테니 1층 대합실로 안내 부탁드립니다."

무슨 말을 할지 대강 예상은 하고 있다. 유키는 딱히 당황할 것도 없이 대합실로 향한다.

"해냈군."

얼굴을 보자마자 스와는 위협하듯 말했다.

"뭘 말입니까?"

"시치미 뗄 셈인가? 어제 경매에서 시이나가 소유하고 있던 그림이 12억 엔에 낙찰되었지. 전부 당신이 꾸민 일이겠고. 경매가 끝난 직후 지금까지 행방불명되었던 히가시야마 도리가 불쑥 나타났어. 본인은 소란을 피웠다고 몹시 미안해하고 있지만 그림을 그릴 줄만 알지 세상 물정은 모르는 사람이 그런 걸 생각해냈을 리 없어. 이 연극을 꾸민 장본인은 따로 있다는 말이지."

그 뉴스는 유키도 확인했다. 이다 경찰서에 출두한 히가시야마는 실종된 기간에 자신의 이름이 이렇게 크게 거론되어 놀랐다고 한다.

스와의 견해는 옳다. 전부 유키가 레이코에게 불어넣은 계획의 일부였다. 우선 히가시야마를 실종 상태로 만든 후 레이코가 스스로 신고서를 제출한다. 한편 레이코와 절친인 도키타에게 기사를 쓰게 해 '갈등'에 프리미엄 느낌을 더한다. 이런 식으로 작업을 해두면 경매에서 '갈등'에 파격적인 가격이 붙어도 어느 정도 위화감을 불식시킬 수 있다.

"그게 다가 아니야. 2과가 낙찰자의 신분을 조사했더니 정부계 금융기관, 그것도 민생당 총재 선거 무렵, 자금을 제공했다는 소문이 있던 은행과 관련이 있다더군."

이 이야기에는 다마키와 시이나가 얽혀 있다. 시이나가 한 일은 10억 엔 우회 대출이라는 밀약을 앞세워 해당 정부계 금융기관을 압박하는 것이었다. '갈등'을 경매에 출품할 테니 10억 엔 이상으로 낙찰. 거절하면 지금 당장 경시청 수사2과로 달려가 밀약 내용 전부를 밝히겠다ㅡ.

당황한 것은 정부계 금융기관이다. 시이나의 요청을 거절하면 채무 초과에 빠졌을 때, 당시 간사장이었던 시이나가 채권 포기로 편의를 봐주려고 했던 것이 드러난다. 당시 정부와의 유착이 밝혀지면 임원의 목이 날아가는 것에서 끝나지 않는다. 금융기관으로서는 이런 불미스러운 일을 12억 엔에 막은 것이 된다.

한편 시이나 입장에서는 금융기관과의 밀월에 종지부를 찍은 것이 되지만 파산 신청 때문에 공천을 받지 못하는 쪽이 더욱 심각한 문제였다. 유키의 제안을 받아들인 것은 고뇌 끝에 한 선택이었을 것이다.

"그런 그림에 12억 엔이라는 가격이 붙다니. 은행이 출자원이라면 12억 엔을 바닥에 버려도 상관없을 텐데. 엄청난 연극을 꾸몄군. 맞나?"

스와의 말이 가슴을 후빈다.

하지만 가슴 깊은 곳까지는 닿지는 않는다.

연극이라는 말을 들으면 거기까지다. 하지만 계획에는 유키 나름의 배려가 있었다. 이번 10억 엔의 채권도 따지고 보면 정부계 금융기관이 약속을 어긴 것이 원인이었다. 그렇다면 장본인에게 책임을 지게 하는 것이 맞지 않는가. 게다가 이 연극 덕분에 지금까지 도무지 싹이 나지 않던 히가시야마 도리는 일약 화단의 총아가 되었다. 100호 작품에 12억 엔이나 되는 가격이 붙었으니 당연한 결과다. 설령 실속이 없어도 실력이 있으면 그 자리에서 바로 무너지지 않고 화단에 머무를 수 있다. 레이코한테서는 지극히 감사 인사를 받았을 정도다.

갈등의 원인을 제공한 사람에게 책임을 지게 한다. 유키가 제대로 된 사회인으로서 다시 생각한 결론이 그거였다. 경매에서 '갈등'을 낙찰시켰을 때도 그렇다. 중년 남성도 노부인도 전부 금융기관 관계자였다. '갈등'에 잠재적 가치가 있고 그것이 경매에서 구현된 것처럼 연출하기 위해 히가시야마 도리의 실종, 도키타의 보도기사, 그리고 경매에서의 경쟁이 한 세트였던 것이다.

"무슨 의미에서 연극이라고 하셨는지는 모르겠지만 결론적으로 누구도 피해를 입지 않았다고 생각합니다."

"2과는 그렇게 생각하지 않아."

스와는 활을 쏘는 듯한 시선을 유키에게 쏟아붓는다.

"해당 정부계 금융기관과 시이나의 관계를 파헤치는 단계에 왔는데 이제 양쪽의 인연이 뚝 끊겼잖나. 2과의 높으신 분들은 대단한 방해꾼이 끼어들었다며 데이토제일은행의 유키 신고를 전범 취급하고 있고."

"이런 소시민을 상대해서 어쩔 생각이십니까? 맞서야 할 상대라면 다른 곳에 있을 텐데요."

"……점점 뻔뻔해지는군."

"무슨 말씀이세요. 저는 지극히 소심한 회수 담당자일 뿐입니다."

"뭐, 됐어. 난 부탁한 것만 해주면 불만은 없으니. 그래서 시이나 다케오와 다마키 고조, 두 사람은 야마가의 살해 용의자 같은가?"

"음. 그건 제대로 확인했어요. 야마가 씨가 살해당한 5월 28일부터 다음 날 29일에 걸쳐서 두 사람은 해당 금융기관 담당자와 술자리를 가지고 있었습니다. 3차까지 계속되어 새벽 4시에 헤어졌다고 하더군요. 다마키 씨가 들렀던 가게를 전부 기억하고 있어서 입증하기도 쉬울 겁니다."

"잠깐만."

스와는 눈을 부라리며 유키에게 다가간다.

"자신을 배신하고 대출을 멈춘 상대와 술자리라니. 뭐

하는 거야?"

"배신당했어도 시이나 씨에게는 소중한 대출원. 금융기관에도 시이나 씨는 확률이 낮아졌다고는 해도 후원해야 할 대상. 그런 인연은 어지간한 일이 없는 한 이어지겠죠."

반쯤 어이없어하는 스와를 보자 유키도 덩달아 한숨이 나왔다.

시이나 일행의 유착에 질린 탓도 있었지만 다음에 있을 야마가의 안건이야말로 최대의 난관이었기 때문이다.

그리고 아마도 야마가 살해의 가장 유력한 용의자이기도 했다.

5장

광인

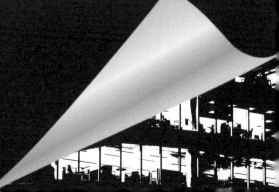

1

　—신용 대출은 사람을 보고, 담보 대출은 물건을 봐.

　이는 유키가 영업계에 있을 때 들은 말이다. 연수원에서
는 대출의 종류에 얽매이지 말고 고객을 대하라고 배우지
만 현장에 투입되면 대응도 달라진다. 억을 넘는 대출은
아무래도 담보가 우선이 되기 쉽다. 이번 야마가 안건에
착수하기에 앞서 유키가 먼저 담보 물건을 확인하려고 한
것은 그런 이유 때문이기도 했다.

　지요다구 후지미 2번지. 이 일대는 초등학교에서 대학
교까지 늘어서 있어, 마치 학원도시 같다. 와세다 거리
를 직진해 가도카와 서점—아니, 지금은 회사명이 바뀌어

KADOKAWA였던가 — 앞을 지나쳐 앞으로 더 가서 샛길로 들어가면 거리가 사뭇 달라진다. 우선 4백 제곱미터 정도의 공터가 나타나고, 그 앞에 자동차가 겨우 스쳐지나갈 정도로 좁은 도로가 뻗어 있다. 양쪽에는 음식점 등의 점포가 즐비하고 큰 도로와 교차하기 직전까지 오면 또 4백 제곱미터 정도의 공터가 출현한다. 이 공터를 바로 위에서 내려다보면 꼭 철제 아령 같은 형상일 것이다.

두 개의 공터는 각각 철조망으로 둘러싸여 있었고 그 안에는 크고 작은 쓰레기가 널브러져 있다. 빈 캔이나 과자 봉지는 여기를 쉼터라고 생각하는 자들의 흔적일까. 그 외에도 구식 가전제품이나 낡은 가구의 불법 폐기장소가 된 듯하다. 관리 책임을 묻고 싶지만 공교롭게도 두 토지는 권리관계가 복잡하게 얽혀 있어 책임자도 애매한 상태다.

다만 등기부상의 소유자는 확정되어 있다. '아칼 에스테이트'라는 디벨로퍼로, 이번에 유키가 맞서야 할 상대이기도 하다.

그뿐이라면 유키가 딱히 채무자를 만나기를 주저할 이유가 없다. 문제는 '아칼 에스테이트'가 지정폭력단 고류회宏龍会의 프론트 기업이라는 사실이었다.

폭력 단원에 의한 부당 행위 방지책에 관한 법률, 이른바 폭대법에 따라 시노기*가 끊긴 폭력단이지만 그들은 버블 경제 이전부터 표면상 사업을 도모하고 있었다. 프론트 기업은 그 첨병이라고도 말할 수 있다. 회사의 중역은 하나같이 프론트 기업의 사제이며, 수익은 폭력단의 주머니로 들어간다. 겉보기에는 정당한 기업활동이라 경찰도 쉽사리 손을 대지 않는다.

하지만 폭력단임은 분명한데 어떻게 그런 상대에게 돈을 빌려줬는지 유키는 투덜거리고 싶어진다. 게다가 남은 채무는 55억 엔으로 반년 넘게 연체 중이다. 데이토제일은행은 이 안건을 부실채권으로 간주하고 있지만 금액이 금액인 만큼 간단히 대손 처리를 할 수도 없다.

야마가가 남긴 메모에 따르면 사건의 시작은 시가지의 재개발이었다. 이 일대는 교통편도 좋고 평단가도 높다. 하지만 소규모 점포와 주택이 여기저기 난재해 있어 본래 자산 가치를 활용할 수 없다는 흠이 있었다. 여기서 나온 것이 지아게地上げ**에 의한 일괄 개발이다.

지아게란 결국 주민을 쫓아내는 작업이다. 소위 미움받는 역인 데다가 때로는 강제적인 수단도 필요하기 때문에 이것이 폭력단의 일임은 자명한 이치였다.

---

* 폭력단의 수입 또는 수입을 얻기 위한 수단.
** 자투리 땅을 사 모아 재개발로 수익을 극대화하는 부동산 투기.

당초 예정으로 이 근처 일대 4천 8백 제곱미터를 사들일 계획이었다. 토지구획정리사업으로서 도쿄도에서 인가도 받아, 몇몇 대형 건설 회사가 공동으로 대규모 재개발을 진행한다. 4천 8백 제곱미터의 부지에는 종합 쇼핑몰이 있는 상업 빌딩을 건설하겠다는 청사진이다. 토지구획정리법을 기초로 하는 구획정리는 도시계획법을 근거로 하는 개발인가에 비해 절차도 간단하고 게다가 넓은 토지로 용적률도 최대 5백 퍼센트까지 전망된다. 고층 빌딩을 건설하기에 안성맞춤인 조건을 갖춘 것이다.

더불어 주변 주민들도 재개발을 원하고 있었다. 이 주변 일대는 인구 감소와 빈집의 증가로 방범, 방화의 측면에서 치안이 불안해지고 있었기 때문이다. 이곳에 거대한 상업 시설이 완성되면 일단은 이런 위험과 불안에서 벗어날 수 있다. 즉 이 지역의 재개발은 기업 측과 주민 측에 이점을 주는 계획이었다.

여기서 '아칼 에스테이트'가 나서서 토지 매입 교섭을 개시했다. 땅을 전부 사들인 후 생기는 광대한 공터를 주변 토지 가격보다도 상당히 높은 가격으로 매매하겠다는 구두 약속이 '아칼 에스테이트'와 대형 건설 회사 사이에서 오가고 있었다. '아칼 에스테이트'는 즉시 매입 자금으로 70억 엔을 데이토제일은행에서 빌렸다. 그 당시 '아칼 에스테이트'는 맨션 두 동을 가지고 있어서 이를 담보로 할 수 있었다.

여기서 데이토제일은행의 입장을 설명하자면 공터가 될 예정인 토지 8백 제곱미터에 70억 엔의 담보를 설정하는 것은 무모하다고 볼 수 있지만 대형 건설 회사의 전매가 확실하다는 사정이 계약을 성립시키는 요인이 되었다. 결재자의 눈은 수상한 디벨로퍼가 아니라 대형 건설 회사 쪽을 향하고 있었기 때문이다.

출발은 순조로운 듯했다. 건축연수가 지난 단기계약형 맨션 두 동의 입주자와 논의 끝에 우선 이 두 동을 철거해 공터로 만들었다. 그게 두 개의 공터다. '아칼 에스테이트'는 마치 구멍이 난 것처럼 스프롤화*된 상태를 일소하기 위해 돈과 폭력의 힘으로 남은 소규모 점포를 차례차례 공터로 만들어갔다.

하지만 그러던 와중에 큰 벽이 앞을 가로막았다. 2008년 리먼 쇼크가 발생한 것이다. 상업 빌딩 안에 종합 쇼핑몰 이외의 고액의 분양 맨션도 건설할 계획이었는데, 앞선 금융 쇼크 때문에 기업과 개인의 수요가 급감하고 말았다. 시공주들도 자금 사정이 어려워지자 갈수록 수요자가 바라지 않는 빌딩을 건설하는 것에 난색을 표하기 시작했다. '아칼 에스테이트'와는 구두 약속을 한 것뿐이므로 여기서

---

* 무계획적 택지조성으로 산림과 농지가 택지화돼 가는 현상.

하차한다고 해도 책임질 일도 없다. 그런 이유로 대형 건설 회사는 재개발에서 손을 떼고 말았다.

깜짝 놀라 당황한 것은 '아칼 에스테이트'다. 지아게 교섭은 아직 진행 중인 데다가 어떤 토지는 스프롤화된 상태 그대로. 하지만 핵심인 건설 회사가 재개발에서 손을 뗀 것이 대중의 이목을 사게 되었고, 회사의 허점을 본 토지 소유자들은 일제히 가격을 올리기 시작했다. 교섭은 장기전이 되어 '아칼 에스테이트'는 매달 상환도 연체하는 상황에 이르렀다. 마침내 남은 채무가 55억 엔이 된 시점에서 자금은 고갈되고 지아게 교섭은 사실상 무산되었다. 남은 것은 구멍 난 상태의 공터로 이는 담보로 잡혀 있지만 매각해도 30억 엔 정도밖에 되지 않는다. 채무자가 채무자인 만큼 데이토제일은행도 저당권을 실행하지 않고 있는 것이 현재 상황이었다.

이런 채권을 떠맡은 야마가가 무슨 생각으로, 어떻게 회수하려고 했는지는 노트에는 쓰여 있지 않다. 정말 고민스러운 숙제를 남겨 주었지만 도자이은행과의 합병이 주지의 사실이 된 지금, 손가락을 빨면서 보고 있을 수만은 없다.

합병설을 알아낸 것은 경제지였다. 두 은행의 일급비밀인데도 불구하고 저번 주 월요일에 터뜨렸다. 그날은 두 은행 전부 주가가 변동성이 심해 다른 은행주에까지 영향을 끼쳤다. 두 은행 톱이 부정 입장을 표명해 사태는 진정되었지만 새삼 높은 관심에 놀란 하루였다.

두 은행 톱이 부정해봤자 다음번에도 툭 하면 합병설이 떠오를 게 분명하다. 이런 사건도 있어서 데이토제일은행의 부실채권 압축은 점점 중요한 과제가 되었다. 아무리 상대가 폭력단이라고 해도 이대로 방치하면 합병의 세부 사항을 논의할 때 분명 장애가 될 것이다.

학생과 회사원이 오가는 도심부에 생긴, 구멍 난 듯한 이상한 공간. 이것이야말로 지아게의 전형적인 실패 사례이며, 스크랩 앤 빌드밖에 성장하지 못하는 이 나라의 참상이기도 하다.

재개발이니 새로운 도시구상이니 거창하게 드높이면서 한편으로 토지 매입이나 퇴거는 반사회적 세력의 협력에 의존할 수밖에 없다. 잘 되어 갈 때는 문제는 없지만 실패하면 즉시 이율배반의 추악한 부분이 드러나고 만다. 그리고 지금부터 유키가 만나러 온 것은 이러한 추악함의 상징이다.

유키는 짧게 한숨을 내쉬었다.

'아칼 에스테이트'는 신주쿠 산초메에 있었다. 뒷골목에 있는 주상복합 상가 따위가 아니라 당당한 오피스 빌딩 안에 있어서 사정을 모르는 사람은 누구도 프론트 기업이라고 생각하지 못할 것이다.

입구에 들어가 안내 표지판에서 사명을 발견하자 갑자기 무릎이 떨리기 시작했다. 회사 사장에 신흥종교 관계자에 전 국회의원. 채권 회수를 하며 다양한 업종, 다양한 직함의 사람과 만났지만 폭력단은 또 처음이었다.

유키는 학생 시절부터 싸움 쪽은 영 아니었다. 무엇보다 싸움에 자신 있는 반 친구들에게 되갚아줘야겠다고 공부에 힘쓴 결과가 데이토제일은행에 입행한 것과도 연결된다고 생각하자 괴로웠던 과거에 감사하고 싶어질 정도다.

이런 어린 시절을 보냈기 때문에 폭력에는 여전히 약하다. 야마가 안건을 자세히 조사하다가 프론트 기업의 이름을 확인했을 때는 이 안건만은 다른 사람에게 떠넘기고 싶다고 생각했을 정도다.

하지만 채무자가 폭력단이라는 이유로 도망치면 야마가의 뜻을 계승한 것이 아니게 된다. 채권액도 막대해서 이를 처리하지 않으면 섭외부의 존재의의도 추궁당할 것이다.

유키는 자신의 뺨을 두 손으로 두드렸다. 아주 잠시 안정될 뿐이지만 아무것도 하지 않는 것보다는 나을 것이다. 심호흡을 한번 하고 나서 엘리베이터에 탄다.

5층에서 내려 사무실로 향한다. 사전 약속을 했으면서 부재중이기를 바라는 건 처음이었다.

사무실 문에는 '아칼 에스테이트'의 간판이 걸려 있었다. 금속 간판이 아니라 극히 평범한 디자인이었지만 역시 긴장감을 떨칠 수는 없다.

안으로 들어가니 접수처에 중년 여성이 앉아 있었다. 분명 인상이 험악한 젊은이들이 기다리고 있을 줄 알아서 조금 맥이 빠졌다.

"데이토제일은행의 유키 씨? 안쪽 방으로 오세요."

간판과 마찬가지로 내부 인테리어도 평범하다. 방문 전에 떠올렸던 등불이나 다이몬*은 어디에도 없다.

"어서 오시죠."

한쪽 방에서 맞으러 나온 것은 대표이사 야나기바 아키오라는 남자였다. 나이는 40대 중반, 긴 머리를 뒤로 묶어 정갈한 모습이다. 경호를 하는 건지 야나기바의 양옆에 두 직원이 서 있다. 무표정과 건장한 체격이 신원을 말해주고 있다.

새로운 담당자로서 인사하며 명함을 건넸지만 야나기바는 제대로 보려고도 하지 않았다.

"야마가 씨의 후임이신가? 그 사람 후임은 누구라도 고생할 것 같은데."

"과장님과는 자주 만나셨습니까?"

"두 번 정도. 강한 인상을 주는 사람이었네."

야나기바는 그리운 듯이 먼 곳을 바라보았다.

---

* 야쿠자 일가를 상징하는 문장.

"행원이라고 하면 왠지 비실비실한 이미지가 떠오르는데, 그 사람은 배짱이 두둑했지. 행원을 하기엔 아까울 정도로…… 이런 말실수를 했군."

"아닙니다. 배짱이 있으셨던 것은 저도 잘 압니다."

"후임이라고 하니 어차피 우리 쪽 출신과 채무, 사정도 알고 있겠네?"

"일단은요."

"그럼 이야기가 빠르겠군. 채권자한테 폼을 잡아봤자 소용도 없을 테고."

제대로 된 회사의 사장이라는 옷을 벗어 던질 셈인가. 유키는 몰래 태세를 갖춘다.

"뭐, 출신이 어떻든 우리는 관련 법규를 준수해 업무에 임하고 있으니 떳떳하지 않은 건 추호도 없네. 그래도 어떤 상황에서는 배짱이 두둑한 사람이 필요하기도 한데 야마가 씨가 그런 점에서 아주 최적이었지."

"겨우 두 번 만나신 거잖아요."

"유키 씨라고 했나. 당신네 행원들도 대금업자라면 눈앞에 있는 고객의 됨됨이를 관찰하려고 할 테지. 우리도 마찬가지네. 이 녀석이 비즈니스 파트너가 될지 아니면 경쟁자가 될지 순식간에 판단해야 할 때가 있거든. 아니, 야마가 씨 경우는 그런 식으로 관찰할 것까지도 없었어."

야나기바는 유쾌한 듯 웃는다. 웃으니 의외로 붙임성 있는 얼굴이었다.

"어쨌든 첫 만남에서 하는 말이 '당신들은 상환할 생각이 없는 겁니까, 아니면 돈이 없는 겁니까'였으니까. 얼떨떨하더군. 왜 그런 걸 묻냐고 하니 답변에 따라 상환 계획을 생각해야 해서 그렇다며. 우리 배후에 어떤 조직이 있는지 알면서도 그렇게 말한 거라면 엄청난 양반인 거지."

"그래서 사장님은 어떻게 대답하셨습니까?"

"명색이 대표이사인데 상환할 생각이 없다고 어떻게 말하겠나. 지금은 여력이 없다고 했더니 그럼 함께 생각해봅시다, 라고 하더군."

"야마가 과장님은 어떤 제안을 하셨나요?"

"처음에는 이쪽 재무 내용을 자세히 알고 싶으니 장부를 달라고 했네. 비밀 장부까지 전부. 우리도 속속들이 다 보여주고 싶진 않아서 차갑게 돌려보냈는데 끈질기게 또 찾아오더군. 실랑이를 꽤 오래 했네. 그러다 밤늦은 시간이 돼서 일단 돌아갔고. 그게 5월 27일 일이오."

순간 가슴이 뛰었다. 야마가가 살해당하기 전날이 아닌가.

"다음 날 또 만나기로 약속했는데 시간이 돼도 야마가 씨가 안 오더군. 역시 손을 뗐나 하고 생각하고 있는데 신문에서 사망 기사를 봤고 엄청 놀랐네. 뭐 한편으로는 이해도 갔지만."

"왜죠?"

"뛰어난 사람은 언제나 미움받으니까. 적한테도, 아군한테도."

나도 모르게 표정이 변했을 것이다. 야나기바는 유키의 얼굴을 바라보며 의미심장하게 웃어 보였다.

"아, 설마 내가 야마가 씨를 살해했을 거라 의심하는 건가?"

"아뇨. 그럴 리가요."

"사건 후에 신주쿠 경찰서 사람들이 여기도 왔었네. 평소와는 좀 다른 모습이라 신선했는데, 알리바이를 묻고 솔직히 대답하자 그대로 돌아가더군."

그게 어떤 내용의 알리바이였는지, 나중에 스와에게 확인할 필요가 있다.

"그런데 무슨 용건으로 온 건가? 설마 행원이 형사 흉내를 내는 건 아닐 테고."

"맞습니다. 오늘은 인수인계 보고와 상환 계획의 대책에 관해 말씀드리고 싶어서 찾아왔습니다."

"상환 계획의 대책 말이군. 그건 야마가 씨가 만든 원안에 입각한 건가?"

어디까지 말해야 좋을지 망설이고 있자 야나기바는 유키를 측은하다는 듯이 고개를 저었다.

"하긴 그럴 리가 있겠나. 아무리 야마가 씨가 우수한 회수맨이라 해도 그렇게나 빨리 55억 엔이나 되는 돈의 상환 계획을 세울 수 있을 리 없겠지. 야마가 씨의 원안이 있었다면 유키 씨도 진작에 찾아왔겠고."

"그건 또 모를 일이죠. 저희도 금융의 프로입니다. 상환과 대출은 한 쌍이고요."

가는 말이 고와야 오는 말이 곱다. 유키는 무심결에 반론한다.

"그 말은 빌려준 돈이라면 회수하지 못할 리가 없다는 뜻인가? 그럼 지금 이 상황은 뭘까? 그거야 십만, 백만이라면 몰라도 금액이 억을 넘으면 차원이 달라지니까."

야나기바의 웃음에 불온한 것이 섞인다.

"푼돈 정도는 버티면 어떻게든 돼. 하지만 억을 넘으면 목숨을 담보로 할 정도는 돼야지."

처음으로 엿보인 흉포함이었다.

"어디까지나 가정해서 하는 얘기인데, 1억 엔에 사람 한 명, 55억 엔이라면 55명의 목숨을 담보로 해야지. 하핫, 마치 전쟁 같군."

"그런 이야기는 다음에 듣기로 하고요……결산보고서를 볼 수는 없을까요? 야마가 과장님이 말씀하셨듯이 비밀 장부까지 전부 다요."

그때였다.

아무런 예고도 없이 야나기바가 오른발을 크게 들어올

려 테이블 위에 있는 재떨이를 걷어찼다. 크리스탈제 재떨이가 유키의 코끝을 스치고 날아갔다.

"아, 이런 실례. 다리를 꼬려다가 그만 부딪혔네."

목구멍 깊숙이 침을 삼켰다. 분명 노리고 찼을 것이다. 그게 아니라면 얼굴에 아슬아슬하게 날아왔을 리 없다.

"장부, 아니 결산보고서? 그건 야마가 씨한테도 여러 번 말했지만 우리는 보다시피 이런 회사라 장부를 두 종류로 작성하고 있네. 하지만 그걸 본다고 뭔가 해결되는 것도 아닐 테니 쓸데없는 짓은 하지 말게."

굳이 설명을 들을 것도 없다. 프론트 기업인 이상 수익의 대부분은 상부 조직인 고류회로 흘러들어가고 있을 것이다. 따라서 결산은 늘 적자에 인건비 삭감도 경비 절약도 의미가 없다.

"아까 대출과 상환은 한 쌍이라고 했지. 우연인데 사실 나도 예전에는 대부업에 종사했었어."

야나기바는 입꼬리를 올린 채 계속 말한다.

대화의 흐름으로 그것이 사채업을 뜻한다는 것을 깨달았다.

"그때 상사가 꽤 강하게 말했었네. 돈을 빌려줄 때는 자신이 회수할 자신이 있는 금액까지만 빌려주라고. 정말 명언 아닌가? 확실히 맞는 말이야. 애초부터 회수 가능한 금액만 빌려줬더라면 절대 떼먹힐 일은 없지. 그런데 당신네 은행원들은 담보만 있으면 사람 한 명이 아무리 발버둥 쳐도 갚지 못할 돈도 예사로 빌려주질 않나. 우리 입장에서 보면 여신 판단이 참 안일해."

"은행은 은행법을 따르고 있어요. 대출도 회수도 방만하게 하지 않습니다."

"법을 따르고 있다고? 농담도 잘하네. 그게 아니라 법의 보호를 받는 거지. 데이토제일은행 정도면 법은 물론 국가가 보호해주잖아."

그건 옛날이야기고—라는 말이 나오려는 걸 삼켰다. 이 상황에서 대꾸해봤자 소용없다.

"뭐, 지아게를 시작했을 무렵에는 우리도 70억 엔 정도는 변통할 수 있었어. 4천 8백 제곱미터의 공터는 대형 건설 회사가 백억 엔에 매입하기로 했었고. 리먼 쇼크만 아니라면 지아게도 데이토제일은행의 상환도 재개발도 전부 잘 되어가고 있었네. 관계자 전부 행복해하고 있었고. 비즈니스 세계에서 '그때 그랬다면'이라는 말은 쿨하지 않지만, 당신들도 같은 꿈을 꿨잖아. 이제 와서 책임이 없다고는 못하지. 70억 엔이나 되는 돈을 쉽게 빌려준 당신들한테도 문제가 있단 말이야."

우쭐대는 듯한 말투에 반감이 느껴지지만 야나기바의 말에도 일리가 있다.

도시 재개발도 좋고 거대 상업 빌딩으로 사람을 불러모

으는 것도 좋다. 하지만 전망이 너무 안일했다. 갑자기 덮친 경기 악화를 막을 수는 없다고도 하지만 애초에 리먼 쇼크의 계기가 되었던 서브프라임론이 말도 안 되는 금융 상품이었던 것은 관계자라면 전부 알아차렸을 것이다. 하지만 누구도 그 취약성을 지적하지 않았다.

알아차리지 못한 것이 아니다. 위험성을 충분히 알면서도 바다 건너 먼 나라 얘기라고, 강 건너 불구경하듯 있던 것이다. 그리고 끝내 파탄의 연쇄가 바다를 넘어 밀려들어 왔다. 그렇게 되기 전에 손실을 줄일 수단은 얼마든지 있었다. 그렇게 하지 않았던 것은 괜히 취약한 점을 보고해서 현재의 따뜻한 온탕에서 나오고 싶지 않았기 때문이다.

"내 입으로 말하기도 뭐하지만, 데이토제일은행도 70억 엔의 거금을 빌려줄 때는 담보 물건뿐만이 아니라 5년 후, 10년 후의 경기 동향에도 신경을 썼어야지. 하지만 절대 당신들은 그렇게 장기적인 관점에서 일을 생각하지 않아. 당신네 은행원들은 대체로 3년 안에 이동하니까. 자신이 그 지점에 소속되어 있을 때 예산을 달성할 수 있으면 그걸로 끝이지. 자신이 떠난 후에 채권이 부실화되든 회수 불능이 되든 상관없고. 내 말이 틀렸나?"

야나기바의 말이 기시감과 뒤섞여 귓가에 울려온다. 이건 예전에 야마가한테 들은 말과 비슷하다. 당시의 담당자가 확실히 책임을 진다면 세상의 부실채권은 그렇게 심각하지 않았을 거라는 말. 공교롭게도 채권자였던 남자와 채무자인 남자가 같은 말을 내뱉고 있었다.

"적어도 우리는 거기까지는 생각하네. 그러니 지아게도 1, 2년 안에 매듭지을 수 있도록 계획했고. 결국 시간 안에 하진 못했지만."

"……도대체 무슨 말씀이 하고 싶으신 겁니까?"

"회수는 포기하는 편이 낫겠네."

왠지 모르게 목소리가 간사하게 들렸다.

"두 공터는 담보로 잡혀 있으니 마음대로 하게. 자투리 땅이라 희망 가격에 매각하진 못하겠지만 잘하면 30억 엔 정도로 팔 수 있을지도 모르고. 그럼 채권액도 25억 엔으로 압축할 수 있고. 그 후에는 대손 처리하든 뭘 하든 맘대로 하게."

듣기 좋은 말이지만 요컨대 1엔도 내지 않겠다고 선언하는 것과 똑같다. 제멋대로 구는 것도 정도가 지나치다. 하지만 야나기바는 다그치듯이 이런 이야기를 시작했다.

"유키 씨. 안 믿을 수도 있겠지만 우리도 원리금을 전부 갚고 싶네. 비즈니스상의 룰도 있지만 그전에 우리에게 가장 중요한 건 체면이네. 빌린 돈도 못 갚다니, 이쪽 세계에서 망신이기도 하고 가능하면 갚고 싶네. 이게 우리 쪽 속마음이지."

프론트 기업이라고 트집잡히고 싶지 않을 것이다. 야나

기바는 한 번도 자신을 야쿠자라고 칭하지 않는다. 그래도 지금 한 말은 야쿠자의 본심이라고 생각해도 틀림없을 것이다.

"그런데 유키 씨. 오오오카 에치젠*의 '삼방일량손'三方一両損 이야기를 아나?"

어린아이라도 알 것이다. 미장이 긴타로가 기치고로의 돈 세 냥이 든 주머니를 줍는다. 그는 주인을 찾아주러 기치고로의 집까지 갔지만 기치고로는 일단 자기 손을 떠난 돈은 자신의 것이 아니므로 도로 가지고 가라고 한다. 긴타로가 자신이야말로 주인이 아니라며 뜻을 굽히지 않자 소동이 커져 관청 소송으로까지 번지게 된다. 그러자 재판관은 자신의 호주머니에서 한 냥을 꺼내 세 냥에 보태어 두 사람에게 각각 두 냥씩 나눠주었다는 이야기다.

"이번 지아게 실패가 바로 그거네. 건설 회사는 대형 사업을 계획해 쇼핑몰 디자인을 발주하거나 도쿄도의 관리 직원에게 실탄을 사용해 사전 교섭을 했지만 수포로 돌아갔어. 우리 쪽은 퇴거 대금과 전매 가격의 이익을 꾀했지만 토지 소유자들과의 교섭이 헛수고로 돌아갔고 체면까지 잃었네. 그리고 데이토제일은행은 빌려준 돈 중 25억 엔 정도를 떼먹혔고. 건설 회사, 데이토제일은행, 그리고

* 일본 시대극의 일종으로 에도 시대의 청렴한 재판관의 이야기를 다룬다.

315

우리가 각각 따끔하게 손해를 본 거지."

"저희 은행의 손해가 가장 심각하지 않습니까?"

"우리가 잃은 체면을 고작 25억 엔과 비교하면 매우 곤란하네."

야나기바는 처음으로 이쪽을 노려보았다. 틀림없는 야쿠자의 눈이었다.

"유키 씨. 앞으로 몇 년 동안 섭외부에 있는 건가? 1년? 아니면 2년? 그동안만 우리 채권이 부실채권으로 눈에 띄지 않게만 해주면 되네. 말로만 질질 끌어주는 게 없는 돈을 어떻게 마련할지 고민하는 것보다 훨씬 간단하잖나. 그럼 적어도 당신 책임으로 되진 않을 테고. 버블 붕괴 때부터 당신 선배들이 전부 해 온 일 아닌가? 더 심한 말은 안 할 테니 그렇게 해주게."

야나기바가 얼굴을 가까이 들이댔다. 그러자 그게 신호라도 된 듯이 양옆에 서 있던 남자들도 유키에게 다가왔다.

3 대 1. 퇴로는 뒤에 있는 문밖에 없다. 세 사람의 눈은 이미 흉포한 빛을 띠고 있다.

순식간에 나약했던 소년 시절이 되살아난다. 폭력에 대한 원초적인 공포로 몸이 딱딱하게 굳는다. 거울이 있다면 울음을 터뜨릴 것 같은 얼굴이 비칠지도 모른다.

대답을 안 하고 있는데 그가 마지막으로 이렇게 다가와

말했다.

"아까 말한 대로 우리는 체면을 중시하네. 갚을 가망이 없는 빚 독촉에 계속 시달리면 망신을 당하게 돼. 이런 짓을 하는 당신도 역시 어디서 무엇이 날아올지 모르잖나."

몇 분 후, 유키는 사무소에서 쫓겨나 1층 입구로 돌아와 있었다.

한심하게도 다리가 전부 떨려서 멈추질 않는다. 떨림이 멈추도록 몇 번이나 시도해봤지만 소용없었다.

각서 같은 걸 써야 하는 상황에 빠지지는 않았지만 정신을 차려보니 문전박대를 당한 거나 마찬가지였다. 야나기바 입장에서는 그 정도 협박으로 충분하다고 생각했을 것이다. 그게 한없이 한심스러웠다.

폭력은 최대의 무기다.

직함도 명예도 인덕도 돈도 폭력 앞에서는 어쩔 도리가 없다. 그렇기 때문에 직함도 명예도 인덕도 돈도 없는 사람은 폭력으로 타인을 제압하려고 한다.

열등감과 초조감이 가슴을 옥죈다. 채권자인데도 주도권을 잡지 못했고 제대로 된 항변도 하지 못했다. 이게 무슨 행원이란 말인가.

이대로 순순히 지점으로 도망치는 것이 몹시 치욕스러웠다.

어떻게든 반격하고 싶다. 이렇게 생각하며 건물을 나오는데 뒤에서 누군가가 말을 걸어왔다.

"채권 회수는 정말 힘들군, 유키 씨."

돌아보니 그곳에 스와가 서 있었다.

"'아칼 에스테이트'가 프론트 기업이라는 걸 모를 리도 없을 텐데. 잘도 혼자서 뛰어들었군."

"스와 씨야말로 이런 곳엔 무슨 일로."

"프론트 기업의 성지 앞에서 형사와 이야기하고 있는 걸 들키고 싶지 않겠지? 장소를 옮기지."

다짜고짜 스와는 유키를 재촉한다. 한참 걸어서 간 곳은 친숙한 신주쿠 경찰서의 취조실이다.

"이런 데로 오다니 뭐예요. 다른 카페라도 있잖습니까."

"범죄랑 빚쟁이 얘기. 둘 다 다른 사람이 들어서 좋을 얘기는 아니니까."

"스와 씨는 무슨 용건으로 거기 있으셨습니까?"

"수사상의 비밀, 이라고 말하고 싶지만 조직범죄대책부도 아니고 내가 감시하고 있었으니 대강 눈치는 챘을 텐데."

"야마가 과장님 건 때문인 거죠?"

"아무리 표면상으로는 기업이라도 어차피 야쿠자야. 수십억의 대출금을 날릴 수만 있다면 사람 정도야 간단히 살해할 수 있지."

아까 야나기바가 한 말이 떠오른다. 1억 엔을 상환하려면 사람 한 명분의 목숨을 담보로 해야 한다는 말.

"회수 담당자를 망자로 만든다고 채권이 소멸되는 것도 아닌데요."

"논리상으로는 그게 맞지만 실제로 살해당하면 독촉하는 측도 멈칫하게 될 테니까. 상대가 야쿠자인 걸 알고 있으면 더욱 그럴 테고. 안 그래?"

"확실히 위협 수단으로는 적절할 것 같은데……."

"한 가지 난점이 있는데, 야마가 씨의 상대는 전부 멀쩡한 놈들이 아니라서 용의자를 한 명으로 좁히지 못하네. 보통이라면 야나기바가 가장 유력한 용의자였겠지만."

"사정 청취는 하셨겠네요."

"범행 당일의 알리바이를 주장하더군. 5월 28일 심야부터 다음 날 아침까지 사업 관계자와 신주쿠의 고급 클럽에서 있었다 하네."

스와는 재미없다는 표정으로 말한다.

"상대는 건설 회사 담당자. 접대 목적으로. 그 야나기바라는 남자는 거래 상대에게 꽤 많은 돈을 쓰는 듯하더군. 상대는 꽤 이름도 알려진 회사인데 그쪽에서 확인도 다 해줬네. 클럽 측 증언도 같고."

"그럼 야나기바 사장은 결백하다는 말인가요?"

"꼭 그렇다곤 볼 순 없지. 상대는 조직에 대출처라고 해도 '아칼 에스테이트'라고. 야나기바 본인이 손을 쓰지 않아도 말단 부하에게 시킬 가능성도 크고."

그 말을 듣자 스와의 행동이 이해가 갔다. 회사에 있었던 것은 야나기바뿐만 아니라 그 부하까지 수사하기 위해서였던 것이다.

"그래서 어땠나? 채권자 입장에서 바라본 야나기바의 인상은?"

"갚고 싶은 마음은 있지만 갚을 수가 없다고 하더군요. 저희에게 있어서는 최악의 케이스랍니다."

그만 한숨 섞인 말이 나온다.

"고객의 상환 의욕을 북돋는 방법이라면 얼마든지 있습니다만 상환 여력이란 건 고객에게 달린 거라서……."

"그걸 묻는 게 아니라 야마가를 살해했을 것 같냐고 묻는 거야."

아 그런 건가, 마치 꿈에서 깬 듯한 기분이 든다. 같은 사람을 보고 있는데도 자신과 스와는 착안점이 이렇게나 다르다.

"스와 씨라면 벌써 조사했을 것 같습니다만 야나기바 사장에게 상해나 살인 전과는 있습니까?"

"전과는 있네. 대부업법 위반으로 시작해서 위력업무방해와 상해. 다만 살인 전과는 없고. 그게 뭐 어쨌나?"

"저는 워낙 폭력에 약해서요."

"그렇군. 폭력을 잘 쓰는 은행원은 드물지."

"그래서 프론트 기업에 편견이 있을지도 몰라요. 그런 눈으로 보면 확실히 야나기바 사장은 위험한 고객님이라는 생각이 들고요."

"……어떻든 상관은 없는데, 유키 씨는 식충이한테도 신흥종교한테도 야쿠자한테도 상대에게 꼭 '님' 자를 붙이는군."

"여전히 고객님이시니까요."

"채무자의 얼굴이 전부 후쿠자와 유키치* 정도로 보이는 건지? 뭐, 됐어. 계속해봐."

"야나기바 사장은 위험한 고객님이긴 하지만 야마가 과장님을 살해했을 것 같냐 아니냐를 따지면 적극적으로 뭐라 말하기 어려워요. 뭔가 가치관이 다른 느낌이라서요."

"뭐에 관한 가치관?"

"우리 은행맨들은 무엇이든지 돈으로 환산하는 구석이 있어요. 담보 가치로 어느 정도 될지, 인력을 시급으로 계산한다든지요. 이건 섭외부만 그럴 걸지도 모르겠지만요. 그런데 야나기바 사장은 체면이 가장 중요하다고 하더군요."

"당연. 야쿠자는 체면을 잃으면 장사가 안 되니까."

"자신들의 체면을 25억 엔 정도와 비교하지 말라고 하더

---

* 일본 에도, 메이지 시대의 교육가이자 계몽가로 1만 엔 지폐의 인물이다.

라고요. 25억 엔 이상의 가치가 있는 체면이라니 저에게는 도저히 실감이 안 나서요. 마치 외계인의 가치관 같아요."

"그런 녀석들을 끊임없이 상대하는 우리로서는 납득이 가는 가치관인데."

"그럴지도 모르겠네요. 다만 프론트 기업이라는 필터를 제거하고 보면 야나기바 사장은 꽤 계산이 빠른 사람 같아요. 일도 돈도 다 계산해버리는 사람이니 이런 식으로 생각할 거예요. 야마가 과장님을 살해해서 도대체 무슨 수익이 발생할까 하고요. 이익과 손해를 저울질해 저울이 어느 쪽으로 기울지. 개인적으로는 살인은 리스크가 너무 큰 비즈니스 같다는 느낌이에요."

"흠. 비즈니스까지 나왔군. 뭐 야쿠자 입장에서는 살인도 비즈니스라고 말할 수 있겠지만⋯⋯그런가. 확실히 살인은 수지에 안 맞아. 사람의 살해 동기는 색, 욕, 그리고 광기인데 그걸로 인생의 몇 분의 1을 날려 먹는 거니까. 경제활동으로서는 결코 유리한 투자가 아니겠군."

스와는 유키의 논리를 흉내 내며 말한다. 감탄하는 게 아니라 비웃고 있다는 것이 표정에서 확연히 드러난다.

"하지만 상대는 야쿠자야. 당신들과는 다른 가치관을 가지고 살아가지. 실행범이 누구냐 하는 문제는 있지만, 가장 유력한 용의자인 것은 틀림없다고 보네."

2

유키는 본점으로 돌아와 그길로 가시야마에게 향한다. 야마가 안건 최대의 채권에 관해서는 정기적으로 진척 상황을 보고하도록 지시받았었다.

"이번 면담, 유키 군한텐 처음이었겠네요. 어땠나요?"

태연하게 물어봐서 조금 발끈했다.

"아주 극진한 환영을 받았습니다. 물론 그쪽 세계 방식으로요."

있는 힘껏 비꼴 심산이었는데 얼마만큼 가시야마에게 전달되었는지는 의문이었다.

"진척 상황은?"

"상환 의사와 채무 확인에 그쳤습니다. 상환 의사는 있지만 상환 여력이 없다고 했고요."

"상환 계획은?"

"채무자의 성향은 파악했으니 이제 빨리 입안에 착수하려 합니다."

"그럼 잘 부탁해요."

가시야마는 그 말만 하고는 아까까지 보고 있었던 서류로 시선을 떨어뜨린다. 용건은 끝났으니 돌아가도 좋다는 뜻이다.

부글부글 반항심이 끓어올랐다.

"어떻게 극진한 환영을 받았는지는 안 물어보십니까?"

드디어 비꼬는 게 통했는지 가시야마가 유키 쪽을 향했다.

"'아칼 에스테이트'가 프론트 기업인 것은 알고 있으시죠?"

"물론. 그래도 유키 군은 겉으로 보기엔 어디 다친 것 같진 않기도 하고."

"어디 한두 군데쯤 다칠 걸 예상하고 계셨다는 거네요."

과연 가시야마는 화난 표정을 지었다.

"이번에는 왜 이렇게 대들어요? 그렇게 배려받고 싶어요? 야쿠자 같은 것들한테 협박당하느라 안됐다는 말이라도 들어야 성에 차나요?"

평소보다 더 날카로운 말투에 이쪽도 어쩔 도리가 없다.

"야쿠자 같은 게 아니라 말 그대로 야쿠자였습니다. 그리고 협박당했다든가 고생했다는 걸로 인정받고 싶은 생각은 추호도 없습니다. 은행맨은 어떤 경우에도 결과로만 평가받는다는 걸 잘 알고 있고요."

"그럼 뭐가 불만이에요?"

"불만이 아니라 의문입니다. 지금까지 야마가 과장님 안건을 숱하게 담당해왔습니다만 이번 안건이 가장 기괴하다고 생각하지 않으십니까?"

가시야마는 이쪽으로 돌아앉았다. 이제야 제대로 이야

기를 할 생각인 듯하다.

"'아칼 에스테이트' 대출 건에 관해 뭔가 의심스러운 점이라도 있는 듯한 말투군요."

"의심이라기보다는 처음으로 돌아가서 생각해보자는 겁니다. 어째서 우리 은행은 '아칼 에스테이트'가 프론트 기업이라는 걸 알면서도 이 대출을 결재한 겁니까?"

"유키 군치고는 새삼스럽네요. 은행은 고객을 직업으로 차별하지 않아요. 국회의원이든 신흥종교 교주든, 상환 능력이 있으면 대출해주죠."

전 소속부서가 심사부라서 그런지 가시야마의 논리는 명쾌했다. 하지만 심사부 직원들이 전부 가시야마 같아서는 불안하다.

"물론 대외적으로 특정 직업과의 관계를 의심받아 여러 손실이 예상될 경우에는 은닉하지만요. 하지만 그것과 대출의 결재 여부는 다른 문제랍니다."

과연, 돈을 누가 어떻게 쓰든 돈의 가치에는 변함이 없다는 논리다. 이에 대해서는 야마가에게서도 들어왔다.

"직업 차별에 의문을 가지고 있는 게 아닙니다. 대출처의 재무 내용에 관한 거고요. 야마가 과장님이 대출처에 결산보고서를 요구했었는데 아직도 받지 못한 상황입니다. 프론트 기업이니 당연하겠죠. 수익 대부분이 고류회 쪽으로 흘러들어가겠지만 그런 사실이 기재되어 있을 리도 없고요. 사용처 불명금이나 특별 손실이라는 과목으로 처리하고 있을 거라 생각됩니다. 즉 결산상으로는 매년 적자인 기업이죠. 아까 부장님이 하신 말씀에 반박하는 것 같지만 거의 상환 가능성이 없는 고객에게 어째서 70억 엔이나 되는 거액의 대출이 가능했던 겁니까?"

"그것도 참 새삼스럽게…….""

"심사부 결재 서류에 부장님 인감도 찍혀 있었습니다. 70억 엔짜리 안건입니다. 내용을 보지도 않고 인감을 찍었다고 말하진 말아주세요."

가시야마의 표정에 그늘이 졌다. 역시 그게 오점이라는 자각 정도는 있는 듯하다.

"결재자 중 한 명인 내게도 책임이 있다는 말?"

"책임을 운운하는 게 아니라 우선 이유가 알고 싶을 뿐입니다."

가시야마는 잠시 유키를 노려보았지만 이윽고 납득했다는 것처럼 고개를 끄덕였다.

"결재자는 당시의 부장이었지만 품의를 올린 건 확실히 나였어요. 유키 군이 지적한 대로 신청서류에 첨부된 결산 보고서는 제대로 된 게 아니었고. 상환 능력을 생각하면 무리한 대출이라고 볼 수도 있었죠."

"그럼, 어째서."

"바보 같은 질문이군요. '아칼 에스테이트'에 대출해줘도 조만간 재개발이 시작돼 폭등한 땅을 고가에 팔 수 있을 거란 전망이 있었으니 당연한 거 아니에요? 청사진을 보면 실현도 기정사실이었고요. 그리고 우리 은행의 예산 관리 문제도 있었어요. 이 안건에 결재가 떨어지기 직전에 신주쿠 지점은 예산(목표) 달성까지 50억 엔 정도가 부족했어요. 메인인 신주쿠 지점이 미달이면 전체 수익에 큰 영향을 끼칠 거고요."

"그럼 예산 달성을 위해 한쪽 눈을 감으셨다는 말씀이십니까?"

"한쪽 눈은커녕 양쪽 눈 전부 감은 거 아니냐고 말하고 싶은 것 같네요. 하지만 그것 때문만은 아니에요."

"……더 있습니까?"

"은행의 사명은 시대의 추세에도 부응하는 것이에요. 당시 관계자들은 후지미의 재개발을 꿈의 플랜이라고 칭송하고 있었어요. 그 장소에 거대 상업 시설이 완공되면 금세 분위기가 바뀌죠. 새로운 유통과 새로운 소비. 당연히 고용이 창출되고 거리는 더욱 발전하고 인구가 증가해 세수도 증가할 거고요. 유휴 토지와 방범 문제도 한꺼번에 해결할 수 있죠."

가시야마는 노래하듯 계속 말한다. 듣고 있으니 정말 꿈의 플랜이다. 비유하자면 후줄근한 호박이 화려한 마차로 변할 수 있다는 건가.

"종합 건설 회사는 물론이고 대기업 유통업계와 요식업계, 게다가 도쿄도까지 의견이 일치했어요. 그래도 지아게는 어둠의 세력이 담당이죠. 계획을 추진하기 위한 혈액을 주입하는 역할도 그렇고요. 그러니 이 대출에는 각 방면에서 눈에 보이지 않는 요청이 있었던 거고요. 딱히 책임 전가를 하려는 건 아니지만 난 품의서를 올리지 않을 수 없었어요……이 정도 대답이면 충분한가요?"

도전적인 말투에 유키도 바로 대답할 말을 찾지 못한다.

"그럼 가끔은 상사의 푸념도 들어주지 않겠어요? 큰 안건을 실행하고 품의서를 올린 내가 단물만 쏙 빼먹었다고 생각한다면 엄청난 착각이에요. '아칼 에스테이트'가 부실 채권화되기 훨씬 전, 재개발 계획이 백지가 되었을 당시 내 인사이동이 예정되었어요. 부장으로 승진하는 바람에 애매하긴 하지만 어쨌든 심사부에서 섭외부로 발령받은 건 명확한 강등 인사예요."

"부장이 되셨잖아요. 강등은 아니지 않습니까?"

"인사이동 공지가 나기 직전까지 심사부 부장 자리로 가라는 말을 들었었는데 그게 발령 직전에 갑자기 뒤집어졌죠. 그러니 강등이라는 거고요. 하하하."

내면에서 무언가가 확 터져버린 듯 가시야마가 심술궂게 웃는다. 돌변한 건지 아니면 그게 천성인 건지, 그녀가 이렇게 사람을 깔보듯 말하는 것을 듣는 건 처음이었다.

"이 부서에 온 뒤로 강등 인사를 당했다는 푸념을 부원들에게서 몇 번이나 들었어요. 유일하게 유키 군만 어떤 불평도 하지 않고 업무를 수행하고 있었는데……이런."

"섭외부원은 푸념 금지라는 말은 못 들어봤는데요."

"두말하면 잔소리니까 지침으로 되어 있지 않은 것뿐이에요. '아칼 에스테이트' 안건에 한한 이야기는 아니지만 현재의 자리에서 과거를 비난하는 것만큼 비겁한 짓은 없어요. 대출을 실행할 때는 각각의 담당자가 자신의 의견을 총동원해 품의서를 쓰고 있죠. 처음에는 어느 채권이라도 전부 우량채권이에요. 그게 외부 환경이나 고객 사정으로 부실화되는 것은 자주 있는 일이고, 그게 일일이 심사부나 영업부 책임일 순 없고요. 유키 군도 처음에는 지점 영업에서 시작했잖아요. 그 무렵 계약했던 채권이 어느샌가 부실화돼 회수 담당자였다고 뒷담을 들으면 기분이 어떻겠어요?"

어딘가 원망스러운 듯한 독설을 들으며 유키는 기시감을 느낀다. 얼마 지나지 않아 이 말이 조금 전 야나기바가 한 말과 결국 똑같다는 것을 눈치챘다.

자신이 담당했던 계약이 훗날 어떻게 되든 관심 없다. 가시야마의 주장은 일일이 책임을 느끼면 버틸 수 없을 거라는 논리다.

이건 책임 전가인가. 아니면 행원을 보호하는 완충 장치

인가.

"너무 말이 많았나."

가시야마는 멋쩍었는지 얼버무리려는 듯 말한다.

"그러고 보면 역시 야마가 과장은 엄청난 인재였네요. 그렇게 많은 부실채권을 혼자서 맡고 있었는데도 불평다운 불평은 전혀 하지 않고 오히려 희희낙락 회수에 매진했으니."

처음으로 의견이 일치했다.

"저도 동감입니다. 최근에야 과장님의 생각을 조금 알 것 같습니다."

"호오, 어떤?"

"분명 과장님은 분노하고 있었을 겁니다. 전혀 티는 내지 않으셨지만요."

그날 저녁, 도마에게서 만나자는 메일이 왔다. 갑자기 시간이 생겨 오랜만에 만나고 싶다고 했다.

유키 쪽에서 거절은 없다. 그럼 늘 가는 레스토랑에서, 라고 답장하기 직전에 마음이 변했다.

일을 마친 후, 도마는 망설임 없이 만남 장소인 오모테산도역 개찰구에 서 있었다. 곧 그녀의 손을 잡고 미리 예약해둔 중식 레스토랑에 갔다. 백 퍼센트 룸 형식으로 비즈니스맨이 사업차 이용하는 유명한 식당이었다.

"여긴 처음인데 유키는 단골이야?"

"아니, 나도 처음이야."

와우, 도마는 감탄한 듯 말한다.

"새로운 장소를 개척하려는 자세, 아주 훌륭해."

"딱히 그럴 생각은 아닌데."

"그럼 뭔데?"

"항상 가는 곳에 가면 쳐다보는 사람이 있을 것 같아서."

"뭐야 그게. 유키, 연예인이라도 된 거야?"

"사람들이 쫓아다닌다는 점에서 같으려나."

"누가 그런다는 거야?"

"야쿠자."

그 말을 듣는 순간, 도마는 안색을 싹 바꿨다.

"……위험한 알바라도 하는 거야?"

"아니. 채권 회수 상대가 그쪽 관련이라서. 예민하다고 생각할지 모르겠지만 그 녀석들이라면 내 뒤를 밟거나 단골 가게를 뒤지고 다녀도 안 이상해."

"질 나쁜 야쿠자야?"

"신주쿠 경찰서는 그 녀석들이 야마가 과장님을 살해한 유력 용의자라고 보고 있어."

"즉 신주쿠 경찰서가 보증한 용의자라는 거지?"

"그런 셈이지. 다음 담당자가 나니까 당연히 같은 위험이 있어. 그러니 오늘은 중요한 이야기를 해야겠다고 생각해서 여기 오자고 한 거야."

유키는 각오를 한 것처럼 도마의 눈을 바라본다.

"당분간 우리 만나지 않는 게 좋을 것 같아."

도마는 미간에 주름을 잡았다. 유키가 무슨 말을 하는지 이해하지 못하는 듯했다.

"지금 다루는 안건이 너무 위험해. 나 혼자라면 몰라도 도마까지 말려들게 하고 싶진 않아. 그러니 이 안건이 정리될 때까지는 서로 거리를……."

다 듣기도 전에 도마가 한숨을 내쉬었다.

"앗, 괜히 기대했네."

"응?"

"괜히 기대했다고. 중요한 이야기라고 해서 각오하고 있었더니."

아, 그런 뜻인가.

"있잖아, 나를 걱정해주기 전에 그런 위험한 일 좀 다른 사람한테 넘기면 안 돼?"

"도마랑 일 중 뭐가 더 소중한지, 그런 질문은 하지 말아줘."

"그게 아니라. 목숨을 걸면서까지 할 일이냐는 거야."

아, 그런 말인가.

"정말 위험해지면 도망칠 거야. 하지만 처음부터 도망칠 생각은 없어. 여기서 도망치면 버릇이 될 것 같아."

유키는 전채로 나온 자차이를 한입 먹는다.

"이 일을 계속하다 보면 다루기 힘든 고객이나 채권을 앞으로도 몇 번이나 만날 거야. 상대의 얼굴을 볼 때마다 도망치면 이 일을 못 해. 그러니 지금은 이기지 못해도 경험치를 쌓고 싶어. 지금은 못 이겨도 언젠가 이기고 싶어."

멋쩍음을 감추려고 음미하듯 말했다. 아무리 부끄러운 말이라도 할 수 있는 건 그녀 앞에서뿐이었다.

"……무섭지 않아?"

"난 폭력에는 정말 약해. 혼자 사무소에 들어갔을 때는 무릎이 계속 떨렸다니까."

"그래도 하려는 거야?"

"하지 않으면 이길 수 없잖아."

"저기, 아까부터 계속 이길 거라는 말을 하는데 도대체 누구를 상대로 싸우고 있는 거야?"

말할 것도 없다.

이제야 야마가 그토록 강인했던 이유를 알았다. 야마가에게는 지켜야 할 것이 없었던 것이다.

자신의 긍지 이외에는.

3

이틀 동안 책정한 상환 계획을 확인한 후, 유키는 스스로를 타이르듯이 수긍했다. 55억 엔의 상환 계획인데 자세히 보면 다소 전망이 낙관적인 점과 드문드문 자료가 부족한 부분이 눈에 띄지만 미래를 내다본 계획의 숫자가 불확실한 것은 어쩔 수 없기도 하다. 이거라면 야마가도 만점은 아니어도 합격점을 주지 않을까.

상환 계획의 골자는 견실한 것이었다. '아칼 에스테이트'에 대출을 해준 계기가 관민의 생각이 일치한 거대 상업 시설이라는 빅 프로젝트인 것에 반해 상환 계획은 조촐한 느낌을 지울 수 없다. 하지만 조촐함이 현실적이기도 하다. 진기함을 자랑하는 거대한 플랜은 로맨티스트의 꿈이지만 채권 회수는 리얼리스트가 진행하는 일이다.

즉시 가시야마에게 상환 계획을 설명하자 처음에는 떨떠름한 표정이었지만 마지막에는 한숨을 내쉬며 수긍하는 듯한 분위기였다.

"확실히 현실적인 계획이라고 생각되지만 관청은 별로 반기진 않을 것 같네요. 지역 주민들의 반발도 예상되고요."

"그건 문제없습니다. 시공주의 선택 여하에 따라 그들도 잘 모르면서 소리를 내진 않을 거예요."

"데이토제일은행이 반사회적 세력의 위력을 이용하는 건, 좀……."

"'아칼 에스테이트'에 대출을 실행한 단계에서 우리 은행은 그들과 동급인 거나 마찬가지입니다. 이제 와서 체면을 차리다니 너무 뻔뻔하다는 생각은 안 드십니까?"

"그래도 스마트한 회수라고 볼 순 없어요. 지금은 우리 은행이 꼴이 이래도 메가 뱅크로 발돋움하려고 애쓰고 있어요. 매년 대졸자의 희망 기업 베스트 20위에 들고 있고요. 그런데 다소 거칠게 회수를 해도 괜찮을지. 임원이나 주주의 눈이 있다는 걸 잊지 마세요."

이 지경이 되어서도 은행의 브랜드에 집착하는 가시야마를 보고 있자 화가 올라왔다.

가시야마에게 회수 경험이 없다는 사실에는 눈을 감아도 좋다. 하지만 쓸데없이 품행과 격식을 중시해 회수 행동에까지 우아함을 요구하는 것은 허영심과 불필요한 자의식 때문일 것이다.

빌려준 돈을 받는 데는 스마트함도 격렬함도 없다. 준법인가 아닌가와 효율적이냐 그렇지 않냐 두 가지만 있을 뿐이다.

"그런데요, 부장님. 임원분들은 과정보다 결과를 봅니다. 부장님이 말씀하신 스마트한 회수로 회수 불능을 일으키는 것과 이 계획으로 무사히 55억 엔을 회수하는 것에는 평가가 백팔십도로 달라집니다. 주주들은 정말 현실적이고요. 섭외부의 움직임보다도 주가의 움직임을 주시하고 있을 정도죠. 저희의 행동보다도 결산보고서 내용이 중요하고요. 아니면 부장님. 부장님께서 이것보다 더 실효성 있는 계획안을 책정해주시겠습니까?"

비꼬는 것도 아니고 도발하는 것도 아니었지만 말하지 않고는 배길 수 없었다. 가시야마는 정곡을 찔렸다는 듯이 얼굴을 찌푸린다.

"이번엔 정말 좀 대드네요, 유키 군."

"대들려는 게 아닙니다. 제 계획을 거절하실 거면 다른 대안을 제시해달라고 말하는 겁니다."

가시야마는 대답이 궁했는지 잠시 불쾌한 듯 유키를 노려봤지만 마침내 망설이다가 고개를 끄덕였다.

"섭외부의 예산 달성을 고려하면 어쩔 수 없는 부분이 있어요. 이번만 승인하도록 하죠."

감사합니다, 라고 고개를 숙이며 유키는 내심 실망한다. 최후의 최후가 되어서도 가시야마는 최악의 사태를 각오하고 마음을 굳게 먹으려 하지 않는다. 유키의 계획안을 승인하면서도 전부 책임을 지고 싶어 하지 않는 속내가 훤히 보인다.

"그럼 부장님. 내일 오후 1시, 시간 비워주십시오."

"무슨 소리죠?"

"상환 계획을 설명하는 자리에 부장님도 동석해주시기를 부탁드립니다."

"왜죠? 지금까지 그런 부탁은 한 번도 한 적도 없으면서."

"우선 55억 엔으로 섭외부에서도 최고 채권액인 점. 또한 상대와의 교섭에서 입회인이 되어주셨으면 해서입니다."

"교섭의 성립에 입회인이 필요한가요?"

"채권액과 상대의 성향을 생각하면, 저와 채무자 측 어느 한쪽이 멋대로 정한 것은 아닌지 의심하는 사람이 나올지도 모릅니다. 채권이 거액이거나 상대가 반사회적 세력인 경우, 그런 우려를 불식시킬 수 없고요."

"그런데 한 번도 만난 적이 없어요. 심사부 측 사람은 어떤 경우에도 고객과는 만날 수 없도록 되어 있으니까요."

이에 대해선 충분히 알고 있다. 품의를 올리는 자가 고객에게서 뇌물을 받지 않게 하기 위한 견제책이다.

"지금은 섭외부 부장님이시지 않습니까. 계약 전 고객이 아니라 부실채권의 당사자를 봐달라는 겁니다."

설마 자기는 여자니까, 라고 말하며 도망칠 생각인가. 유키는 상사 괴롭히기, 하물며 여성 혐오에는 관심이 없지만 상사는 그에 상응하는 책임을 져야 비로소 상사이지 않은가.

"부장님. 몇 번이나 말씀드리는 것 같은데, 이 안건을 무사히 회수할 수 있는지에 따라 섭외부의 부침과 다가올 합병에서의 우열이 좌우됩니다. 제 부족한 실력을 어필할 생각은 없지만 이번 건은 부장님께서 추이만 지켜보고 계셔서는 안 될 안건 같습니다."

유키의 주장에는 나름대로 정당성이 있다. 다시 말해 상사의 기량을 시험하는 상황인 것이다. 동석하면 보통이고, 거절하면 무책임한 상사라는 비난을 면할 수 없다. 그 정도쯤은 가시야마도 충분히 알고 있을 터였다.

"게다가 저라고 아무 보험도 없이 부장님과 위험인물을 대면하게 할 생각은 없으니까요."

가시야마는 표정이 어두워졌지만 이윽고 중간관리직의 직업윤리가 작동했는지 이것도 망설이며 허락했다.

다음 날, '아칼 에스테이트' 사무소로 향하는 길에 있는 카페에서 유키는 가시야마와 스와의 만남을 주선했다.

"오랜만입니다. 가시야마 씨와는 야마가 씨 일 때문에 한 번 만난 적이 있죠."

"어째서 여기에 신주쿠 경찰서 형사님이 계시는 거죠?"

"그건 제가 묻고 싶네요."

스와는 금방이라도 싸움을 걸 것 같은 눈으로 유키를 쳐다본다.

"지금부터 가장 유력한 용의자를 만나러 가니 무슨 일

이라도 생기면 급히 달려올 수 있도록 대기해달라는 말을 듣고 여기까지 슬렁슬렁 온 참입니다."

"저 한 명이면 몰라도 부장님까지 위험에 처하게 할 수는 없잖아요."

"경찰을 보디가드인지 뭔지로 착각하고 있군."

"그건 생각하기 나름이에요. 만약 이야기 도중 그들이 폭력을 행사하면 현행범으로 체포할 수도 있고요. 그럼 야마가 씨 사건에 대해서도 천천히 사정 청취할 수도 있겠고요."

"별건 체포인가. 흠, 제법 닳아빠진 생각이군."

"스와 씨랑 꽤 알고 지냈잖아요. 제가 닳아빠졌다면 그건 다 스와 씨 때문이에요."

"아니."

스와는 유키와 가시야마의 얼굴을 번갈아 쳐다보며 부정한다.

"유키 씨는 내가 아니라 다른 사람의 영향을 받고 있어. 묘하게 들릴지 모르겠는데 정말 대담해졌네. 그것도 떳떳한 방법을 쓰면서."

처음 봤을 때와 비교하면 스와의 인상은 꽤 좋아지고 있다. 스와의 다른 면이 보여서 그런 걸까, 아니면 그와 친해진 탓일까. 어느 쪽이든 이용당하기만 하는 게 아니라 이용해야겠다는 생각을 떠올린 건 분명히 대담해졌다는 증거일지도 모른다.

유키는 스와의 눈앞에 소형 마이크와 변환 잭을 꺼내 보였다.

"뭐지, 이건."

"간이 도청기 같은 거요. 작은 마이크를 통해 야나기바 사장과 제가 주고받는 말을 핸드폰 너머 스와 씨도 들을 수 있게 하는 거죠. 그러니 계속 통화 상태를 유지해주세요."

"이런 건 어디서 구했나?"

"아키하바라에서요. 만 엔만 있으면 누구든 구할 수 있어요."

"안 들키려나?"

"핸드폰 통화 기능을 쓰는 것뿐이라서 도청탐지기에는 안 걸립니다."

"아까 한 말 취소. 대담해진 건 맞는데 떳떳한 방법으론 아니군."

"칭찬이라고 생각하겠습니다. 자, 그럼 저희는 적진으로 들어갈 테니 뒤에서 지원 부탁드립니다."

이렇게 말하며 유키는 자리에서 일어선다. 가시야마는 당황하는 것처럼 뒤를 따른다.

"부장님. 이 정도면 안심되시죠?"

"뭐랄까, 유키 군이 더 무서워졌어."

둘이서 오피스 빌딩으로 들어가 5층으로 올라간다. 저번과 마찬가지로 접수처 중년 여성을 지나 한쪽 사무실로 향하자, 여느 때처럼 야나기바가 남자들을 거느린 채 기다리고 있었다.

"어이, 유키 씨. 오늘은 좋은 이야기 하러 온 거지? 이제 채권 포기를 해줄 생각이 드신 건가?"

두 사람이 자리에 앉자마자 야나기바는 그렇게 말을 꺼냈다.

"이렇게나 기대를 하고 있으니 실망할 만한 제안은 아니길 바라네."

부드러운 공갈. 하지만 두 번째가 되니 내성이 생겼는지 그다지 무섭지 않다.

"실망할 만한 결과는 아니라고 생각합니다. 야나기바 사장님이 말씀하신 체면을 최우선으로 한 계획안을 세웠거든요."

"오오, 어떤 계획안인가."

"남은 채무 55억 엔과 이자분을 남김없이 상환해주시는 안입니다."

답을 듣자마자 야나기바는 실망하는 기색을 드러냈다. 덩달아 옆에 서 있던 남자 두 명도 표정이 굳는다.

옆을 보자 위태로운 분위기에 가시야마까지 긴장하고 있었다.

"어떤 묘안을 가져올까 생각하고 있었더니 제대로 갚아, 라는 건가? 너무 돌직구라 맥이 빠지는군."

"하지만 사장님. 채권 포기보다도 채권을 전부 상환하는 쪽이 체면이 서지 않습니까?"

"자신만만하게 말하지만 돈을 마련하는 건 우리네."

"그것도 야나기바 사장님의 인맥을 활용하면 의외로 쉬울 것 같습니다."

야나기바는 유키의 진의를 파악하려는 듯이 쳐다본다.

"계획안인지 뭔지나 한번 들어보지."

"그리 기발한 안은 아닙니다. '아칼 에스테이트' 측이 본래의 일을 해줬으면 하는 바입니다."

"본래의 일이라면 토지 개발사업인데 이제 와서 그 공터를 대형 건설 회사가 사줄 거란 전망은 거의 없네."

"저희도 대형 건설 회사에 의지할 생각은 없습니다. 야나기바 사장님. 사장님의 그룹사에 건설 회사는 없습니까?"

"건설 관계라면 있네."

"공터가 된 두 곳에 용적률 한도를 최대한으로 해 맨션을 건설합니다. '아칼 에스테이트'는 그 건설 회사에 토지를 전매해주시고요."

뭔가 했더니, 라며 야나기바는 어이없어한다.

"그런 시시한 제안으로 어물쩍 넘기려는 건가. 확실히 교통편은 좋은데 주변 환경을 생각하면 셀럽이 살 것 같은 곳은 아니지. 가령 2LDK*의 공동주택을 짓더라도 기껏해야 72세대. 월세를 30만 엔 이상으로 설정하지 않으면 수지가 안 맞아. 그런 건물을 아무리 그룹사라고 해도 쉽게 승낙할 리 없네."

야나기바의 말은 지당했고 이는 유키도 대강 계산한 상태였다.

"도심이니 고소득자용 맨션을 건설하는 것은 타당하다고 생각합니다. 다만 자투리 땅이 된 그 지역에서는 신축이라고 해도 월세를 꽤 싸게 설정하지 않으면 아무도 들어오지 않을 거예요. 고소득자들은 집의 수준은 물론이고 고급스러운 주변 환경까지 원하니까요."

"뭐야, 알면서 그런 얼토당토않는 말을 내뱉는 건가."

"저는 오히려 역발상을 해봤습니다. 고소득자가 아니라 저소득자, 그것도 프리터**나 외국인 불법노동자 등을 위한 맨션을 건설한다는 계획입니다."

야나기바는 흥미롭다는 듯 눈썹을 위아래로 움찔한다.

"설마 방 하나를 콩나물시루로 만들겠다는 건가. 그래도 고작 월세 8만 엔이네. 계산해보면 2LDK 72세대와 그다지 큰 차이가 안 나. 프리터나 외국인 불법노동자가 월세 8

---

* 침실 2개, 거실 1개, 주방 1개가 있는 타입의 집.
** 아르바이트나 파트 타임으로 생활을 유지하는 사람들을 가리키는 말.

만 엔을 낼 수 있다고 생각하나?"

"방 하나에 한 명이라면 그렇겠죠. 하지만 여럿이서 살게 하면 어떻겠습니까?"

"요새 유행하는 셰어하우스라는 건가 보군. 하지만 그건 월세를 반씩 낸다는 얘기로 권리 관계가 우울할 뿐이지."

"아뇨. 단순한 셰어하우스가 아닙니다. 방 하나에 3단 침대를 두 개 넣어서 6인실로 하는 겁니다. 한 명당 월세를 2만 엔으로 설정하면 곱하기 6 해서 12만 엔. 방 하나에서 월세가 12만 엔. 건물 한 동에 방 3백 실은 확보할 수 있겠죠."

"잠깐만."

야나기바는 빠른 전개에 어리둥절한 듯했다.

"신주쿠에 그런 건물이 있다는 건 나도 들어 본 적 있어. 그런데 그건 중고 맨션의 방을 억지로 나눠서 만든, 헤이세이판 다코베야*야. 자네, 그런 걸 신축 맨션에서 팔자고 하는 건가?"

"기업이 저렴한 인건비를 원하고, 그래서 외국인 노동자가 급증하고 있습니다. 그들 중에는 일본에 머무를 생각도 별로 없고 단지 취업 기간에 침대와 주소지만 있었으면 하는 경우도 많습니다. 하지만 부동산 오너 사이에는 편견

* 2차 대전 당시 노동자들을 감금해 강제로 노동시키기 위해 설치한 숙소.

이 뿌리 깊게 남아서 외국인은 받지 않는 건물이 적지 않죠. 그러니 신축 맨션, 그것도 국적 불문의 건물이 탄생하면 바로 들어오고 싶어 하는 사람들이 쇄도할 거예요. 장소도 후지미에서 가장 좋은 곳. 주소지가 필요한 사람 입장에서는 이것도 꽤 큰 매력입니다."

야나기바는 못마땅한 얼굴로 스마트폰을 조작하기 시작한다. 분명 유키의 제안이 수지에 맞는지 다시 계산해보고 있는 것일 테다.

수지의 측면에서는 유키는 자신이 있다. 해당 지역 주변의 주택 사정을 조사해 외국인 취업자의 대부분이 주거 환경으로 고민을 하고 있다는 것도 구청에서 들어 알고 있다. 그리고 또 임대 건물의 공실이 많다는 사실도 파악했다.

애초에 빌려주는 측과 빌리는 측이 원하는 바가 일치하지 않는 것이 원인이다. 집주인은 단가가 높은 방을 신용할 수 있는 사람들에게 제공하고 싶어 한다. 반면 세입자는 잠만 잘 수 있는 공간을 저렴하게 빌리고 싶어 한다. 이를 해결하려면 세입자가 원하는 바를 최대한 들어줄 수밖에 없지 않은가.

"유키 씨. 자네 제안은 굉장히 흥미롭군. 지금 계산해봤는데 이거라면 건물 한 동의 이율도 높아지니 두 동에 55억 엔은 불가능한 금액이 아니야. 월세를 회수한다고 해도 담당자에 우리 그룹 사람을 집어넣으면 괜찮을 거고."

돈을 회수하는 것이라면 유키 같은 회수맨보다도 야쿠자 쪽이 더 낫다. 채권액에 따라 다르겠지만 백만 엔 이하의 소액 회수라면 폭력이라는 수단을 포함해 야쿠자 쪽이 더욱 많은 노하우를 갖고 있다.

"다만 당초 생각했던 플랜과는 정반대가 되겠군. 거대 상업 시설의 건설로 물류가 변하고 사람들의 흐름이 변한다, 라. 후지미 일대의 재개발로도 이어져, 도심의 상업 지역으로서 발전해 간다……이런 청사진과는 완전히 딴판이 되겠지. 단기 체류를 희망하는 외국인이 다수 유입되면 아무래도 치안은 나빠지네. 일시적으로 인구는 늘어나겠지만 그것도 맨션 거주자만큼만 늘겠지. 원래의 지역 주민은 환영하지 않을 테고, 악화된 치안 때문에 이사하는 주민이 생길지도 몰라. 그렇게 되면 거꾸로 사람들은 빠져나가네. 자칫하면 이 주변 일대는 무법 지대가 될 가능성도 있고. 그래도 데이토제일은행은 괜찮다고 보나?"

이쯤부터 옆에서 앉아 있던 가시야마가 거북하다는 듯이 엉덩이를 들썩이고 있다. 도쿄증권 1부 상장 은행에 몸담고 있는 사람으로서 프론트 기업의 사람과 동석하는 것이 싫은 건지, 아니면 야쿠자한테 이런 말을 듣는 게 싫은 건지.

어느 쪽이든 유키와는 관계없다. 세상에는 직함이 통용

되는 일과 그렇지 않은 일이 존재한다. 유키가 하고 있는 회수 업무는 분명히 후자이며, 실효성과 성과만을 묻는다. 유키는 그것이 당연하다고 생각하며 지금은 자긍심마저 느끼고 있다.

사회적인 공헌이 어쨌다거나.

대형은행에서 일하는 사람의 품행이 어쨌다거나.

그런 건 개나 주라지. 지금 자신이 중시해야 할 것은 은행맨으로서의 책임을 다하는 것, 회수맨으로서의 긍지를 보이는 것이다.

"데이토제일은행치고는 과감한 제안이군."

내용이 마음에 들었는지 야나기바는 약간 들뜬 말투로 말했다.

"도시 계획인지 뭔지 윗선의 의향을 무시하면서까지 눈앞의 돈을 주우려 하다니. 우리는 무엇보다 체면을 중시하지만 거꾸로 체면 따위 빌어먹을, 땅바닥을 기어다녀서라도 돈을 모을 때도 있네. 자네를 소위 엘리트 행원이라고 얕잡아보기도 했는데. 꽤 용기 있군."

치켜세워주니 기분이 나쁘진 않지만 옆에 앉아 있는 가시야마의 체면을 살려주기 위해 이것만은 말하자고 생각했다.

"저희 은행은 함부로 무법 지대를 만들려고 하는 게 아닙니다."

야나기바는 이런, 이라는 얼굴을 한다.

"외국인이 많아지면 치안이 나빠진다는 건 일종의 편견이라고 생각합니다. 그거야말로 국적의 문제가 아니라 입주자 개인의 문제겠죠. 관청이 계획한 청사진과는 달라지겠지만 애초에 글로벌리즘을 주창하면서도 유입해오는 외국인 노동자의 생활 환경을 전혀 고려하지 않았기 때문에 일그러진 것뿐입니다. 저출산 고령화와 빈부격차가 계속되는 한 앞으로도 외국인들은 유입되기만 할 뿐 줄지는 않을 거예요. 야나기바 사장님은 다코베야라고 말씀하셨지만 그게 어떻든 시민이 바라는 것을 구축하는 것도 사회의 역할입니다. 그러니 저는 이 계획안을 제안하는 데 조금도 주저하지 않습니다."

"말 잘했어, 유키 씨. 수요가 있으니 공급이 있는 거지. 위험하든 위험하지 않든 그건 변하지 않는 진리지. 좋아, 그룹의 몇몇 회사에 얘기를 해보도록 하겠네."

"감사합니다."

"미리 말해두는데 실패할 수도 있어."

"그때는 또 새로운 제안을 하겠습니다."

"좋아."

그럭저럭 로드맵은 그려진 듯하다. 유키는 가슴을 쓸어내리며 인사를 하고 자리에서 일어난다. 가시야마도 당황하며 덩달아 일어선다.

"야나기바 사장님, 연락 기다리고 있겠습니다. 그럼."

긴장이 한 번에 풀린 탓인지 첫걸음에 다리가 꼬였다. 가시야마가 봤을까봐 초조했지만 그녀는 그녀대로 굳은 표정으로 제대로 웃지도 못하고 있으니 피차일반일 것이다.

야나기바의 사무실을 나와 접수처 앞을 지나자 비로소 제정신이 들었다.

"부장님, 어떻게든 프레젠테이션은 성공한 것 같습니다."

엘리베이터에 타고 나서 말을 걸자 가시야마는 짐을 던 것처럼 한숨을 내쉬었다.

"야나기바 사장이 때마침 건설 회사에 공터를 전매할 수 있으면 부실채권도 해소. 유키 군은 담당자로서 만족하겠지만 난 그렇지도 않아요."

"섭외부 예산을 달성할 수 있어도 말입니까?"

"달성만 하면 되는 게 아니에요. 그 정도는 유키 군도 잘 알고 있을 텐데."

또 체면인가.

회수 곤란이라고 떠들 때는 아무 말도 없더니 막상 목표를 달성할 것 같자 예절이나 격식 따위를 들고나온다. 중간관리자로서의 입장은 알겠지만 그걸 부하 직원이 꿰뚫어보고 있는 시점에서 상사로서 존경할 수는 없다.

뭐, 어때. 이걸로 나도 미련은 버렸으니. 카페에서는 스와가 전에 앉았던 자리에 앉아 있었다.

"스와 씨, 이야기는 잘 들으셨나요?"

"당신들이 야나기바 사무실에 들어가고 난 뒤의 대화는 전부 녹취했어."

"잘됐네요."

"그 야나기바 아키오를 설득하다니, 엄청난 교섭인답군. 프론트 기업이란 걸 알면서 거기까지 말할 수 있는 녀석은 멀쩡한 회사원 중에 잘 없을 텐데."

"칭찬이 좀 미묘하네요."

그러자 가시야마가 끼어들었다.

"스와 씨, 유키 군을 그런 식으로 추켜세우지 말아주세요. 별로 달갑지 않은 칭찬이라."

"추켜세우는 게 아니라 정당한 평가인데요."

스와는 물러설 기색이 없다.

"야마가 씨 사건에 얽혔을 당초에 내 생각도 야나기바와 같았어요. 당신들은 소위 엘리트에 자기 손을 더럽히는 것을 싫어하고 땀과 눈물도 흘리지 않죠. 오직 얌전히 평온한 날들만 보낸다고, 그런 식으로 상상했었어요. 하지만 여기 있는 이 남자는 땀도 많이 흘리고, 크게 울기도 하더군요. 내 어리석음이 부끄럽게 느껴질 정도였달까."

"남자들 간의 아름다운 우정이라는 거군요. 그러니 경찰관의 의무가 아닌데도 우리들의 보디가드를 자처해주신 거고요."

가시야마의 말이 난데없이 날카로웠다.

"우리와 야나기바 사장이 나눈 대화, 전부 녹취하셨다고 하셨죠?"

"우리, 가 아니라 유키 씨와 야나기바의 대화겠죠. 당신은 방에 들어가고 나서 나올 때까지 한마디도 하지 않았거든요."

"그런 건 상관없습니다. 어쨌든 녹음 파일을 지금 당장 제 눈앞에서 삭제해주세요."

"이유는?"

"데이토제일은행의 행원이 프론트 기업의 사장에게 도시 계획에 역행하는 듯한 상환 계획을 제안한 게 공론화되면 분명 책임 문제가 불거지겠죠. 유키 군의 미래를 생각하면."

"유키 군이 아니라 당신의 미래가 걱정이겠죠."

스와는 집요한 시선을 가시야마에게 퍼붓는다. 자신에게 퍼부을 때도 그랬지만 그 시선이 이렇게 다른 사람을 향하고 있는 것을 보자 그 집요함에 감탄하게 된다.

"저는 단지 은행의 명예와 부하의 미래를 생각한 것뿐입니다. 녹음 파일을 당장 지워주세요."

"아, 지우는 건 상관없어요. 확인하고 싶은 건 분명히 확인했으니."

"확인하고 싶은 거라니, 그게 뭔가요?"

"단지 안면이 있어서 감추려는 게 아닙니다. 적어도 다른 행원에게는 알리고 싶지 않은 이유가 있으니까 그런 거겠지. 그리고 야나기바는 거래 상대에게 아낌없이 뇌물을 주는 남자고요. 가시야마 씨, 야나기바한테 동료에게 말할 수 없을 법한 뇌물을 받지는 않았습니까? 적어도 업무상 비난을 받을 만한 정도의 뇌물을요."

유키는 스와의 말을 번쩍 정신을 차리고 듣는다. 꿈의 프로젝트라고 알려진 후지미의 재개발 계획. 대형 건설 회사와 데이토제일은행이 들뜬 듯 꾼 꿈이었지만 그 안에 꿈을 꾸면 안 되는 사람들이 있었다. 바로 심사부 행원이다. 대출처인 '아칼 에스테이트'의 재무 내용과 회사의 성격을 고려하면 기각도 큰 선택지였을 것이다. 그런데도 가시야마가 품의를 올렸고 결과적으로 결재되었다. 거기에 가시야마의 조작을 의심할 여지는 충분하다.

야나기바에게 협박당한 건가, 아니면 회유당한 건가. 어느 쪽이든 배임 행위가 틀림없다.

"그게 당신과 도대체 무슨 상관이."

"아, 원래 뇌물 수수 같은 경제 사건은 내 분야가 아니에요. 2과 일이지. 그런데 그 뇌물 수수에 얽혀 살인이 발생했다고 하면 그건 또 내 사건이란 말이죠. 데이토제일은행의 근간을 흔드는 부실채권 더미를 떠맡은 야마가 씨는

'아칼 에스테이트'에 관해서도 조사했을 거예요. 야나기바와도 면담했을 테고요. 그 과정에서 당신이 야나기바한테서 뇌물을 받았다는 걸 알게 된 거 아닙니까?"

그 후에 일어날 일은, 야마가를 아는 유키라면 쉽게 상상이 간다. 야마가의 안건이다. 일이 공론화되기 전에 가시야마에게 충고하러 갔을 것이다. 야나기바에게 뇌물을 돌려주든가, 뇌물 수수 사실을 상층부에 털어놓든가.

"가시야마 씨, 5월 28일 밤부터 다음 날 아침까지 쭉 자기 맨션에 있었다고 증언하셨었죠. 독신 여성은 대부분 그 시간에 혼자 있으니 저로서도 더 이상 추궁하긴 곤란하지만 다시 한번 같은 질문을 해보겠습니다."

이미 가시야마는 조각상처럼 굳어 있었다. 이 이상 무언가를 물어도 소용없을 것 같았다.

"장소를 옮기죠. 이런 이야기를 하는 데 가장 어울리는 곳은 우리 취조실이라고 생각하지만 올지 말지는 마음대로 하세요. 하긴 와주지 않으면 이쪽에서 매일 찾아갈 거고요. 자, 어떻게 하겠습니까?"

잠시 테이블을 보고 있던 가시야마는 이윽고 비틀비틀 자리에서 일어섰다.

4

다음 날 스와가 지점에 있는 유키를 찾아왔다.

"가시야마가 아직 털어 놓질 않군."

굳이 업무 연락처럼 사무적으로 말하는 것은 유키를 배려해서 그런 걸까. 겉모습과 어울리지 않는 행동에 그만 쓴웃음이 나올 것 같다.

"당신들이 말한 야마가 안건의 거의 5할 정도가 가시야마가 품의를 올린 거야. 당시 심사부에서 품의를 올릴 수 있는 담당자는 열두 명이나 있었고. 사람 수를 생각하면 결코 무시할 수 없는 비율이지."

그건 야마가의 채권을 인계받은 유키도 중간부터 눈치채고 있었다. 가이에다에 쇼코관, 그리고 시이나 다케오에 '아칼 에스테이트'. 10억 엔 이상의 채권 품위를 올린 것은 전부 가시야마였다. 품의를 올린 안건 대부분이 부실채권화된 것은 운이 나빠서일 수도 있지만 분명히 가시야마의 안일함 때문이기도 하다. 당시 대출 잔고를 신장하는 데 혈안이 된 심사부의 사정을 고려해도 가시야마의 품의서에는 과장된 부분이 많았다.

유키마저 눈치챘을 정도니 야마가는 더 빨리, 게다가 더 자세히 알 수 있었을 것이다.

"하지만 가시야마는 야나기바한테서만 금전적인 뇌물

을 받았더군. 아직 수사 단계이지만 그녀에게 큰 약점이
있지 않았나 싶어."

"무슨 약점 말입니까?"

"가령 돈. 가령 은밀한 남자관계. 30대 독신 여성 중에
드물지도 않아. 그렇다고 해도 돈 문제가 은행 내에 알려
지면 감사에도 영향을 끼치겠지."

"하, 그런 일도 있겠네요."

"전전긍긍하던 차에 등장한 흑기사가 야나기바였어. 출
신이 그런 남자니까 가시야마가 돈 때문에 곤란에 처했다
는 정보도 간단히 입수할 수 있던 것 같고. 녀석은 가시야
마에게 품의서를 적당히 봐달라고 의뢰했지. 결산보고서
의 수상한 부분은 눈 감아달라는 요청으로, 야나기바는 그
대가로 2백만 엔을 건넸고. 그게 절대 타인에게는 알려져
서는 안 되는 가시야마의 비밀이었지."

"가시야마는 뇌물 수수를 인정했습니까?"

"응. 대출금 등등에 관해서는 부정하고 있지만."

들을수록 허무해지는 이야기였다. 남성 사회인 은행 업
계 안에서 자신의 재능만으로 살아남은 가시야마가 단 돈
2백만 엔에 신조도 긍지도 팔아넘긴 것이다. 그런 원통함
은 상상하고도 남는다.

"지금부터는 추측이지만 5월 28일 밤, 가시야마는 야마
가 씨한테서 호출을 받았어. 부실채권 담당자한테서 호

출을 받았으니 왜 자신을 부르는지 그 이유도 짐작이 갔
겠지."

"즉 처음부터 과장님을 살해할 생각이었다는 말입니까?"

"아니, 처음에는 단지 위협할 생각이었을 거야. 가시야
마가 만남 장소로 심야에 신주쿠 공원을 정한 것도 협박
하기 위해서였고. 그녀는 흉기인 나이프를 가방에 숨기고
공원으로 향했네. 그런데 칼을 내보이면 입을 다물 줄 알
았던 야마가 씨는 예상외의 행동을……그러니까 어떻게
했을 것 같아?"

"칼을 보고 겁을 먹기는커녕 은행원의 윤리를 추궁했
겠죠."

"동감."

짧은 시간이었지만 야마가 밑에서 일했던 유키가 모를
리가 없다.

은행의 안이한 대출 때문에 본가의 장사가 망한 이래,
야마가는 자신만의 철학으로 올바른 은행원 본연의 자세
를 계속 물어왔다. 야마가의 탁월한 채권 회수는 그 철학
의 연장선상에 있는 것이다.

이제 와서 생각한다. 일찍이 은행을 원망하고 있던 야마
가 유헤이만큼 은행을, 그리고 회수 업무를 사랑하는 사람
은 없다. 그렇기 때문에 자신의 회수에는 절대적인 자신을
갖고 늘 웃고 있던 것이다. 그런 야마가의 눈에 허술한 품

의를 올린 가시야마가 어떻게 보였을지는 본인에게 물어 볼 것도 없다.

"비밀을 폭로 당할 두려움 때문인지 가시야마는 발끈했지. 정신을 차려보니 칼로 야마가 씨의 옆구리를 찔렀다, 뭐 그 정도."

"자상은 한 군데뿐이었죠?"

"자신이 사람을 찔렀다는 것에 놀라서 야마가 씨의 사망을 확인하지도 않고 그 자리에서 도망쳤네. 분명 누군가가 발견하면 병원으로 직행, 자기는 다음 날에라도 체포될 테고. 그렇게 각오하고 있지 않았을까. 그런데 야마가는 발견되기 전에 사망. 그걸로 다행이라는 듯 입을 다물었고."

느닷없이 유키도 입을 다문다.

찌른 쪽에도 찔린 쪽에도 상응하는 이유가 있다. 어느 쪽이든 편들기는 쉽지만 그래도 위화감이 사라지지 않는다. 이 위화감의 정체는 도대체 무엇인가.

예전에 딱 한 번 가시야마가 진지하게 심사부의 실정을 토로한 적이 있었다. 채권 회수를 담당하는 자로서 수긍할 수 없는 부분도 있었지만 거꾸로 심사하는 측의 각오가 엿보여 어딘가 씩씩하기도 했다. 그 씩씩함과 대출 상환을 위해 야나기바에게 뇌물을 받은 여성 행원의 모습이 아무래도 연결되지 않는다.

"왜 그래요. 범인과 피해자가 둘 다 상사라서 좀 충격인가."

"그런 게 아니라요. 단지 가시야마 부장님이 야마가 과장님을 죽였다는 점에 납득이 안 가는 부분이 있어서."

"납득이 가는 살인은 그렇게 많지 않아."

스와의 여우 눈이 순간 부드러워졌다.

"어떤 사람이든 다 보통의 인간이기도 하고, 보통의 생활을 하지. 살인 쾌락자가 아닌 이상 사람을 죽이고 싶어, 죽이지 않으면 안 돼, 이런 국면에 부딪히는 일은 없고. 그런데 어느 날, 어쩔 수 없는 상황이 되어 상대를 죽이고 말지. 그런 게 납득이 갈 리가."

스와의 말은 그럴듯하게 들린다. 분명 유키가 맡은 부실 채권의 수보다도 많은 살인 사건을 담당하고 있는 스와가 하는 말이라 설득력이 있는 것이다.

"그러고 보니 가시야마가 알고 싶어 하더군. '아칼 에스테이트' 건은 어떻게 되었는지."

"그 후 야나기바 사장한테서 연락이 왔습니다. 그룹사의 몇몇 회사가 동참해서 합동으로 건물을 건설하려는 움직임이 있는 듯합니다."

"55억 엔은 회수할 수 있을 것 같은가."

"야나기바 사장의 말에 따르면 전망은 밝지만, 이것만은 현금을 직접 보지 않으면 안심할 수가 없습니다."

"내 입장에서 이런 말 하는 게 좀 그렇지만 야쿠자들은 낸다고 했으면 반드시 내네."

"야쿠자든 착실한 사회인이든 관계없어요. 저에겐 전부 채무자니까요."

"상환이 연체되면 야쿠자나 착실한 사회인이나 똑같다는 건가. 엄청나게 대담해졌군."

스스로 그렇게 된 게 아니다.

야마가가 남기고 간 일이 자신을 그런 회수맨으로 길러 준 것이다.

"가시야마 말인데, 사건에 대한 것 말고는 55억 엔의 채권 회수가 잘 되어 가는지에 대해서만 말해. 워커홀릭인 건지. 아냐, 은행원의 업일지도 모르겠네."

스와에게는 별 관심 없는 에피소드 정도였음이 분명하다.

하지만 유키 입장에서는 위화감이 드는 에피소드다. 그 정도까지 안건에 집착한 인간이 고작 현금 2백만 엔에 자신의 긍지를 팔아넘기는 건가.

어딘가 이상하다. 어디선가 단추가 잘못 채워졌다.

"어이, 아까부터 왜 그래?"

스와의 추리에는 무리가 없다. 다만 한 가지 마음에 걸린 점은 야마가가 가시야마를 불러낸 동기다. 확실히 야마가는 가시야마가 손을 댄 품의를 용인할 수는 없을 것이다. 하지만 계약은 결재가 되어야 비로소 체결된다. 가시야마가 어떤 품의를 올렸다 해도 결재를 하지 않으면 되는 이야기이며, 다시 말해 계약 체결의 책임이 품의 결재자에게 있다는 말이 된다. 그리고 야마가는 책임이 없는 사람을 몰아넣는 남자는 아니었다.

어렴풋했던 생각이 점차 형태를 갖춰 간다. 스와의 추리는 절반 이상이 상황 증거로 성립하고 있다. 그렇다면 전부 거꾸로 설정해보면 어떨까.

가시야마는 야나기바에게 2백만 엔의 뇌물을 받았지만 야마가는 그 사실을 몰랐다. 혹은 알고 있어도 추궁하지 않았다.

야마가는 품의 건으로 가시야마를 비난하려고 하지 않았다.

따라서 야마가가 가시야마를 공원으로 부를 이유는 없다.

그리고 한 가지 가설이 떠오르자 유키는 꿈에서 깨어난 것 같은 기분이 들었다.

"스와 씨."

"뭐지?"

"조사해주셨으면 하는 게 있습니다."

***

"가시야마 씨가 살인 용의로 조사를 받았다고 들었습니다만 그녀가 그런 짓을 할 리가 없습니다."

신주쿠 경찰서의 취조실에 불려간 남자는 화가 난 듯 말했다.

"그녀에 관한 것이라면 누구보다도 잘 압니다. 고작 2백만 엔 정도의 뇌물 수수가 알려진다고 동료를 살해한다니, 무슨."

"네. 그러니 경찰도 이렇게 그녀의 관계자들을 사정 청취하고 있습니다."

스와는 상대의 흥분을 가라앉히려는 듯 양손을 쭉 내밀어 보인다.

"사실, 저희도 가시야마 씨를 중요 참고인의 한 명으로 생각할 뿐, 범인이라고 결론 내린 것은 아닙니다. 더군다나 당신을 일부러 부른 것은 그녀의 혐의를 벗기기 위해서고요."

"그런 거라면 기꺼이 협력하겠습니다."

"예전에 가시야마 씨의 상사셨죠?"

"네. 당시에는 심사부 소속이었습니다. 그녀가 발령되었을 때는 트레이너 역을 분부받아서요. 그때부터 알고 지냈습니다."

남자는 그리운 듯 눈을 가늘게 뜬다.

"형사님은 여신이라는 단어를 아십니까?"

"신용을 부여한다. 즉 그 인물의 경제적인 신용도를 측정한다는 말 아닌가요? 금융업계의 용어 아닙니까?"

"맞습니다. 여신 판단이라는 용어를 쓰는데, 고객에게 얼마까지 대출이 가능한지를 판단하는 작업입니다. 연봉, 직종, 근무처 형태, 근무 연수, 주택 종류. 이런 요인을 전부 수치화해 여신액을 결정합니다."

"그 조합만으로도 어마어마하게 많겠네요."

"요즘엔 전부 컴퓨터가 자동으로 금액을 산출해줍니다. 하지만 그렇다고 전부 기계에 맡길 수는 없죠. 반드시 사람과 사물을 음미하고 판단합니다. 가시야마 씨에게는 그 판단의 정확함이야말로 심사부에 몸담고 있는 자가 지녀야 할 자격이라고 가르쳤고요."

"도제 제도 같은 건가요."

"그렇습니다."

"하지만 그런 관습은 스승의 방식을 제자가 답습하다가 스승의 결점까지 배울 위험성이 있겠군요. 제자에게 스승 이상의 재능이나 개선 능력이 있으면 또 모르겠지만."

"네, 맞습니다. 그런 나쁜 사례를 저는 아니까요."

"가시야마 씨는 당신의 가르침으로 제대로 된 여신 판단자가 되었습니까?"

"그건 그녀의 직함이 증명합니다. 심사부를 거쳐 지금은 섭외부 부장으로 승진했으니."

"이건 가시야마 씨 본인에게 들은 겁니다만 심사부에서 섭외부로 이동한 건 강등 인사가 많다고 하던데요. 그건 그녀의 여신 판단 능력이 그리 좋지 않았다는 걸 의미하진 않습니까?"

"아뇨. 데이토제일은행에는 확실히 그런 관습 같은 인사이동이 있긴 했지만 전부 그렇다고는 볼 수 없어요."

"그녀의 스승이었던 당신도 마찬가지로 심사부에서 섭외부로 이동했죠. 이거야말로 아까 한 말처럼 스승의 결점을 제자가 배우고만 악례이지 않습니까?"

"무례한 말씀은 삼가주세요."

"이런, 말 실수를 했네요. 실례합니다."

스와는 가볍게 고개를 숙인다.

"피해자인 야마가 유헤이라는 사람도 아십니까?"

"샤일록 야마가'잖아요. 유명한 남자였으니 물론 알고말고요."

"당초 가시야마 씨가 의심받은 살해 동기는 그녀가 올린 품의로 계약까지 된 안건 대부분이 부실채권화되어, 회수를 담당한 야마가 씨가 이를 추궁해서였다고 추측했었습니다. 야마가 씨의 눈에 가시야마 씨가 올린 품의가 허점투성이로 보여서 그렇다고요."

"정곡을 찌르는 견해네요. 여신이라는 건 시간 경과와 함께 변합니다. 계약 시점에서 우량이었어도 수년 후에는 부실화되는 경우도 꽤 있습니다."

"그게 너무 심해서 야마가 씨도 주목했겠죠. 야마가 씨가 남긴 노트에는 심사 시점에 분명히 상환 능력 및 담보 가치를 웃도는 채권이 리스트업 되어 있었습니다. 이것들은 계약 후 거의 몇 년 안에 부실채권화되었고요. 마치 처음부터 부실채권화될 것을 예견한 대출이었던 듯합니다."

남자의 표정에 조금씩 그림자가 드리우기 시작한다.

"소위 야마가 안건이라고 불리는 부실채권 중 5할은 가시야마 씨가 올린 품의입니다. 하지만 결재자는 전부 동일 인물이었죠. 그 인물은 몇 년 후에는 부실채권화될 채권을 다량 생산한 뒤, 섭외부로 이동. 그리고 얼마 안 가 도자이은행으로 이직하죠. 여기서 중요한 건 데이토제일은행과 도자이은행의 합병설이 4년 전부터 수면 밑에서 움직이고 있었다는 것입니다. 부실채권이 많아지면 자기자본비율이 떨어지고 합병 때는 불리해지겠죠. 당신이 결재한 안건은 합병이 시작할 쯤에는 부실채권화돼, 데이토제일은행 측의 조건은 불리해집니다. 도자이은행은 분명 당신에게 고마워하겠죠, 진나이 씨."

진나이는 바로 눈을 부라렸다.

"내가 도자이은행으로 이직하면서 선물로, 일부러 부실

채권을 만들었다고 말하고 싶은 건가?"

"막 재취업한 참인데도 당신에게는 섭외부 부장 자리가 있었죠. 성공 보수 같은 대우 아닙니까?"

"그건 내가 데이토제일은행에서 쌓은 실적 때문이야."

"마지막에는 징벌 인사로 섭외부로 옮겨졌는데도 말입니까? 그렇다고 하면 도자이은행 인사부는 눈 뜬 장님이네요. 이에 비해 야마가 씨의 눈은 정확했죠. 부실채권더미가 고의로 만들어진 것을 눈치챘어요. 인적이 드문 심야의 공원에서 상대를 부른 게 야마가 씨였는지 당신이었는지는 몰라요. 하지만 처음 연락을 한 것은 분명히 야마가 씨였죠. 일의 순서를 정확히 하기 위해서는 결재자 본인에게 묻는 게 가장 좋겠네요."

"어이없군."

"5월 28일 밤 10시부터 다음 날까지, 당신은 어디서 무엇을 하고 있었습니까?"

"자택에 계속 있었어."

"거짓말."

스와는 도발하는 것처럼 웃어 보였다. 밉살스러움을 잊지 않는 것도 다 계산한 것이다.

"사전에 아내분께 들었습니다. 당신은 갑자기 단골 바에서 술이 마시고 싶어졌다며 밤 9시 반에 자택을 나갔습니다. 귀가한 건 자정이 조금 지나서였다고 하고요. 갑자기

가려고 했던 바의 이름, 말해줄 수 있습니까?"

진나이의 무릎이 가볍게 흔들리기 시작한다.

"신주쿠 공원 따위 간 적 없어."

"흐음. 전 공원이라고 말한 적은 없습니다만."

"……신문에서 읽었어."

"신주쿠 공원에는 발을 들인 적 없다?"

"집에서도 근무처에서도 멀어. 몇 년간 간 적 없어."

"그럼 당신이 사건 당일 밤에 신은 신발을 빌려주시겠습니까? 야마가 씨의 사체 주변에는 불명의 족적이 많았으니 지금 당신의 증언이 맞는다면 그중 당신 것은 없겠죠."

꿀꺽, 하고 진나이가 침을 삼키는 소리가 들렸다.

"진나이 씨, 말할 거라면 지금 하시죠."

10분 후, 진나이는 범행을 자백하기 시작했다.

에필로그

    은행의 인사는 신속하다. 가시야마가 임의 동행에 응한 다음 날, 갑작스러운 통보로 섭외부 부장이 교체되었다. 새로운 부장은 나라시노라는 남자로, 기묘하게도 가시야마와 같은 심사부 사람이었다.

    섭외부 전원과 인사를 마치고 나서 나라시노는 유키를 자신의 방으로 불렀다. 유키는 영문도 모른 채 뒤를 따랐다.

    "잘 부탁해요, 유키 군."

    그가 내민 손은 매우 크고 부드러웠다.

    "저야말로 잘 부탁드립니다. 그런데 나라시노 부장님. 왜 저만 부르셨나요?"

    "자네가 '섭외부 에이스'라길래."

    처음 듣는 말이었다.

"의외라는 얼굴이군요. 뭐, 그런 별명은 안에서가 아니라 다른 부서에서부터 생기죠. 객관적으로 평가할 수 있는 건 늘 외부니까요. 가시야마 씨가 섭외부 부장으로 임명된 것도 그런 이유 때문이기도 합니다. 가시야마 씨가 자신의 섭외부행을 어떻게 생각하고 있었는가. 부하 직원인 유키 군에게도 분명 투덜거렸겠죠."

군이 예전 상사의 결점을 왈가왈부할 생각은 없다. 신조에 다른 점은 있었지만 가시야마도 데이토제일은행의 일, 은행 업무의 일에 열심이었던 같은 행원이다.

입을 다물고 있자 나라시노가 만족한 듯 끄덕였다.

"가시야마는 유키 군 말고 다른 사람들에게도 불평했었죠. 푸념은 퍼지는 속도도 범위도 차원이 말라요. 푸념은 윗선에 하라는 말은 그런 의미입니다. 적어도 상사에게 투덜거리면 어떤 식으로든 상사가 도움이 될 만한 이야기를 해주니까요. 푸념이 교훈이 되어 본인에게 돌아온다는 말입니다. 또 그런 교훈을 주지 않으면 상사라 할 수 없고요. 그런 의미에서 그녀는 아직 부장감은 아니었을지도 몰라요."

"가시야마 전 부장님이 섭외부행을 어떻게 생각하고 있었는지가 그렇게 중요한가요?"

"본인은 '아칼 에스테이트'의 안건으로 책임을 지게 되었다고 생각하고 있는 듯하지만 인사부와 심사부 부장의 생각은 좀 달라요. 좀 더 빠른 단계, 그녀가 품의를 올려서 결재된 안건 대부분이 부실채권화되고 있다는 사실이 밝혀졌기 때문입니다."

야마가 이외에도 눈치채고 있던 사람이 있었다는 건가. 의외였지만 잘 생각해보면 그것도 당연하다. 도자이은행과의 합병을 앞두고 부실채권의 회수는 섭외부의 업무이지만, 심사 실태가 간과될 리도 없지 않은가.

"부실채권이 된 원인은 무엇인지. 그걸 검토하지도 않고 회수를 섭외부에 맡길 만큼 심사부도 얼간이가 아니에요. 안건을 자세히 검토하는 과정에서 가시야마 씨의 안일함을 확인할 수 있었습니다. 그녀를 섭외부에 보낸 진짜 이유는 회수 실태를 직접 봄으로써 그녀의 경험치를 끌어올리기 위한 것이었습니다. 이는 우리 은행의 관습 같은 건데 심사가 안일하다고 판단된 행원은 일정 기간 섭외부에서 공부시키라는 불문율 같은 것이죠. 나도 입행 초기에는 자주 들었던 말이고요. 네가 회수할 수 있을 만큼의 돈을 빌려주라고요. 대출만으로도 안 되고 회수만으로도 안 되죠. 양쪽 다 알아야 제대로 된 은행원이라는 말입니다. 그녀는 운이 나쁘게도 회수 경험이 없었어요. 그런 것도 포함해서 부모 마음으로 한 인사이동이었는데 그녀는 오해하고 있었던 듯하네요."

이제 와서 새삼스러운 이야기라고 생각했다. 만약 가시

야마가 상층부의 생각을 알고 있었다면 더 진지하게 회수 업무에 임해, 어쩌면 야나기바한테서 뇌물을 받았다는 사실을 스스로 털어놓을 수도 있지 않았을까.

진나이의 자백으로 야마가 살해의 용의는 벗었지만 야나기바에게서 뇌물을 수수한 것이 밝혀져, 가시야마는 자택 대기인 채로 징벌 위원회의 처분을 기다리고 있다. 결론은 아직 나오지 않았지만 현장 복귀는 일단 불가능할 것이라는 견해가 우세했다.

"가시야마 씨에 야마가 씨. 각각 자질은 다르지만 데이토제일은행에는 없어서는 안 될 인재였어요. 그런 인재를 두 명이나 잃어 유감입니다."

나라시노는 억울하다는 듯이 말한다. 아직 만난 지 얼마 안 되는 상사를 어디까지 믿어도 될지 모르지만 적어도 그 억울함은 진실이라고 생각하고 싶다.

"하지만 두 사람은 유키 군 같은 인재를 남기고 갔습니다. 그게 현재로서 구원이네요."

"저는 그렇게 훌륭한 행원은 아닙니다."

"그 야마가 안건을 혼자서 맡고 있죠. 덕분에 자기자본 비율이 꽤 올랐습니다. 지금 추세로는 도자이은행과의 합병에서도 뒤처지지 않을 수 있을 겁니다. 그런 성격은 아닐지도 모르겠지만 조직을 구한 남자이니 어깨도 좀 펴고 다니세요. 그게 다른 행원들에게도 격려가 되니까요."

나라시노는 부드러운 손을 유키의 어깨에 올린다. 점점 온기가 셔츠를 통해 전달된다.

"앞으로도 자신이 믿는 길을 걸어가주세요. 한 가지 할 말이 있긴 한데."

"무엇입니까?"

"유키 군에겐 '섭외부 에이스' 말고 또 다른 별명이 있어요. 듣기에 좀 그럴까봐 어떻게 해야 할지 고민입니다."

"무슨 별명입니까?"

"'샤일록 유키'. 역시 듣기 좀 그렇죠?"

아뇨, 라고 유키는 딱 잘라 말했다.

"최고의 칭찬입니다."

유키는 입꼬리를 올린다.

그 웃음이 야마가와 닮았다면 조금은 그에게 위안이 되지 않을까.

옮긴이의 말

"금융의 빛과 어둠 속에서
진정한 회수맨으로 거듭나기까지."

돈이란 무엇일까요. 가치 측정의 수단일까요? 교환의 수단일까요? 아니면 정말 그 자체로 가치를 지닌 것일까요? 계좌에 찍히는 숫자와 나날이 변동하는 주가지수들은 무엇을 의미하는 것일까요? 금융자본주의 시대를 사는 오늘날, 돈은 무궁무진한 형태로 자가발전하며 인간의 삶을 지배하고 있습니다. 돈, 더 나아가 자본과 신용은 우리의 일상 깊숙한 곳까지 침투해 결코 떼려야 뗄 수 없는 필수 불가결한 존재가 되어 우리네 삶을 총체적으로 규정하고 맙니다.

2008년 금융의 형태로 탈바꿈한 돈이 전 세계를 뒤흔든 사건이 발생합니다. 바로 서브프라임 모기지 사태입니다. 리먼 쇼크라고도 불리는 이 사태는 미국의 글로벌투자은행인 리먼브라더스가 파산해 전 세계적으로 막대한 영향을 끼쳤던 사태입니다. 대형 은행이 파산한 이유는 무엇이었을까요? 간단히 말해 초저금리 시대에 무리하게 대출을 받아 주택을 구입한 저소득층이 금리가 오르자 원리금을 상환하지 못하게 되어서입니다. 이는 미국 증권회사는 물론 전 세계 금융시장에 엄청난 파장을 일으켰습니다. 당시 저는 일본 대학에서 경제학을 공부 중이었는데요, 매주 세미나 때마다 리먼 쇼크를 주제로 논의했었던 기억이 납니다. 환율은 치솟고 일부 유학생들은 귀국하고요.

나카야마 시치리는 『웃어라, 샤일록』에서 리먼 쇼크 이후를 배경으로, 이러한 돈을 다루는 은행의 세계를 조명합니다. 작품은 젊은 은행원을 주인공으로 한 금융 미스터리로, 채권 회수 업무에 종사하는 주인공 유키의 눈을 통해 일본 경제의 어둠을 그리고 있습니다. 신입 행원 때부터 출세 가도에 오른 듯하던 유키는 어느 날 느닷없이 섭외부로 발령을 받습니다. 왜인지 주류에서 밀려난 사람들이 모인 것 같은 섭외부. 그곳에서 유키는 채권 회수로 유명한 회수맨 야마가 과장과 만나게 됩니다. 야마가와 함께 채권 회수를 하러 현장을 발로 뛰며 유키는 회수맨으로서, 또 한 명의 사회인으로서 한층 성장합니다. 그리고 마주하는 의문의 사건들 속에서 더더욱 성숙해집니다. 아직 젊은 행원이 훌륭한 상사를 만나 자신의 일에 자부심을 가지고 임하게 되는 사회초년생의 이야기는 꼭 금융업계 종사가 아니더라도 공감하기 쉬울 것입니다.

주인공 유키는 다섯 장을 통해 다양한 채무자와 만납니다. 허황된 망상에 빠져 있는 자칭 데이 트레이더, 고급 스피커 유닛을 생산하는 작은 공장의 경영자, 신도 확보에 실패한 종교 단체, 선거에서 참패한 전직 의원, 리먼 쇼크의 여파로 건설 계획이 엎어진 프론트 기업 등등이 그러합니다. 흥미로운 점은 이 채무자들은 동시에 살인 사건의 용의자이기도 하다는 점입니다. 금융이라는 테마에 살인 사건을 접목한 것으로 엔터테인먼트 요소를 한층 가미하고 있는데요, 작가는 한 인터뷰에서 금융과 살인 사건을 접목한 것은 출판사의 제의를 받아들인 것이며 자신은 출판사가 백을 의뢰하면 백이십으로 돌려주려 한다고 말합니다. 마치 작가라기보다는 장인 같은데, 자신은 그게 더 좋다고 하면서요. 작가의 성실성이 엿보이는 대목입니다.

작가는 채권자와 채무자의 양면성, 돈과 대출의 양면성 등등 다각도에서 사안에 접근하며 작품을 서술합니다. 결코 채무자만 나쁜 것도 아니며 채권자의 입장이 정당한 것도 아닙니다. 물론 상환을 연체하는 채무자 측에 문제가 있는 것은 맞지만 작품 속 야마가의 말처럼 제대로 돈을 빌려주면 제대로 상환받으며 제대로 상환받지 못하는 것은 애초에 제대로 빌려주지 못한 탓이기도 하기 때문입니다. 또 작가는 돈을 무조건 좋거나 나쁜 것으로 표현하지 않습니다. 오히려 사용자에 따라 좋을 수도 있고 나쁠 수도 있는 것, 혹은 돈 그 자체로서는 인격이 없는 것, 즉 내용 없는 형식 정도의 관점에서 돈에 대해 서술하고 있습니다. 그렇기 때문에 여러 입장에 이입해 다양한 측면에서 각각의 에피소드를 음미할 수 있는 것도 하나의 재미이고 요. 금융 미스터리도 멋지게 써내려 간 시치리가 앞으로 또 어떤 테마를 들고 나타날지 기대해봅니다.

2021년 가을
민현주

웃어라, 샤일록

1판 1쇄 인쇄 2021년 9월 14일
1판 1쇄 발행 2021년 9월 30일

지은이 나카야마 시치리   옮긴이 민현주
책임편집 민현주   디자인 디자인비따   제작 송승욱   발행인 송호준

발행처 블루홀식스   출판등록 2016년 4월 5일 제 2016-000100호
주소 경기도 파주시 회동길 483-1   전화 031-955-9777   팩스 031-955-9779
이메일 bluehole six@naver.com

ISBN 979-11-89571-58-0 03830